Feels like Christmas

Bisher bei Loewe Intense erschienen:

Feels like Christmas

GABRIELLA SANTOS DE LIMA
Jetzt sind wir ewig

So Much Wine – Phoebe Bridgers
Day After Tomorrow – Phoebe Bridgers
If We Make It Through December – Phoebe Bridgers
7 O'Clock News / Silent Night – Phoebe Bridgers
Christmas Song – Phoebe Bridgers
Have Yourself a Merry Little Christmas – Phoebe Bridgers

MARINA NEUMEIER
Season of Love

Jingle Bells – Frank Sinatra
Let it Snow – Dean Martin
Santa Baby – Eartha Kitt
White Christmas – Bing Crosby
Tu scendi dalle stelle – Andrea Bocelli

KYRA GROH
Alles, was sie mir bedeutet

Wonderful Christmastime – Paul McCartney
Driving Home for Christmas – Chris Rea
White Christmas – Michael Bublé

ALEXANDRA FLINT
Kein Leuchten zu hell

All I Want for Christmas Is You – Mariah Carey
Jingle Bells – Frank Sinatra
White Christmas – Micheal Bublé
Stand by Me – Ben E. King
L-O-V-E – Nat King Cole

CAROLIN WAHL
Vielleicht für immer

something about december – Christina Perri
All I Want for Christmas Is You – Mariah Carey
Somewhere In My Memory – John Williams

GABRIELLA SANTOS DE LIMA

Jetzt sind wir ewig

Prolog

Ich wusste das mit Noel sofort.

Dabei ist mir klar, wie abgedroschen das klingt. Wie ein Satz, der in tausendfacher Ausführung in den Büchern steht, die ich immer zu schnell inhaliere. Wo alles so schön und nichts echt ist. Meine jüngere Schwester Tillie ordnet mein Lieblingsgenre scherzhaft der Fantasy zu. Sie ist nämlich der Meinung, dass solche Männer nicht existieren. Dass sie zu perfekt seien. Dass sie zwar unglaublich männlich schienen mit ihren Sixpacks und den makellosen Vs, doch am Ende von Frauen für Frauen kreiert werden. Und wir Frauen geben nun mal einen Haufen Geld aus, um zumindest auf dem Papier gut von Männern behandelt zu werden. Verrückt, nicht wahr?

Im Grunde hat meine Schwester recht, aber das spielt keine Rolle. Es geht mir einfach darum klarzustellen, dass ich es sofort wusste. Dass Noel van Vliet mich eiskalt in einem Dezember zwischen warm scheinenden Lichterketten erwischte.

Noel van Vliet.

Selbst sein Name klingt ausgedacht.

So Much Wine

Ich lernte Noel in einem Einkaufszentrum kennen.

Es passierte an einem Freitagnachmittag, um genau zu sein. Doch der Himmel war so stockduster, dass es auch nach Mitternacht hätte sein können.

»Warte, warte«, verlangte Tillie lachend, obwohl ich eigentlich weiterwollte, um nicht zu einer Statue zu gefrieren.

Wir liefen gemeinsam mit ihren Freundinnen über den Weihnachtsmarkt. Ich umklammerte eine lauwarme Glühweintasse, während meine Finger vor Kälte zitterten. Dabei hatten wir gerade erst mit Lucy und Manda angestoßen. Vor drei Sekunden hatte unser überteuerter Glühwein noch gedampft, jetzt war er beinahe kalt. Kurz ließ ich meinen Blick über die Menge schweifen, vorbei an rustikalen Büdchen und blinkenden Schaugeschäften. Meine dicke Winterjacke knautschte bei jeder Bewegung, während fremde Ärmel mich streiften. Zu sagen, dass der Kölner Weihnachtsmarkt überfüllt sei, wäre die Untertreibung des Jahres. Von links trällerte Wham! seinen größten Hit, während Mariah Carey weiter vorn von ihren allbekannten Weihnachtswünschen sang. In der Luft lag der Geruch von Mandeln mit Zimt und Zucker, von Langos für sieben Euro und karierten Schals, die Schulmädchen mit zu viel Parfum eingesprüht hatten.

»Damit ich das richtig verstehe«, fuhr meine Schwester an ihre Freundin fort. »Gregor Ich-bin-so-künstlerisch Beck hat dir ernsthaft einen kitschigen Adventskalender aus Gedichten gemacht?«

»Du vergisst die Süßigkeiten.« Lucy nippte schelmisch an ihrem Glühwein. »Manchmal sind die Verse sogar an die Schokoladenmarke angepasst. Am zweiten Dezember war der Spruch *Und weiter geht's mit Nummer zwei, lecker Kitkat ist auch dabei*.«

»Oh. Mein. Gott.« Tillie schüttelte den Kopf, während ein paar blonde Strähnen unter ihrer Bommelmütze hervorlugten. »Ich kann nicht glauben, dass in Gregor ein romantischer Geist schlummert.«

Lucy zuckte mit den Schultern, doch auf ihren Lippen lag dieses verräterische Lächeln. Sie hatte den Jackpot geknackt. Sie liebte und wurde zurückgeliebt. Bedingungslos. Und das, obwohl wir in einer Welt lebten, in der wir ständig swipten, um uns niemals festlegen zu müssen.

»Hör auf, so überrascht zu klingen«, sagte ich zu Tillie.

»Stimmt«, schaltete Manda sich ein. »Ist ja nicht so, als würdest du dich nicht mit romantischen Männerseelen auskennen. Schau dir Jonathan an.«

Auf der Stelle verfärbten sich Tillies Wangen rot. Würde sie sich jetzt im Spiegel betrachten, würde sie es sicherlich der Kälte zuschreiben, um nicht zugeben zu müssen, was sich in Wahrheit dahinter verbarg. Obwohl … seit sie im Sommer mit Jonathan durch Skandinavien getourt war, hatte sich einiges geändert. Tillie war immer noch Tillie. Matilda Vogt, laut und lauter. Sie hatte eine Stimme und wusste sie einzusetzen, sei es in Seminaren oder auf ihrem Instagram-Kanal. Gemeinsam mit Lucy und Manda veränderte sie auf dem Account @thegirlnextdoor das Leben anderer Mädchen. In verschiedenen Formaten vermittelten die drei ihre feministischen

Werte, klärten auf und gaben Halt. Jede Privatnachricht, die sie erhielten, endete mit *Danke für eure Arbeit, ich fühle mich so gesehen*. Ich war so stolz auf meine Schwester.

»Riechst du das auch, Cleo?« Mit übertrieben gerümpfter Nase wandte Manda sich in meine Richtung. »Hier liegt so viel Liebe in der Luft. Schnell, trink deinen Glühwein, damit wir uns den nächsten holen können!«

Lucy kicherte und Tillie verdrehte die Augen.

Wir wechselten das Gesprächsthema und landeten bei @thegirlnextdoor, während erste Regentropfen auf unsere Köpfe segelten. Keine Ahnung, zum wievielten Mal Wham! das letzte Weihnachtsjahr besang, während gestresste Menschen an uns vorbeizogen. Und trotzdem fand ich es schön. Klar, Schnee wäre mir lieber gewesen. In dem Fall hätten auch die zwei Grad Celsius nichts mehr ausgemacht, weil man dem weißen Anblick seltsamerweise alles verzieh. Taube Finger, spröde Lippen, verspätete Busse und Bahnen. Das alles spielte keine Rolle, wenn der Schnee unter deinen Schuhsohlen knirschte und du drohtest, dich in all dem Weiß zu verirren.

Aber ich verirrte mich nicht gern. Ich wusste, was und wohin ich wollte. Mit meinem abgeschlossenen Lebensmitteltechnologiestudium hätte ich in großen Konzernen arbeiten und richtig Karriere machen können. Stattdessen hatte ich letztes Jahr eine Ausbildung zur Konditorin angefangen, selbst wenn viele das nicht verstanden.

Du hast ein abgeschlossenes Studium, wieso willst du jetzt Kuchen backen?

Genau aus diesem Grund: weil ich es wollte. Und gerade wollte ich meinen lauwarmen Glühwein an einem zu gut besuchten Stand genießen, mir anschließend zu Hause einen weihnachtlichen Tee aufgießen und Phoebe Bridgers' Weihnachtsalbum genießen. Mehr wollte ich nicht. Ehrlich. Ich war zufrieden.

Und dann traf ich ihn.

Wir verabschiedeten uns von den anderen gegen sechs. Lucy musste noch an einem Essay arbeiten und Manda fuhr über das Wochenende nach Hause. Eigentlich wollten Tillie und ich sofort die Wohnung ansteuern, die wir uns teilten. Siebenundfünfzig Quadratmeter, etliche Lichterketten und noch mehr angefangene Packungen von Mehl. Da blieb sie mitten auf der Straße stehen.

»Hättest du was dagegen, wenn wir noch kurz bei dm vorbeischauen? Dann können wir nach diesem Tee gucken, der nach gebrannten Mandeln und Vanille schmeckt. Der war letztes Mal so lecker.«

Auf dem Weg zum Drogeriemarkt vibrierte mein Handy immerzu. »Was geht da ab auf deinem Handy?« Neugierig nickte Tillie auf mein Display. »Ist das ganze Internet mal wieder in Aufruhr, weil Taylor Swift aus dem Nichts ein Album herausgebracht hat?«

»Wenn es so wäre, hätte Lucy dann nicht schon längst etwas in eure Gruppe geschrieben?«

»Touché.« Meine Schwester stieß die schwere Tür zur Einkaufspassage auf. »Was ist es dann?«

»Meine Kolleginnen hyperventilieren, weil der Sohn unseres Chefs in der Stadt ist. Alle finden ihn heiß.« Ich wackelte übertrieben gespielt mit den Brauen, bevor uns Weihnachtsmusik entgegenblähte. Die Schaufenster waren alle passend geschmückt mit Tannenzweigen und Wichteln. Die Geschäfte warben mit Sales, an denen Tillie uns gekonnt vorbei – und direkt in den Drogeriemarkt lotste. Dort steuerte sie die Teeabteilung an, ich blieb jedoch an meinem Spiegelbild hängen. Keine Ahnung, was das mit mir und dm-Spiegeln war. Sie hatten schon immer eine Faszination auf mich ausgeübt, ganz egal, wie alt ich gewesen war. Mit dreizehn und Lipglossen von Essence zwischen den Fingern. Mit fünfzehn und roséfarbenen Lippenstiftproben auf dem Handrücken, die kaum voneinander zu unterscheiden gewesen waren. Mit siebzehn und silberfarbenen Glitzerpigmenten im Einkaufskorb, damit mein Make-up perfekt mit meinem Paillettenrock auf der Vofi harmonierte, was im Endeffekt niemandem jemals aufgefallen war. Links fragte eine Kundin nach einem bestimmten Abwaschprodukt, während ich mich selbst betrachtete. Im Grunde hatte sich nichts an meinem Aussehen verändert. Seit dem Abi war ich kaum gewachsen, trug meine blonden Haare immer noch lang und kombinierte meine dunklen Leggings im Winter am liebsten mit kniehohen Stiefeln. Tillie war nur ein Jahr und drei Monate jünger als ich, trotzdem ähnelten wir uns kein bisschen. Sie war kleiner, extrovertierter und exzentrischer. Ihr Markenzeichen waren die roten Lippen, ich verwendete meist nur ein durchsichtiges Gloss. Dabei war ich nicht das graue Mäuschen, das sich in einen Schwan verwandeln musste. Ich war einfach ich. Gut so, wie ich war. Ich glaubte daran, dass jeder gut und genug war. Aber ich hatte nie daran geglaubt, dass mir *das* passieren würde.

Nachdem Tillie bezahlt hatte, liefen wir in Richtung Edeka. Auch eine Etage weiter unten herrschte das absolute Einkaufswinterwunderland. In unmittelbarer Nähe der Rolltreppen war sogar eine Krippe aufgestellt. Joseph, Maria und Jesus, geschmückt mit warm leuchtenden Lichterketten.

»Was hältst du von Wraps für heute Abend?«, wollte Tillie wissen, doch ich überhörte sie.

Hier schallten die Weihnachtshits nicht aus den Lautsprechern, sondern wurden wirklich gespielt. Neugierig landete mein Blick auf dem dunklen Piano. Eine Menschentraube hatte sich darum versammelt, um diesem Typen beim Spielen zuzuhören. Selbst im Sitzen war er groß, während er in seiner Musik versank und dabei die Schultern nach vorn beugte. Nachtschwarze Strähnen fielen ihm in die Stirn. Er trug schlichte Jeans in Kombination mit einem schlichten Hoodie, Letzterer eine Nummer zu groß. Er fiel auf. Ich hatte die Theorie, dass es dabei im Grunde nicht wirklich auf das Aussehen ankam. Wie flach dein Bauch oder wie gerade deine Nase war. Es ging immer um die Art, wie du dich trugst. Um die Weise, wie du dich gabst. Und er gab alles.

»Stopp mal.« Unvermittelt blieb Tillie stehen. »Spielt der Typ da gerade *Day After Tomorrow* in der Version von Phoebe Bridgers?«

Es war wie in einem meiner Bücher. Er war ein leidenschaftlicher Pianist in einem Einkaufszentrum, der Lieder von Phoebe Bridgers spielte. Ihn umgab diese Aura, die so viele auf Tillies Campus besaßen. Leicht melancholisch, irgendwie anders und gerade deshalb interessant. Keine Ahnung, wieso uns das so faszinierte. Vielleicht, weil Kunst ehrlich war und wir die meiste Zeit über logen. Authentisch sein, sagten sie, aber benutzten Filter, um ihr wahres Gesicht zu verbergen.

Dieser Typ hatte etwas Ehrliches.

Die Art, wie er spielte, war roh und verletzlich.

So schön.

Ein merkwürdiges Kribbeln breitete sich in meinem Körper aus. Aber vielleicht hatte ich auch bloß zu viele Liebesromane gelesen und war zu gut darin, mein Leben, insbesondere gesichtslose Fremde darin, zu romantisieren. Also wandte ich mich ab, allerdings war Tillie noch nicht fertig.

»Er spielt echt krass. Wir sollten ihn auf Instagram suchen.« Beiläufig nickte sie auf das Pappschild, das er neben sich aufgestellt hatte. @musikvonnoel. Doch statt ihr Handy hervorzuholen, hakte sich Tillie bei mir unter und wir gingen weiter.

Sollten war ein Konjunktiv, die Möglichkeitsform. Bloß weil etwas möglich war, bedeutete es nicht, dass wir es taten. Wenn ich die Protagonistin in einem meiner Lieblingsbücher gewesen wäre, hätte Tillie ihn wirklich auf Instagram gesucht und mir befohlen, ihm zu folgen, weil Hauptcharaktere meistens von extrovertierten Freundinnen zu ihrem Glück gezwungen werden mussten. Das passierte jedoch nicht. Meine Schwester und ich kauften bloß Gemüse und Tortillawraps ein, schafften es endlich nach Hause und schmissen alle Lichterketten an, die wir fanden. Beim Kochen drehte ich Musik auf. Zufälligerweise ertönte *So Much Wine* von Phoebe Bridgers. Nur kurz dachte ich an @musikvonnoel.

Day After Tomorrow

Tillie
Ich danke dir

Du bist die beste Schwester auf der Welt

Ich schwöööre

Augenrollend steckte ich das Handy zurück in meine Tasche. Tillie hatte mich mit Nachrichten überflutet, weil sie sich in einer Notlage befand. Genau deshalb war ich diejenige, die jetzt von Kopf bis Fuß nass wurde. Fiese Regentropfen hämmerten auf die Dächer, während ich einen Blick nach vorn wagte.

Noch immer war ein halbes Dutzend Leute vor mir dran.

Ich versicherte mich ein weiteres Mal, dass ich den gelben Schein auch wirklich in meine Jackentasche gesteckt hatte, und stellte abermals fest, dass ich ihn nicht vergessen hatte. Nur meine Schwester hatte das und anschließend mich panisch auf WhatsApp darum gebeten, ihr Paket für sie abzuholen. Heute war nämlich der letzte Tag, bevor es wieder zurückgeschickt wurde. Außerdem war der Inhalt von größter Wichtigkeit, weil es sich um ein spezielles Handylicht handelte, das sie für ihre Videos brauchte. Sie hockte gerade in einem Seminar und würde es nicht vor der Schließungszeit schaffen. Deshalb war nun ich diejenige, die sich fragte, wieso meine Daunenjacke keine Kapuze besaß.

Was ist das überhaupt für eine Winterjacke, wenn man nicht vor Regen geschützt ist?

Ich kramte nach meinen AirPods und überlegte, welches Hörbuch ich beginnen sollte, nachdem ich das letzte gestern beendet hatte. Eine Office Romance? Oder doch lieber dieses Buch, von dem ganz TikTok schwärmte, weil es eine One-Bed-Szene gab? Ich öffnete gerade die Hörbuchapp, da registrierte ich, wie jemand hinter mir zum Stehen kam.

»Fuck«, fluchte dieser Jemand. »Das dauert hier Ewigkeiten. Ich meld mich, sobald ich fertig bin, ja?«

Eine Stimme war nur eine Stimme. Man konnte analysieren, ob sie schnell oder langsam war, nervös oder überheblich klang. Was keinen Sinn ergab, war, dass sich bei ihrem Klang ein seltsames Kribbeln in meinem Körper ausbreitete.

So intensiv, dass ich mich einfach umdrehen musste.

Fast hätte ich gelacht, weil ich es sofort gewusst hatte.

Es war der Typ vom Einkaufszentrum. *Natürlich.* Natürlich war er es.

@musikvonnoel.

Keine Ahnung, wieso ich seinen Namen behalten hatte. Dafür wusste ich ganz sicher, dass ich ihn zu intensiv anstarrte.

Und dass ich recht gehabt hatte.

Er sah gut aus.

Er war nicht perfekt, kein Model oder Elevator Boy. Seine Nase war zu schief und etwas zu groß. Seine Lippen wirkten einen Tick zu voll, während seine Ohren eine Spur zu klein für sein Gesicht waren. Trotzdem sah er gut aus. Die verwuschelte Frisur, die dunklen Augen, die dichten Wimpern und dazu dieser leichte Bartschatten.

Er war schön, weil Männer nicht schön sein mussten. Im Grunde brauchten sie nur hochgewachsen und muskulös zu sein. Nicht riesig, aber eben größer als wir. Das war – aus welchem Grund auch immer – sehr wichtig. In meinen Romanen stand ständig, dass sie nach Wald und/oder Moschus rochen. Dass ihre Augen die Farbe des Meeres hatten und du wie in Wellen in ihrem Blick ertrinken konntest.

Das hier war nicht so.

Ja, der Typ vor mir war groß und attraktiv, aber als sein Blick auf meinen Blick traf, ertrank ich nicht darin. Mein Herz schlug bloß ein paar Takte zu schnell und Hitze schoss mir in die Wangen, obwohl es weiterhin nasskalt regnete. Mein Gegenüber schien sich daran allerdings nicht zu stören. Wie in Zeitlupe zogen sich seine zu vollen Lippen nämlich zu einem Lächeln auseinander.

»Wirklich Mist, nicht wahr?« Er nickte auf die Schlange. »Dabei muss ich eigentlich nur ein paar Weihnachtsbriefe abgeben. Echt scheiße, dass unsere Generation keine Briefmarken zu Hause hat.«

»Weihnachtsbriefe?«, wiederholte ich wenig elegant.

Als wäre nichts dabei, zog er vier Briefe aus der Jackentasche. Sie waren rot und mit weihnachtlichen Stickern versehen. Ich erkannte kindliche Motive, bevor ich an der Absenderadresse hängen blieb.

i.A. Weihnachtsmann, Joulumaantie 1, Rovaniemi, Finnland

Meine Mundwinkel zuckten. »Im Auftrag des Weihnachtsmanns also, ja?«

»Wenn ich damit nicht den Titel für den Onkel des Jahres verdient hab, weiß ich auch nicht.« Schnell verstaute er die Briefe wieder in seiner Jacke, damit sie vom Regen verschont blieben. Es war nur eine Bewegung. Nicht einmal eine Sekunde lang. Und dennoch fiel mir etwas an der Art auf, wie er seine Finger bewegte. So fließend. So elegant.

Elegante Finger. Ist klar, Cleo.

»Das ist Tradition. Ich mache das schon seit Jahren für meine Schwester. Wahrscheinlich weiß die Älteste längst, dass es nicht echt ist, aber will die Weihnachtspost für ihre Geschwister nicht ruinieren.« @musikvonnoel atmete kleine Wolken in die Luft, während die Schlange weiter vorrückte.

Ich wusste nicht, was ich antworten sollte. Meine Generation redete nicht miteinander. Selbst Freundinnen saßen mit zugestöpselten Ohren in der Bahn, um sich nicht unterhalten zu müssen. Wir konnten das gut mit dem Schweigen. Mit dem Blockieren und der Funkstille.

@musikvonnoel war seltsamerweise nicht so.

»Und du?«, fragte er. »Musst du auch was abgeben?«

Ich schüttelte den Kopf. »Etwas abholen.«

»Weihnachtsgeschenke?«

»Nein, ist für meine Schwester. Ein Weihnachtsgeschenk an sich selbst sozusagen. Schade nur, dass sie keine Zeit hat, es abzuholen.«

»Sich bei dem Wetter an so einer Schlange anstellen? Vielleicht könntest du Anwärterin auf den Preis für die beste Schwester des Jahres werden.«

»Nah«, machte ich und winkte ab. »Sie musste mir dafür versprechen, ihre berühmten Blondies mit weißer Schokolade für mich zu machen.«

»Weiße Schokolade ist so viel leckerer als die normale, oder?«

»Absolut!«

»Die weiße Ritter Sport mit Zimtcrispies ist der größte Geheimtipp überhaupt. Ich hab schon angefangen, sie zu bunkern. Und …« Er verstummte. Wir waren an der Tür angekommen. Mein Kopf war jetzt sogar geschützt, nur auf meinen Gesprächspartner regnete es weiter herunter. »Sorry, dass ich dich so vollrede. Eigentlich ist das nicht meine Art.« Verlegen fuhr er sich durch die Haare. Dabei verharrte mein Blick erneut an seinen Fingern. Vor meinem inneren Auge flackerte das Bild von ihm vor dem Klavier auf.

»Ich bin übrigens Noel.«

Ich weiß.

Fast wäre es mir herausgerutscht, doch ich biss mir gerade noch rechtzeitig auf die Zunge. Als er mir dann seine Hand hinstreckte, zögerte ich nicht. Ich legte meine Finger in seine. Sie waren warm.

»Cleo«, sagte ich.

Er kippte den Kopf. »Wie Cleopatra?«

»Clementine«, verbesserte ich.

»Clementine«, wiederholte er langsam.

Mein Name war nur ein Name. Ich hatte ihn schon tausendmal von irgendwelchen Leuten gehört. Und ich hatte ihn jedes einzelne Mal seltsam gefunden. Deshalb stellte ich mich seit der Mittelstufe ausnahmslos als Cleo vor. Doch jetzt, in diesem Moment, als er meinen Namen sagte und unsere Hände sich berührten und wir uns ansahen, da schlug mein Herz *noch* einen Takt schneller. Es regnete, aber meine Wangen glühten und alles wurde ganz warm. Mitten auf der Straße, im Dezember in Dunkeldeutschland, weil ein Fremder mich angesprochen hatte und sein Blick etwas mit mir machte.

Das passiert nur in deinen Büchern, dachte ich.

Und dann passierte noch etwas, was nur in meinen Büchern geschah. Hinter Noel verblassten blinkende Rücklichter mit Kölner Kennzeichen, Regentropfen perlten von seinen dunklen Haaren, als er plötzlich einen Schritt auf mich zukam. So nah, dass ich mir fast eingebildet hätte, ich könnte seinen Herzschlag hören.

»Das ist eigentlich *wirklich* nicht meine Art«, begann er wieder, während der Postangestellte schon nach dem nächsten Kunden rief. »Aber hättest du vielleicht Lust, mir deine Nummer zu geben?«

»Warte, was?« Tillie war so schockiert, dass ihr die Gabel aus der Hand fiel. »Er hat dich im strömenden Regen nach deiner Nummer gefragt? Und als du nicht sofort geantwortet hast, hat er sich entschuldigt, weil er auf gar keinen Fall schmierig oder aufdringlich rüberkommen wollte?«

»Du übertreibst.« Kopfschüttelnd spießte ich eine Kirschtomate von meinem Teller auf. »Es war zu dem Zeitpunkt schon überdacht.«

»Aber der Rest stimmt?« Tillie schien ihren Salat vergessen zu haben, dabei hatte sie sich so viel Mühe beim Anrichten gegeben. Nicht für Instagram, sondern für sich selbst. Weil meine Schwester seit diesem Sommer wieder besser darin geworden war, sich selbst zu lieben.

»Na ja.« Ich zuckte die Achseln. »Irgendwie schon, aber …«

»Aber was?«

»Das ist zu schön, um echt zu sein, findest du nicht? So was passiert nur in meinen Büchern.«

»Vielleicht passiert es nicht so oft. Aber das heißt nicht, dass es nicht dir passieren kann.«

Den Rest unseres Abendessens versuchte Tillie, mich davon

zu überzeugen, positiver zu denken. Lichterketten strahlten in meinen Augenwinkeln, während meine Schwester mir erklärte, wieso wir genau das anzogen, was wir dachten, und es deshalb so wichtig sei, unsere Gedanken selbst zu bestimmen. Irgendwann war ich mir sogar sicher, dass Tillie mir in zwei Wochen zu Weihnachten irgendeinen Ratgeber schenken würde, mit dem ich mein Leben verändern könnte.

Dabei mochte ich mein Leben.

Ich mochte es, dass wir den Abwasch gemeinsam erledigten und unserer jüngeren Schwester Delia anschließend ein Selfie schickten.

Ich mochte es ebenfalls zu beobachten, wie sich Tillie und ihr Freund Jonathan begrüßten, nachdem es gleich darauf an der Tür geklingelt hatte. Ich mochte es, wie innig ihre Umarmung war. Wie intim, selbst wenn er die Hand bloß auf ihren unteren Rücken legte. Jonathan war einen Kopf größer als Tillie, hochgewachsen mit drahtigen Muskeln. Er trug eine Brille und teuer wirkende Pullover, machte seine Leidenschaft zum Beruf und war der netteste Mensch, den ich kannte. Er war diese Art von Typ, der in meinen Romanen ständig verlassen wurde, weil sein Geheimnis nicht dunkel genug und seine Aura nicht ausreichend mysteriös war.

Jonathan verursachte kein Drama.

Er brachte meiner Schwester bloß Wärmflaschen und Weihnachtspullover. Er machte ihr Leben schön, sanft und leichter.

Aber ich mochte es auch, mich von den beiden zu verabschieden, meine Zimmertür hinter mir zu schließen, um Kerzen mit Bratapfelduft anzuzünden und es mir mit einem neuen Buch gemütlich zu machen. Ich zog mir meine dicksten und kitschigsten Weihnachtssocken an, bevor ich den Winterliebesroman mit *gewissem Etwas* aufschlug. *Gewisses Etwas* stand meistens für erotische Szenen und das mochte ich noch viel mehr. Ich las gerade den ersten Satz, während das Weihnachtsalbum von Phoebe Bridgers in meinem Zimmer vor sich hin plätscherte.

Genau dann vibrierte mein Handy. Und mein Buch war vergessen.

Unbekannte Nummer
Hey, hier ist Noel 😊

Wir schrieben den ganzen restlichen Abend, trotzdem war diese fiese Stimme ganz tief in mir drin, die sich fragte, wo der Haken war. Immerhin waren meine Erfahrungen mit der männlichen Spezies nicht gerade die besten. Ich hatte einen Freund in der Zehnten gehabt. Drei Monate waren wir in einer Beziehung gewesen, hatten uns verliebte Nachrichten auf Facebook geschrieben und uns getrennt, weil er Schluss gemacht hatte. Das war kurz vor seiner Skifreizeit gewesen. Nach der Stufenfahrt hatte er seinen Single-Status wieder zu *In einer Beziehung* geändert. Etliche Nächte hatte ich zu Taylor Swifts *Red* durchgeheult und weinerliche Zitate in meinen Status gepostet, die mir jetzt peinlich waren. Danach war nichts mehr Gravierendes in meinem Liebesleben geschehen. Ich hatte Dates gehabt und Phasen durchlebt, in denen ich so viele Männer wie möglich kennenlernen wollte, aber es hatte nicht geklappt. Nie gefunkt. Oft hatte ich den Fehler bei mir gesucht, wenn ich geghostet worden war. War ich zu wählerisch, zu eigen, zu komisch? War ich nicht dünn oder an den richtigen Stellen nicht dick genug? Mittlerweile war ich vierundzwanzig. Ich war nicht hässlich. Ich war nett und freundlich, sympathisch und emphatisch. Ich hatte meine Fehler, aber ich war liebenswert. Für diese Erkenntnis hatte ich keinen Mann benötigt. Aber worauf ich eigentlich hinauswollte: Ich hatte niedrige Erwartungen. Ich war es gewohnt, dass man(n) behauptete, man(n) würde mir schreiben und man(n) es dann trotzdem ließ.

Noel hatte mir geschrieben. Und Noel schrieb weiter. Auch an den Tagen danach. Anfangs dachte ich mir nichts dabei. Ich rechnete sogar nach jeder meiner Nachrichten, die keine Frage war, damit, dass er nicht zurückschreiben würde. Noel hingegen fragte, wenn ich nicht fragte. Wir tauschten uns über unseren Alltag und unsere Hobbys aus, als würden wir ein Freundschaftsbuch ausfüllen.

Abends, meist nach acht Uhr, erreichten mich seine WhatsApps ohne längere Wartezeit. Er schickte mir Musik und lustige Videos. Ich fand schnell heraus, dass er eine Schwäche für die *Wilde Herzen*-Playlist auf Spotify hatte. Er mochte Indie-Künstler und hätte damit perfekt mit meiner Schwester harmoniert. Gestern schickte er mir *Kippe* von Ennio und ich ihm das neuste Lied von Gracie Abrams. Keine Ahnung, ob das ebenfalls harmonierte. Ich wusste inzwischen, dass er Musikstudent gewesen war, bis vor Kurzem seinen Master in Berlin gemacht hatte und jetzt zurück in die Heimat gezogen war. Hier hatte er eine Stelle als Aushilfslehrer an einer Musikschule angenommen. Manchmal wollte ich ihm schreiben, dass ich längst wusste, wie sehr er für die Musik brannte. Dass ich es gesehen hatte.

Ihn gesehen hatte.

Aber dann traute ich mich nicht, weil ich nicht wusste, mit welchem Smiley ich die Aussage versehen könnte, um nicht ganz so stalkermäßig rüberzukommen.

Also schloss ich auch jetzt wieder unseren Chat und begab mich in die Küche, in der Manda und Lucy am Tisch saßen. Lucy trug einen Dutt, eine Lederleggins und einen dicken Pullover mit hohem Kragen. Ringe glitzerten an ihren Fingern, während sie Tillie dabei beobachtete, wie diese mit übergroßen Handschuhen eine brennend heiße Auflaufform aus dem Ofen manövrierte. Manda beäugte das Ganze mit perfekt gezupften hochgezogenen Brauen. Der Lidstrich darunter war so präzise gesetzt, wie ich ihn niemals hinbekommen hätte. An Lucy wirkte immer alles schön und perfekt aufeinander abgestimmt. Bei Manda war es anders. Sie wirkte anziehend, doch auf eine mysteriöse Weise. Manchmal schien sie wie dieses dunkelhaarige Mädchen, das Leserinnen auf TikTok als Vorlage für Charaktere benutzten. Sie war so schön. Aber irgendwie immer so … traurig?

»Ähm«, machte sie, als meine Schwester uns keine drei Minuten später Teller mit ihrem Gebäck reichte. »Bist du dir sicher, dass das kein Apfelkuchen ist?«

»Manda-Schmanda, ich bitte dich!« Energisch setzte Tillie sich an den Tisch. »Es sind meine Blondies in der Weihnachtsversion mit Apfel, Mandeln und Spekulatiusgewürz.«

»Sorry, du Chefkoch.«

»Köchin«, verbesserte Tillie feixend, bevor sie den ersten Bissen nahm und sich die Zunge verbrannte.

Wir aßen heiße Blondies, die wie weihnachtlicher Apfelkuchen schmeckten, bevor meine Schwester alle Kerzen anzündete, die wir besaßen. Wir sprachen über Weihnachtsgeschenke für unsere Eltern und darüber, dass es unmöglich war, unseren Vätern etwas zu kaufen, das sie wirklich mochten. Lucy und Manda versuchten, sich auf einen Termin für Tillies großes Plätzchenbacken zu einigen, als mein Handy plötzlich vibrierte. Es lag mit dem Display nach oben auf dem Tisch. Der Blick meiner Schwester huschte sofort zu meinem Sperrbildschirm, während sie anzüglich mit den Brauen wackelte.

Sie nippte an ihrem Tee in der Geschmacksrichtung Schneewunder, als ich die Nachricht entzifferte. Als ich schon gedacht hatte, er würde nie fragen.

> **Noel**
> Liebste Clementine-nicht-Cleopatra,
> hättest du vielleicht übermorgen Lust auf
> ein Weihnachtsmarktdate?

Day After Tomorrow.

If We Make It Through December

Er hatte sogar *Date* geschrieben.

Noel ließ keine einzige Frage offen. Es gab keine widersprüchlichen Signale. Er bat mich um ein Date. Und ich sagte Ja.

Manchmal war es also tatsächlich einfach. Tillie hätte in diesem Moment Mandas Lieblingslied aufgedreht. *einfach* von JEREMIAS. Allerdings war es *so* leicht nun auch nicht. Immerhin spürte ich mein pochendes Herz bis in die Zehen, als ich am Donnerstag aus der Bahn stieg. Fremde Schultern berührten meine, während die Mütze tief in meiner Stirn und in meinem Bauch dieses seltsame Gefühl saß, das sich von dort aus in meinem gesamten Körper ausbreitete.

Ich lief die Treppen der U-Bahn-Haltestelle nach oben und erhaschte in einer Scheibe einen Blick auf mich selbst. Ich hatte kein komplettes Makeover veranstaltet und mir auch nicht auferlegt, seit vorgestern nichts mehr zu essen, um am Tag des Dates zumindest einen semi-flachen Bauch zu haben. Heute sah ich so gut aus, wie man im Winter aussehen konnte. Meine Jacke war zu dick und ließ meine Silhouette klobig wirken, dafür glänzten meine Lippen glossig.

»Bist du nervös?«, hatte Tillie mich vor etwa einer Stunde gefragt. Meine Antwort war ein Schulterzucken gewesen. Bevor meine Schwester mit Jonathan durch Skandinavien gereist war, hatte sie viele Dates gehabt, weil sie es geschafft hatte, Dates nur Dates sein zu lassen. Ich schaffte das nicht, hatte mich deshalb immer lieber an mich und meine Bücher gehalten. Bis ich ihn dort stehen sah.

Es war siebzehn Uhr achtundvierzig.

Er war genauso überpünktlich wie ich.

Ich nutzte den Moment, um ihn zu mustern. Wieder stach er aus einer Masse hervor, obwohl er diesmal nicht vor einem Klavier saß. Wahrscheinlich lag es an dieser treffsicheren Kombi, die bei Männern tatsächlich immer funktionierte: Er war groß und selbstbewusst. Noel trug auch diesmal Jeans und Pullover, darüber eine offene Bomberjacke und eine Mütze auf dem dunklen Haar. Er wirkte genau wie der Musikertyp aus Berlin, der er war. Seine Kleidung war einen Tick zu weit, genau so, wie Indie-Bands sie auf ihren Covern trugen. Vorbeiziehende Mädchen warfen ihm zweite Blicke zu, was er nicht zu bemerken schien. Oberflächlich betrachtet wirkte nichts an ihm nervös, doch mir entging nicht, wie er auf seinen Fußballen wippte, während er die Hände in den Jackentaschen vergrub. Gerade dann, dann, als ich den ersten Schritt nach vorn machte, landete sein Blick auf mir. Aus der Ferne deutete er ein Winken an und kam dann auf mich zu. Ich spürte mein Herz in jedem Winkel meines Körpers. Ich war der Meinung, es übertrieb, aber was mein Kopf dachte, war in diesen Angelegenheiten immer sehr egal.

»Hi«, sagte Noel, bevor wir unangenehm voreinander verharrten. Für eine Sekunde wirkte es nämlich so, als würden wir uns umarmen, aber als er wollte, war ich zu spät, und als ich wollte, wollte er nicht mehr.

Gott, wieso war das nur immer so peinlich?

»Voll cool, dass es geklappt hat.« Noel lächelte mich an. Nein, das stimmte nicht. Er *strahlte* mich an. Und ich strahlte zurück. Vielleicht konnte es doch einfach sein.

»Auf einer Skala von eins bis zehn.« Noel ließ den Blick über die Menge schweifen. »Wie sehr regt es dich auf, dass die Vorstellung von einem Weihnachtsmarkt immer besser ist als der wirkliche Besuch?«

Der Platz war auch heute wieder überfüllt, dabei war es noch nicht einmal Wochenende. Menschen streiften mich auf allen Seiten. Vor mir verschüttete sogar eine Frau Glühwein wegen des Gedrängels. Rechts von uns wurden überteuerte Crêpes verkauft, während links Hunderte von Schneekugeln in LED-Farben leuchteten.

»Sechs«, erwiderte ich schließlich.

»Ich setze auf fünf, aaaber du hast Glück, dass ich so ein positiver Mensch bin. Das wird trotzdem gut.« Noel berührte mich so sanft am Handgelenk, dass ich es kaum bemerkte – wäre da nicht die Wärme seiner Finger gewesen, die sich in meinem gesamten Körper ausbreitete. Unser Ziel war ein Büdchen, vor dem er zwei freie überdachte Plätze entdeckt hatte.

»Kann ich dich mit der Getränkeauswahl überraschen?«, erkundigte er sich. Das Licht war schummrig, aber Noel stand in unmittelbarer Nähe einer Lampe. Der Schein legte sich warm auf sein Gesicht. Seine Augen glühten. Schimmerten so stark, dass ich mich selbst in seinen Pupillen sah. Meine Wangen waren gerötet und meine Mütze saß schief. Aber es war so egal.

»K…klar«, erwiderte ich.

Noel bestellte zwei *Schneewunder*, ohne Alkohol. Der vollbärtige Typ hinter der Theke nickte wortlos, bevor er keine zwei Minuten später die Tassen vor uns abstellte.

»Also, Clementine-und-nicht-Cleopatra.« Mit einem breiten Grinsen hielt er die Tasse in die Höhe. »Auf was trinken wir?«

Ringsum unterhielten sich so viele Menschen, dass die Gesprächsfetzen sich in meinen Ohren zu einem Rauschen vermischten. Dampf stieg aus unseren Glühweintassen in die Luft. Alles roch nach Winter, nach Zimt und Nelken.

»Auf die schönste Zeit des Jahres?«

»Winter? Nah, komm schon. Ich verstehe, dass man Weihnachten toll findet, weil man so viel Zeit mit der Familie verbringt. Aber ist die Welt nicht viel schöner, wenn man um halb zehn abends am See chillen kann, weil es noch dreiundzwanzig Grad sind?«

Ich dachte an Juli und August, an dreißig Grad und das permanente Gefühl von Freiheit. In der Realität jedoch war der Himmel stockfinster, während die Besucher das Kinn bibbernd in ihren Schals vergruben.

»Absolut«, stimmte ich zu. »Sommer wäre wirklich schön jetzt.«

»Also trinken wir darauf?« Seine Augen wurden noch heller.

»Auf den Sommer.« Ich besiegelte es, indem ich meine Tasse gegen seine stieß. Und dann waren wir tatsächlich die Idioten, die mit dampfenden Weihnachtsgetränken auf den Sommer tranken. Noel grinste und ich lächelte. Vor unserem Date hatte ich befürchtet, es könnte unangenehm werden. Denn ja, wir hatten tagelang geschrieben, aber war er nicht immer noch ein Fremder?

Doch wir fanden immer wieder Gesprächsthemen. Nachdem wir unseren Kakao mit Marzipansirup und Sahne ausgetrunken hatten, wagten wir uns wieder in die Menge. Wenn es einmal eine Sprechpause gab, bemerkte ich, wie Noel mich ansah. Immer von der Seite, immer so schüchtern, dass ich wusste, er hoffte, ich würde es nicht bemerken. Er überraschte mich. Wenn ich ehrlich war, hatte ich mir Noel nicht *so* vorgestellt.

So gesprächig, so nett, so unterhaltsam, so positiv.

Wäre das hier eins meiner Bücher, wäre er anders. Verschlossener, mysteriöser, alles in allem ein bisschen gequälter, damit es auch zu seiner Künstleraura passte.

Aber das hier war die Wirklichkeit.

Ich fand unheimlich viele Dinge über ihn heraus, ohne dass ich überhaupt fragte. Noel liebte gebrannte Mandeln und Kakao mit Sahne und Zimt. Generell liebte er alles mit Zimt. Daher waren die Weihnachtsüßigkeiten das Einzige, was ihm im Sommer fehlte. Den Sommer liebte er tatsächlich so sehr, dass er sich damals nach dem Abi eine Pause in der Sonne gegönnt hatte. Er hatte nämlich eineinhalb Jahre in Neuseeland auf Kiwiplantagen gearbeitet. Während er davon sprach, wirkte alles an ihm noch wärmer und leuchtender.

»Würdest du noch mal zurück?«, fragte ich daher und rechnete mit einem Ja, weil so gut wie jeder, den ich kannte, sich in sein Auslandsjahr zurückbeamen würde, wenn es möglich wäre.

»Eher nicht«, erklärte er jedoch achselzuckend. »Ich bin froh, dass ich es gemacht hab. Aber ich mag mein Leben gerade ziemlich gern, so wie es ist. Ich freue mich, zurück in der Heimat zu sein. Berlin war cool, aber Berlin war eben auch …«

»Berlin?«, vollendete ich für ihn.

»Ja.« Er warf mir einen belustigten Seitenblick zu. »Ein großer Teil meiner Freunde ist noch hier in Köln. Außerdem hab ich diesen neuen Job und kann mich hier besser auf mein eigenes Ding konzentrieren.«

Auf mein eigenes Ding konzentrieren.

Die Worte hallten in mir nach, während ich mich an unsere erste Begegnung erinnerte. Wann war der richtige Zeitpunkt, seinem Date zu erzählen, dass man ihn in einem Einkaufszentrum beim Klavierspielen gesehen hatte, ohne seltsam zu wirken?

»Ist …« Ich befeuchtete mir die Lippen. »Ist der Job in der Musikschule dein Traum?«

»Eigentlich will ich Konzertpianist werden.« Plötzlich wurde Noel ganz leise. »Aber so einfach ist das nicht. Wahrscheinlich werde ich immer nebenbei als Klavierlehrer arbeiten müssen. Außer ich werde der nächste Chopin, wobei ich keine Ahnung habe, ob ich das wirklich will. Klar, Geld und Ruhm sind schon nice. Aber reicht es nicht aus, so wie es ist? Ich habe das Gefühl, wir wollen immer mehr. Gut reicht nicht, es muss *sehr* gut sein. Ich muss gar nicht der Beste sein. Ich liebe Klavierspielen und wenn ich davon leben kann, wäre das doch absolut perfekt.« Unvermittelt stoppte er, um sich dann über das Gesicht zu reiben. »Sorry«, lachte er rau. »Ich hoffe, ich habe dich nicht vollgelabert.«

»Nein, nein«, warf ich sofort ein. »Ich finde das schön.«

»Schön?«

»Ja.« Wild fuchtelte ich mit den Händen in der Luft. »Alle versuchen ständig, ihre Leidenschaften zu verstecken. Nicht preiszugeben, was sie wirklich mögen oder wofür sie tatsächlich brennen, um sich so in einer gewissen Art zu schützen. Wir sollten viel öfter aussprechen, was wir denken.«

»Absolut.« Er kippte den Kopf. »Und du, Clementine?« Seine Stimme klang verändert, als er meinen Namen jetzt sagte. »Wofür brennst du?«

»Hm«, machte ich und vergrub die Hände dabei in meinen Jackentaschen. »Ich backe gern. Ich meine, ich backe so gern, dass ich sogar eine Ausbildung zur Konditorin angefangen habe.«

»Konditorin?«, fragte er überrascht, was mich wiederum nicht im Geringsten überraschte.

»Wenn ich nur einen Cent für genau diese Reaktion bekommen würde, wäre ich reich.« Belustigt schüttelte ich den Kopf. »Ich weiß, es klingt irgendwie altmodisch. Wer will in unserem Alter schon Konditorin werden? Aber ich liebe es. Die Sorgfalt, die dahintersteckt. Es ist ein Handwerk, das den Menschen Freude bereitet. Und das mag ich sehr.«

Neugierig kippte Noel den Kopf. »Wie bist du darauf gekommen?«

»Wieso wusste ich, dass auch diese Frage kommt?«

»Weil du auch schon längst reich wärst, wenn du einen Cent für diese Nachfrage bekommen würdest?«

»Touché.« Ich holte tief Luft. »Ich erzähle es dir …«

»Das klingt nach einem Aber.«

»Aber«, fuhr ich fort, »du darfst nicht lachen, weil es leider wirklich klischeehaft klingt.«

Ruckartig hob Noel die Hände in die Luft. »Sommerehrenwort.«

»Sommerehrenwort?«

»Klar, damit du weißt, dass es mir ernst ist. Schließlich ist mir der Sommer heilig.«

Er wackelte mit den Brauen, während ich mich innerlich wappnete und dann die Schultern straffte. »Wir sind drei Schwestern und meine Mutter war alleinerziehend. Es war nicht immer besonders leicht, außerdem bin ich die Älteste. Meine Freundinnen hatten großartige Geburtstage. Es gab mehrere Feiern, selbst gemachte Muffins für die Klasse und zig Kerzen auf dem Kuchen. Wir konnten froh sein, wenn das Geld für eine Benjamin-Blümchen-Torte reichte. Und versteh mich nicht falsch, ich liebe diese Torte, aber …«

»Aber es ist nicht dasselbe.«

»Richtig«, bestätigte ich. »Mit dreizehn habe ich angefangen, Kuchen für meine Schwestern zu backen, damit sie sich nicht so fühlen wie ich. Gott.« Ich musste lachen. »Ich merke gerade wieder mal, wie kindisch das klingt.«

»Das tut es überhaupt nicht. Außerdem warst du damals wortwörtlich ein Kind. Deine Gefühle sind absolut verständlich.«

Ich wusste nicht, was ich darauf antworten sollte. Daher sprach ich schnell weiter. »Die Kuchen wurden von Jahr zu Jahr aufwendiger, bis sie irgendwann zu Torten wurden. Als ich mit der Schule fertig war, hatte niemand einen Plan, was er sein Leben lang machen wollte. Aber ich wusste, dass mir das Backen Spaß macht. Also habe ich Lebensmitteltechnologie studiert, um mein Abi nicht zu *verschwenden.*« Ich verdrehte die Augen. »Trotzdem wollte ich danach nicht zu einem großen Konzern wechseln und Lebensmittel künstlich länger haltbar machen. Stattdessen habe ich letztes Jahr mit der Ausbildung angefangen, weil es das war, was ich wirklich wollte.«

Noel lächelte und es war so echt. So strahlend. So ansteckend. Überhaupt nicht trauriger-Künstler-das-Leben-istscheiße-und-ich-muss-das-in-meiner-Kunst-verarbeiten. Noel hatte nichts Schweres an sich.

Als mein Mund sich öffnete, schien alles so leicht. »Ich …« Heiser räusperte ich mich. »Ich hab dich übrigens schon Klavier spielen sehen.«

Ruckartig blinzelte er mich an. »Ehrlich?«

»Im Einkaufszentrum.« Ich nickte. »Ich hoffe, es klingt nicht komisch.« Hastig schob ich ein nervöses Lächeln hinterher.

Noel antwortete nicht sofort. Und alles in mir spannte sich an. Wir passierten einen Vater mit zwei nach Zuckerwatte quengelnden Kindern. Ich war so beschäftigt damit, Noel in diesem Moment auf keinen Fall anzusehen, dass ich beinahe nicht bemerkte, wie er urplötzlich stehen blieb.

»Krass«, flüsterte er. »Was für ein Zufall.« Sein gesamtes Gesicht leuchtete dabei, am hellsten schienen seine Augen.

Was für ein Zufall.

Wäre das hier eins meiner Bücher, hätte er *Schicksal* gesagt. Aber wahrscheinlich hatte er recht. Das hier, das alles, unsere Begegnung, die Tatsache, dass wir genau jetzt an einem dunklen Dezembertag hier entlangliefen – das war Zufall.

»Ich bin keine Expertin im Musikbereich«, begann ich. »Aber wie du gespielt hast, na ja, man musste einfach hinhören. Es war so einnehmend.«

Noel lächelte noch breiter.

Manchmal waren Zufälle schöner als Schicksal.

»Ich. Will. Aber. Kekse!«

Wir zuckten zusammen. Der Vater von eben war mit seinen zwei Kindern in dieselbe Richtung getrottet wie wir.

Nun verharrten sie an einem Büdchen mit Süßigkeiten. Gummischlangen, Obstspieße und gebrannte Mandeln, so weit das Auge reichte. Seine Kinder allerdings waren nicht zufrieden.

»Keeekse, Papi, wir wollen selbst gemachte Keeekse.«

Der Vater fuhr sich sichtlich überfordert durchs Haar, während wir ihn glucksend hinter uns ließen.

»Zur Verteidigung seiner Kinder«, begann Noel. »Selbst gebackene Kekse sind wirklich der Hammer.«

»Ich liebe sie.«

»Allein warme Vanillekipferl, die noch nicht richtig fest sind.«

»Allein Keksteig.«

»Das wär's jetzt, oder?« Noel warf mir einen Seitenblick zu. »Selbst gebackene Kekse?« Es war offensichtlich, was er fragen wollte, aber er wollte auch keine Grenze überschreiten.

Das Wetter war nass und kalt. Ich spürte, wie jeder meiner Muskeln einfror, während fremde Menschen an ihrem Glühwein nippten.

Schließlich traute er sich doch. »Vielleicht könnten wir bei unserem nächsten Date eine klassische In-der-Weihnachtsbäckerei-Session einlegen, was sagst du?« Ein Lächeln schlich sich auf seine Lippen. Es war so schüchtern, dass es ihn viel jünger wirken ließ. Unser Atem stieg als kleine Rauchwölkchen in die Luft. Ich ließ den Blick ein letztes Mal über die Menge schweifen. Alles war voll. Menschen kämpften in Schlangen um jeden Zentimeter. Es roch nach Gewürzen und Grill. Im Grunde war es wie jedes Jahr. Nur dass es das nicht war. Schluckend richtete ich den Blick wieder auf Noel. Er lächelte noch immer. Als wäre es in der Tat leicht.

Als wäre alles so verflucht leicht.

»Was … was würdest du davon halten, wenn wir die Backsession heute machen? Ich hätte nichts gegen warme Kekse in einer warmen Küche.« Als ich verstummte, musste ich mich selbst dazu ermahnen, nicht nach Luft zu schnappen.

»Weißt du, Clementine.«

Gott, sein Lächeln.

»Ich habe genau dasselbe gedacht.«

Er haute mich um, ohne mich umzuhauen.

»Na ja«, fügte er hinzu. »Vorausgesetzt, wir schaffen es, hier rauszukommen.« Halb belustigt und halb ernst nickte er nach vorn. Menschen quetschten sich eng an eng aneinander vorbei. »Aaaber wer nicht wagt, der nicht gewinnt, richtig?«

7 O'Clock News / Silent Night

Ich hätte niemals damit gerechnet, dass ein Typ mich mitten auf der Straße anspricht, nachdem ich ihn in einem Einkaufszentrum Klavier spielen gehört hatte. Ich hätte allerdings auch niemals damit gerechnet, dass ich auf einem ersten Date mit besagtem Typ in einem REWE landen würde. Und das nur, damit Butter, Zucker und Vanilleschoten in meinem Einkaufskorb landeten.

»Was steht noch in dem superduperviralen Rezept?«, fragte Noel jetzt.

»Hey!«, konterte ich. »Hör auf, dich über das TikTok-Rezept lustig zu machen. Es hat über eine Million Aufrufe. Es *muss* gut sein.«

»Ich sage doch gar nichts.« Unschuldig hob er eine Hand, in der anderen hielt er den roten Einkaufskorb. Doch seine Mundwinkel zuckten und wir wussten beide ganz sicher, dass er log.

»Ich wette mit dir, dass es die besten Kekse deines Lebens werden.«

»Deal.«

Sofort streckte er mir die Hand entgegen. Wieder blieb mein Blick an ihr kleben. Wieso fand ich seine Hände nur so attraktiv? Als meine Finger seine berührten, verweilten wir einen Tick zu lange so, Hand an Hand. In der Backabteilung eines Supermarkts mit grellem Licht. Es war derselbe

Moment, in dem mir bewusst wurde, dass wir um gar nichts gewettet hatten.

In rekordverdächtiger Zeit fanden wir alle Zutaten, bevor wir bezahlten und anschließend wieder hinaus in die Kälte traten.

»Zu mir oder zu dir?«

Ich wollte gerade den ersten Schritt in Richtung Straße machen, als ich verharrte. Noch im selben Augenblick hörte ich, wie Noel ein raues »Fuck« hinzufügte. Mit brennenden Wangen drehte ich mich um. Seine hatten die gleiche Farbe.

»Sorry.« Er lachte, wie um seine Unbehaglichkeit zu überdecken. »Das sollte nicht so klingen.«

Vielleicht stimmte es. Vielleicht auch nicht. Oftmals erwarteten wir das Schlechte von Männern, weil eben genau das uns, unseren Freundinnen und Bekannten geschehen war.

Doch Noels Wangen brannten immer noch und er lächelte so schüchtern, dass ich mich dafür entschied, ihm zu glauben. Weil mein Bauchgefühl nicht gegen ihn protestierte, sondern nur mein Herz randalierte. Auf eine gute Weise.

»Wie du möchtest«, erwiderte ich also, ohne auf dem Thema herumzureiten.

Erleichtert atmete er aus. »Wir können gern zu mir. Ich wohne nur drei Haltestellen entfernt. Vorausgesetzt, es stört dich nicht, dass alles noch ein komplettes Umzugschaos ist.«

Ich war froh, dass er seine Wohnung vorschlug. Immerhin wäre er in meiner Tillie begegnet. Und Tillies Fragen. So steuerten wir nun also mit zwei großen Papiertüten vom Supermarkt die Bahn an, quetschten uns in dicken Winterjacken an andere dicke Winterjacken und stiegen fünf Minuten später wieder aus.

»Ich warne dich«, sagte er, kurz bevor wir sein Wohnhaus erreichten. »Es ist wirklich nicht besonders ordentlich.«

Ich warne dich.

Keine Ahnung, wieso die Worte in mir tatsächlich wie eine Warnung nachhallten. Doch ich zuckte bloß lächelnd mit den Schultern, während sein Grinsen breiter wurde.

Gott, dachte ich. *Ich habe wirklich noch nie einen Typen kennengelernt, der so viel lächelt. Und dabei aussieht, als würde er es meinen.*

Und dann dachte ich: *Wo ist der Haken?*

»Okay, okay«, rief ich, sobald er seine Wohnungstür aufgeschlossen hatte. »Du hast nicht übertrieben.«

Noels Wohnung bestand aus einem Zimmer inklusive Kochnische. Und dieses Zimmer war wirklich das reinste Chaos. Umzugskartons stapelten sich in jeder Ecke, während mittig ein dunkles Boxspringbett stand. Links von mir erkannte ich einen Kleiderschrank und ein Billy-Regal, das vollkommen leer war. Ich wollte mir gerade die Jacke ausziehen, da fiel mein Blick auf das Fenster.

Meine Mundwinkel zuckten. »Du hast noch nichts ausgepackt, aber schon Lichterketten an der Wand und einen Weihnachtsmannkerzenhalter auf der Fensterbank?«

»Zu meiner Verteidigung«, erwiderte er, »das waren meine Schwester und ihre Kinder. Sie fühlen das mit Weihnachten wirklich sehr.« Es raschelte, als auch Noel sich aus seiner Jacke befreite.

Instinktiv drehte ich mich um und begutachtete seinen Pullover. Es war ein tannengrüner Norwegerpulli, der locker saß, an seinen muskulösen Schultern jedoch leicht spannte. Keine Sekunde später beobachtete ich, wie er auf seinen dicken Socken zur Kochnische schlurfte. Unseren Einkauf nahm er dabei mit, bevor er Schüsseln und Schneebesen hervorkramte.

»Musikwünsche?«, fragte er, während er sein Handy zückte.

Ich schüttelte den Kopf, neugierig auf seine Playlist.

»Gut«, sagte er. »Ich liebe es nämlich, meine Lieblingsmusik mit anderen zu teilen.«

Ich hatte mit Klassik gerechnet, vielleicht mit irgendeinem wichtigen Pianisten, den ich sowieso nicht gekannt hätte. Stattdessen schallte es deutsch aus der Musikbox. Ein Typ sang von Unendlichkeit und Noel nickte auf die Stelle neben sich. »Also, Miss Patisserie? Wo ist dein Wunderrezept?«

Keine fünf Minuten später standen wir gemeinsam vor seiner abgenutzten Küchentheke. Ich schätzte die Buttermenge ab, da eine Waage fehlte. Wir benötigten gekochtes Eigelb, also blubberte das Wasser. Ich rührte und Noel reichte an, wobei ich mit mehligen Fingerspitzen immer wieder in dem Rezept scrollte. Im Hintergrund lief MilleniumKid, während er mir von seinem Leben erzählte. Als wäre nichts dabei, sprach er von seiner Schwester und seinen Nichten. Sie war einige Jahre älter als er und lebte – seine Worte – das Gegenteil von seinem Leben.

»Wie würdest du dein Leben denn beschreiben?«, fragte ich interessiert.

»Ziemlich normal. Ich bin zu alt, um Anfang zwanzig zu sein, aber zu jung, um Mitte zwanzig zu sein. Ich lebe für Musik und meine Freunde, auch wenn das langweilig und abgedroschen klingt, obwohl es das überhaupt nicht ist.« Er zuckte mit den Schultern, während er das Eierwasser abgoss. »Und du? Wie würdest du deins beschreiben?«

Ich dachte an meinen Job, an meine Freundinnen und Schwestern, daran, dass einiges in meiner Familie schiefgelaufen, doch im Endeffekt alles gut gegangen war. Ich dachte an meine Bücher und dass sich in ihnen niemals jemand als normal bezeichnen würde. Dabei war normal nicht schlecht, wenn normal sich für dich genau richtig anfühlte. Ich lächelte.

»Auch normal«, schätzte ich dann und machte mich wieder an meine Butter-Zucker-Masse, wobei ich versuchte, mich nicht derart stark auf Noels Präsenz zu fokussieren.

Es klappte nicht.

Alles in mir war angespannt. Auf eine seltsam gute Weise, in der jedes Atom in mir vibrierte.

Noel war diese Art von Person, die du nicht ignorieren konntest. Selbst wenn er schwieg, war er da. Es war nicht sein gutes Aussehen, sondern vielmehr seine Ausstrahlung. Er vibrierte nicht wie ein Bass im Club, der deinen Herzschlag bestimmte. Noel war leiser, doch brachte damit selbst gestresste Leute in hektischen Einkaufszentren zum Stehen, bloß um ihm zuzuhören. Er strahlte wie eine Sonne, ein Stern, war hell und funkelnd.

Und als ich ihn dann plötzlich hinter mir registrierte, seinen großen Körper dicht an meinem Rücken, konnte ich kurz nicht mehr atmen. Seine Brust berührte mich nicht, doch ich spürte, wie sie sich hinter mir hob und senkte. Keine Sekunde später streckte er seinen Arm aus, um nach der Papiertüte vor mir zu greifen. Sein Atem war warm in meinem Nacken.

Ich spürte, wie sich Gänsehaut auf meinem Hals ausbreitete.

Wegen einer Fast-Berührung.

Noel räusperte sich und der Laut hallte heiser in meinen Ohren wider. »Abrieb muss auch rein, nicht wahr?«

Abrieb.

Das hätte mich an meine derzeitige Aufgabe erinnern müssen, doch stattdessen spürte ich weiterhin Noels Atem in meinem Nacken, obwohl er längst nicht mehr hinter, sondern inzwischen neben mir stand und die Frucht aus der Papiertüte holte. Ich spürte, wie warm er sich anfühlte.

Wie warm sich in diesem Moment *alles* anfühlte.

»Sieht gut aus«, sagte er.

Instinktiv drehte ich mich um und kam Noel damit noch näher. Links an seinem Kinn konnte ich eine kleine Stelle erkennen, die er beim Rasieren vergessen haben musste. Als seine Brust sich hob, tat meine es auch.

»Dein Teig, meine ich«, fügte er heiser hinzu.

Ich spürte die Arbeitsplatte an meinem Becken, während sich plötzlich jedes einzelne Härchen an meinen Armen aufstellte. Unsere Blicke verhakten sich und mein Herz stolperte, dabei stand ich doch bloß vor einem ganz normalen Typen.

»D...du natürlich auch«, setzte er erneut zum Sprechen an und irgendwie berührte mich alles. Dieses Stottern. Es machte ihn nicht weniger attraktiv, im Gegenteil. Wie dunkel sein Blick geworden war, wie fest sich seine Finger um die Frucht klammerten. Es war derselbe Moment, in dem ich bemerkte, dass wir falsch eingekauft hatten.

Wir brauchten eine Orange.

Er umklammerte eine Clementine.

Wir hatten den größten Spaß beim Kekseausstechen, weil Noel natürlich keine Formen besaß. Also improvisierten wir mit stumpfen Messern und unserer Fantasie. Wir versuchten uns an Sternen und Tannenbäumen, die stets zu rund und kaum zu erkennen waren.

»Das sind Unikate«, beharrte Noel trotzdem.

Eine halbe Stunde später verbrannten wir uns die Zungen an den Keksen, trotzdem war nicht zu bestreiten, dass …

»Fuck«, stöhnte Noel. »Die sind ja wirklich himmlisch.«

»Himmlisch?«, wiederholte ich belustigt.

»Hey, machst du dich etwa über meine Wortwahl lustig?«

»Auf gar keinen Fall.« Ich nahm einen weiteren Bissen und leckte mir anschließend die Kekskrümel von den Lippen. Sein Blick verharrte zu lange an meinem Gesicht. An meinen Lippen.

Mein Herz setzte einen Schlag aus.

In diesem Moment fühlte sich alles in mir wie eine Elektroleitung an. Ich zitterte und war dabei gespannt bis in die Zehenspitzen. Ein Teil in mir wünschte sich, Noel würde etwas tun. Mir näher rücken und mir zu nah sein, so nah, dass es gerade ausreichte. Ich wollte seine großen Klavierhände auf meinen Oberschenkeln spüren, wissen, wie schwer und warm sie sich durch meine Hose anfühlten. Ich wollte, dass er sich dabei in meine Richtung beugte und seine Nase meine berührte. Ich wollte, dass er *Sorry* sagte, ohne es zu meinen.

Ein Teil in mir wollte, dass er mich küsste, obwohl der größere in mir wusste, dass es viel zu früh war.

Aber im Endeffekt passierte sowieso nichts davon. Noel

fuhr sich bloß lachend durch die dunklen Haare, während es in seinen Augen aufblitzte.

Seine Hände blieben auf seiner Seite.

Als hätten wir eine imaginäre Grenze gezeichnet, die niemand von uns überschreiten durfte.

Mein Handy vibrierte um exakt dreiundzwanzig Uhr. Es war eine Nachricht von Tillie. Das rief mir in Erinnerung, dass ich gehen sollte. Dass man immer dann gehen sollte, wenn es am schönsten war. Immer dann, bevor es hässlich werden könnte.

»Ich … ich sollte gehen«, sagte ich daher.

Noel versuchte nicht, mich zum Bleiben zu überreden. Er sagte nicht *Nah, komm schon, eine Stunde kannst du noch bleiben* wie die schmierigen Typen, bei denen ich definitiv zu lange geblieben war.

»Versteh ich«, erwiderte Noel und schob ein schüchternes Grinsen hinterher. »Willst du Kekse mitnehmen? Wenn ich lange genug suche, finde ich bestimmt irgendwo eine Rolle Alufolie.«

Wo ist der Haken?

Wieder lag mir der Satz auf der Zunge, doch ich schluckte ihn hinunter. »Du kannst sie deinen Nichten schenken.«

»Dann musst du wohl noch mal kommen und mit mir backen, wenn sie leer sind.« Nachdem er verstummt war, räusperte er sich schüchtern. Trotzdem nahm er seine Augen nicht von mir. Unwillkürlich dachte ich an die vielen Chats auf meinem Handy. Keine Ahnung, wie oft meine Freundinnen und ich schon darüber diskutiert hatten, was irgendein Typ mit seiner Nachricht andeuten wollte. Ob er mit einem Zwinkersmiley wirklich auf ein zweites Date anspielte oder ob es ihm schlicht egal war.

Noel deutete nichts an, er sprach es aus. Er war so klar und direkt, dass es hätte komisch wirken können. Immerhin war niemand so.

Aber er war so.

»Gerne«, sagte ich mit einem aufrichtigen Lächeln auf den Lippen. Ich war keine Stromleitung mehr. Ich war etwas Heftigeres. Etwas, das glühte, aber nicht verglühte, weil alles so intensiv, aber genau richtig war.

Dabei passierte es wieder.

Dass ich mir wünschte, er würde mich küssen. Und diesmal dachte ich wirklich, es könnte passieren.

Ich hatte mich inzwischen schon in meine Wintermontur gehüllt. Mütze, Schuhe, Schal. Ich zog gerade die Tür auf, als ein bekanntes Lied eine Etage tiefer ertönte. Noels Mundwinkel zuckten und ich konnte mein Grinsen nicht zurückhalten.

»Ist das gerade Justin Bieber mit …«

»… *Under the Mistletoe?*«, vollendete er.

Ich nickte bestätigend, während ich mich fragte, ob das alles hier tatsächlich nur Zufall war. Und …

Oh Gott.

Noel musste das Gleiche denken. Urplötzlich machte er einen Schritt auf mich zu. Der Duft nach Vanillezucker und warmer Butter vermischte sich mit seinem. Keine Ahnung, welches Parfum er benutzte. Aber ja. Ja, ja, ja, er roch männlich wie die Protagonisten in meinen Romanen. Das Beste daran? Noel existierte nicht zwischen Buchseiten. Noel war echt. Ich konnte ihn berühren, doch ich berührte ihn nicht.

Bis er plötzlich mich berührte.

Zeitenlupenartig streckten seine Klavierfinger sich nach mir aus, verharrten an meiner Wange, meine Lippen geöffnet.

»S...sorry«, flüsterte er und es war wie in meiner Vorstellung: Er meinte es nicht. »Du hattest da noch ein paar Krümel.«

Ganz langsam zog er seinen Arm wieder zurück. Mein Gesicht brannte weiter.

Kekskrümel.

Das war nicht, was ich erwartet hatte.

»Danke«, sagte ich trotzdem.

Noel nickte, während ich erkannte, dass seine Wangen sich rötlich verfärbten. Rot und glühend, genau wie mein Herz sich anfühlte.

»Ich ...« Heiser setzte ich neu an. »Ich geh dann mal.«

Noel warf mir ein letztes Lächeln zu, bevor ich ihm den Rücken zukehrte. Seine Nachbarn hörten immer noch Justin Bieber. Das Ganze kam mir so absurd vor.

Ich dachte an Noel, an seine Finger, an seine Lippen. An seine Berührung.

Du hattest da noch ein paar Krümel.

Seine Stimme pochte wie ein Ohrwurm in mir, bis ich es nicht mehr aushielt. Gerade als ich das Erdgeschoss erreicht hatte, kehrte ich um. Ich wusste nicht, was ich tat. Fühlte mich nicht wie ich.

Ich war eine mutigere Version von mir selbst.

Von irgendwo hörte ich gedämpft kitschige Weihnachtssongs, während ich mit pochendem Herzen wieder vor seiner Wohnungstür zum Stehen kam. Und anklopfte. Ich musste keine Sekunde warten. Noel öffnete mir so schnell die Tür, als hätte er sich keinen Zentimeter gerührt.

Atemlos verharrte ich vor ihm.

Wäre das hier eins meiner Bücher, hätte ich mich auf die Zehenspitzen gestellt und ihn geküsst. Ohne ein Wort, ohne einen Kommentar, weil ich gewusst hätte, dass wir es beide den gesamten Abend über gewollt hatten. Auch in Wirklichkeit wusste ich, dass es so war. Ich erkannte es an der Gänsehaut an seinem Hals, an seinem Blick, daran, wie dunkel und geweitet seine Pupillen wirkten.

Doch ich tat nichts davon.

Stattdessen schluckte ich und stellte ihm die Frage, die ich nicht mehr länger zurückhalten konnte.

»Wo ist der Haken?«

Christmas Song

»Und danach habt ihr euch wirklich nicht geküsst?«, flüsterte meine Schwester. Aufgeregt zuckte mein Blick zur Uhranzeige. Es war kurz nach Mitternacht. Ich war gerade eben durch die Tür geschneit, hatte die Schuhe von meinen Füßen gestreift und mir ein Glas Wasser eingießen wollen, da war Tillie aus ihrem Zimmer geschlichen. In einem übergroßen Pyjama und auf Zehenspitzen, um Jonathan in ihrem Bett nicht zu wecken. Jetzt, zehn Minuten später, hatte sie mich mental durch ein Kreuzverhör gezerrt und konnte nicht glauben, dass wir uns nicht geküsst hatten. Blonde Strähnen fielen ihr in die Stirn, während sie an einem Wasserglas nippte und mich abwartend beäugte.

»Wirklich nicht«, bestätigte ich. »Er hat mir bloß geantwortet, dass er sich schon dasselbe gefragt hat. Weil es sich so gut anfühlt. Das war alles.«

Ich zuckte mit den Schultern und verschwieg Tillie unseren allerletzten Moment. Den, in dem Noel wieder dieses ehrliche breite Lächeln gelächelt hatte. Und vor allem, was es mit mir gemacht hatte. Meine Schwester setzte gerade zu einer Antwort an, als mein Handy auf der Tischplatte vor uns vibrierte.

Noel
Bist du gut nach Hause gekommen? 😊

Übrigens fand ich es wirklich sehr, sehr, sehr, sehr, sehr, sehr schön mit dir

Und das lag nicht nur an den Keksen 😂

»Was für Kekse?«, fragte Tillie, bevor es keinen Moment später polterte.

Ruckartig wandten wir die Köpfe nach links, wo Jonathan aus der Tür stolperte. Verschlafen rieb er sich über die Augen, die rotbraunen Haare standen wirr von seinem Kopf ab. Er trug nichts außer Boxershorts. Mit Weihnachtsmuster. Es wäre zum Schreien gewesen, sähe Jonathan nicht so … heiß aus. Der Streberfreund meiner Schwester war heiß. Groß und leicht definiert. Das Schönste an ihm war jedoch, wie er Tillie ansah. Immer mit so viel Liebe im Blick, dass es mir den Brustkorb zuschnürte.

»Alles okay?«, fragte er mit kratziger Stimme. »Sorry, ich wollte nicht stören. Ich bin nur aufgewacht und du warst nicht da und ja … Hab mir wohl Sorgen gemacht.« Peinlich berührt fasste er sich in den Nacken. Sein Bizeps stach dabei hervor, während er uns einen entschuldigenden Blick zuwarf.

Wenn ich darüber nachdachte, war Jonathan der beste Typ, den ich kannte.

Wie auf Kommando huschte mein Blick zu meinem Handy. Es war viel zu früh, um beurteilen zu können, was für eine Art Typ Noel war. *Wirklich* war. Dafür kannte ich ihn zu wenig. Just in diesem Moment leuchtete mein Display erneut auf.

Noel
Ich will dich nicht zuspamen, aber ich hoffe wirklich, dass du gut zu Hause angekommen bist! 😊

Neben mir antwortete Tillie Jonathan, dass alles okay sei, was ich nur am Rande mitbekam, weil ich nach meinem Handy griff.

Sorry für die späte Antwort, meine Schwester hat mich beim Reingehen überfallen 😂

Aber danke, es ist alles okay! 😊

Sehr, sehr, sehr, sehr, sehr, sehr okay.

Am nächsten Morgen ignorierte ich mein Handy.

Ich putzte mir die Zähne, sprang in meine Kleidung und dann in die Bahn, um mich auf den Weg ins *Zuckermonarchie* zu machen. Fremde Menschen quetschten sich in der Bahn an meinen Körper. Draußen pusteten Passanten Rauchwölkchen in den dunklen Morgen und vergruben ihre Hände dabei noch tiefer in den Jackentaschen. Es waren kalte zwei Grad, trotzdem spürte ich mein Smartphone brennend heiß in der Tasche glühen. Dabei wusste ich, wie kindisch ich mich verhielt. Trotzdem konnte ich es nicht lassen, weil ich mich nur zu gut an meine Schulzeit erinnerte, wenn ich wieder mal aufgeregt aufgewacht und dann enttäuscht worden war, weil irgendein Typ mich nach irgendeinem Date wieder nicht angeschrieben hatte.

»Schnell, schnell, mach die Tür wieder zu!«, wurde ich von Kathi begrüßt, sobald ich meinen Ausbildungsplatz betreten hatte. Sie schüttelte sich hinter der Theke, während ich mir lachend die Mütze vom Kopf nahm. Das *Zuckermonarchie* war bekannt für seine außergewöhnlichen Torten und Gebäcke, die es meist sogar in einer veganen Variante gab. Keine Ahnung, wie oft Foodblogger uns besuchten und unsere Kreationen abfilmten. Das Lokal sah genauso aus, wie man sich ein Hipster-Café vorstellte. Hohe Decken, viele Pflanzen, an einer Wand sogar ein großes Neon-Leuchtschild mit dem Namen. Für die Adventszeit hatten wir die Regale festlich mit Tannenzweigen und Weihnachtskugeln dekoriert. Dezent, aber gemütlich.

»Es ist so kalt«, bibberte Kathi.

Ich stimmte ihr zu, steuerte den Mitarbeiterraum an und befreite mich von Handschuhen, Jacke und Schal. Dann band ich mir das Haar zusammen und machte mich an die Arbeit. Links von mir unterhielten sich meine Kolleginnen Elina und Fiona, während sie an ihren Kaffees nippten.

»Markus meinte, sein Sohn kommt heute auch vorbei«, flüsterte Elina.

»Sein Sohn also.« Fiona wackelte anzüglich mit den Brauen.

Ich unterdrückte bloß ein belustigtes Kopfschütteln, weil ich an unseren WhatsApp-Chat zurückdachte.

Die nächsten Stunden arbeiteten wir gemeinsam an einer Weihnachtstorte mit Bratäpfeln und Spekulatius-Mascarpone-Creme. Im *Zuckermonarchie* war sie ein Klassiker und bekannt unter *Big Apple*.

»Der Rest ist allein dein Job.« Gegen elf nickte Fiona mir zu, während sie sich die Handschuhe von den Fingern streifte.

Das hier war mein liebster Part. Neben dem Dekorieren der Torten natürlich.

Vorsichtig trug ich unseren *Big Apple* in den Nebenraum, wo ich ihn auf einem Tisch platzierte. Innerhalb von fünfzehn Minuten hatte ich mein gewünschtes Set-up kreiert. Dank meiner Erfahrung mit Instagram und Co., wo ich unter @cleoloves meine Lieblingsbücher fotografisch in Szene setzte, war ich nicht nur fürs Backen zuständig, sondern durfte mich auch im Bereich Food Styling ausprobieren und die Bilder auf den hauseigenen Social-Media-Kanälen hochladen. Bei TikTok hatte ich letzte Woche einen Zeitraffer veröffentlicht, in dem ich mich an weihnachtlichen Zimtschnecken versucht hatte. Über zweihunderttausend Menschen hatten es sich schon angesehen und viele davon geschrieben, dass sie extra dafür nach Köln kommen müssten.

Ich rückte gerade den Stuhl an den Tisch, bevor ich ihn für den besseren Fotowinkel bestieg, da hörte ich die Stimme meines Chefs Markus. Markus, der darauf bestand, dass wir uns alle duzten. Weil ihm ein angenehmes und lockeres Arbeitsklima wichtig war. Wenn ich recht überlegte, war mein Arbeitsplatz ein Traum.

Bis mein Chef plötzlich im Türrahmen verharrte und mir freundlich zunickte. »Und das hier ist Clementine, die eigentlich lieber Cleo genannt wird. Sie ist die großartige Auszubildende, von der ich dir schon erzählt habe. Die, die unsere Sozialen Medien übernimmt. Hast du ihr letztes TikTok gesehen, in dem …«

Markus sprach weiter, doch in meinen Ohren verstummte

seine Stimme. Schließlich war es derselbe Moment, in dem sein Gesprächspartner an seiner Seite erschien. Ich blinzelte, weil das einfach nicht stimmen konnte. Hochgewachsene Statur, dunkles Haar. Der Typ hatte dieses gewisse Etwas.

Noel.

Noel hatte das und stand direkt vor mir.

Als er mich erkannte, rissen seine Augen auf. Und als ich ihn erkannte, blieb mein Herz stehen. Erst dann verlor ich die Kontrolle. Wortwörtlich. Das Handy fiel mir aus der Hand und landete mit einem lauten *Platsch* auf der Torte.

Keine Ahnung, ob ich lachen oder weinen sollte, als das Display dabei aufleuchtete und ich erkannte, dass Noel mir vor zwei Stunden geschrieben hatte.

Natürlich.

Natürlich hatte er das, denn der Haken war nicht sein oder mein Verhalten.

Noel war der Sohn meines Chefs.

Das war der Haken.

Mein Chef versicherte mir, dass es kein Problem sei, dass wir das hinbekommen würden und ich einfach mal tief durchatmen sollte. »Es ist nur eine Torte, Cleo«, beruhigte er mich. »Mach dir keinen Kopf.«

Doch in meinen Schläfen pochte es, ganz egal, was Markus sagte. Mittlerweile saßen wir im Mitarbeiterraum. Es konnten kaum mehr als zehn Minuten vergangen sein, doch wo Noel war, wusste ich nicht. Ich wusste bloß, dass er schon weg war, und Elina, bewaffnet mit Handschuhen, mein Handy aus der Torte gezogen hatte.

»Bist du sicher, dass alles okay ist?«

Ich atmete tief durch, wie mein Chef es mir befohlen hatte. »J…ja«, stammelte ich dennoch, bevor er mich allein ließ, weil aus dem Verkaufsraum nach ihm gerufen wurde.

Ich wollte ja wirklich entspannen, doch es ging nicht. Hastig stellte ich den Tee zur Seite, den Kathi mir gebracht hatte, und entsperrte mein Handy. Es klebte noch von meinem Fauxpas. Mit einem Kloß im Hals öffnete ich WhatsApp. Noel hatte mir einen guten Morgen gewünscht. Um neun Uhr einundzwanzig. Bevor ich wusste, dass er der Sohn meines Chefs war.

Gott, ich fühlte mich wie im Film. Nein, stopp, ich fühlte mich wie in einem meiner *Bücher.* Dort, wo ich ständig über den Forbidden-Love-Trope stolperte und mir wünschte, sie würden doch endlich zusammenkommen. Ich hätte wirklich gern gewusst, wer mein Leben gerade plottete.

Wenigstens hast du Noel nicht geküsst. Das ist keine große Sache. Du bist auch nicht in ihn verliebt, also kann das hier gar kein Weltuntergang sein.

Erschöpft warf ich den Kopf in den Nacken. Das hier war in der Tat kein Weltuntergang. Es fühlte sich nur wie etwas an, das hätte schön werden können, doch gleich erstickt wurde. Wie monatelang auf einen Wettkampf zu trainieren und dann grundlos disqualifiziert zu werden. Wie Abstand von Männern zu halten, weil sie sowieso nie so gut wie in deinen Büchern waren, und dann doch jemanden zu finden, den du mögen könntest, aber ihn nicht mögen zu dürfen.

Wie eine einmalige Chance, die dir verwehrt wurde.

Have Yourself a Merry Little Christmas

»Hier. Du. Jetzt. Anziehen!«

Zum zweiten Mal innerhalb weniger Stunden wurde ich von meiner Schwester überfallen. Diesmal war es nicht mitten in der Nacht, sondern gleich nach meiner Schicht. Ich schloss die Wohnungstür um kurz nach fünf auf, als Tillie schon mit einem groben Weihnachtspullover davorstand. Sie selbst trug ein ähnliches Modell, das sie mit Schlagleggings und riesigen Ohrringen kombinierte. Außerdem hatte sie es perfektioniert, dass der Rotton ihres Lippenstifts einwandfrei mit der Farbe des Pullovers harmonierte. Zögerlich nahm ich den Pullover an. »Und der ist wofür?«

»Für die weihnachtliche Atmosphäre?«

»Ähmmm?« Fragend starrte ich meine Schwester an.

»Wir machen doch heute den Plätzchenabend. Das haben wir letzte Woche mit Lucy und Manda besprochen oder hast du es etwa schon vergessen?«

Herausfordernd wackelte meine Schwester mit den Brauen, da erinnerte ich mich. Sie wollten Glühwein trinken und Plätzchen backen und nannten es *Friendmas*.

»Natürlich nicht«, wiegelte ich ab. »Ich freue mich.«

Das war gelogen. Ich hatte mich auf flauschige Schlafsachen, eine Tiefkühlpizza und mein Bett gefreut, um den Tag zu verarbeiten.

Ich hatte seit unserem Zusammentreffen nichts mehr von Noel gehört, hatte aber auch keine Ahnung, was ich auf seine Nachricht von heute Morgen erwidern sollte.

Hi Noel, ich glaube, das mit dem Backen wird nicht noch mal was, weil du der Sohn meines Chefs und damit laut meiner Romane verboten bist. Tut mir leid.

Wohl kaum.

Ich schälte mich aus der Jacke und wollte gerade in Richtung meines Zimmers verschwinden, als Tillie mich am Handgelenk zurückhielt.

»Was ist los?«, flüsterte sie besorgt. »Du bist meine Schwester. Wenn du aufgesetzt *Ich freue mich* sagst, durchschaue ich es, bevor du überhaupt zu Ende gesprochen hast.«

Ich zögerte für den Bruchteil einer Sekunde. Dann holte ich tief Luft. »Noel ist Markus' Sohn.«

»WAS?«

»Du hast richtig gehört.« Ich nickte bestätigend. »*Der* Sohn, wegen dem meine Kolleginnen letztens so aus dem Häuschen waren. Ich …« Ratlos schüttelte ich den Kopf, bevor ich abbrach.

»Habt ihr schon geredet? Noel und du, meine ich?«

Ich zuckte mit den Schultern. »Was gibt es da noch zu reden? Ich meine, ja, ich mag ihn und würde ihn gern weiter kennenlernen, um herauszufinden, was das genau zwischen uns ist, aber …«

»Du musst mit ihm reden«, unterbrach mich Tillie scharf und nickte auf mein Handy. »Schreib ihm.«

Meine Hände begannen zu schwitzen. Mir war bewusst, dass ich mich anstellte. Wäre mein Leben wirklich ein Buch, würde ich beim Lesen in meinem Bett liegen und mich nervig finden. *Wer verhält sich so?*, würde ich mich fragen. Dabei war die Antwort darauf simpel: Echte Menschen verhielten sich so, wenn sie echte Gefühle durchlebten.

»Schreib ihm, dass du mit ihm reden willst«, setzte Tillie nach.

Mit einem Kloß im Hals griff ich nach meinem Handy und entsperrte es. Das Tippen fiel mir schwer, weil meine Finger immer noch kalt und klamm von draußen waren.

»Soll ich den anderen absagen?«

Tillies Stimme riss mich aus meinen Gedanken. Mitfühlend begutachtete meine Schwester mich von Kopf bis Fuß, doch ich verneinte. Wenn ich wirklich in meinem Bett liegen würde, würde ich mir nur den Kopf zerbrechen. Ich kannte mich.

»Nein«, erwiderte ich mit einem Lächeln. »Das wird bestimmt trotzdem schön.«

Zwei Stunden später war unsere Wohnung eine Weihnachtsbäckerei. Tillie hatte Freunde und Leute von ihrer Uni eingeladen. Fast ein Dutzend Leute tummelten sich in und um unsere Küche, schlürften an Tassen von IKEA, die wir mit günstigem Glühwein befüllt hatten. Lichterketten leuchteten in jeder Ecke, während ich schnell verstand, dass die dicken Pullover nicht nur der Atmosphäre dienten, sondern wohl eher Tillies Dresscode entsprachen. Das Mädchen, das sich als Mila vorgestellt hatte, trug das Haar platinblond und einen pinken Pullover mit Rentieraufdruck. Sogar Lucys Freund Gregor hatte sich einen Norwegerpullover übergeworfen. Gemeinsam mit Jonathan saß er an unserem Küchentisch und lachte über etwas, was Ersterer gesagt hatte. Jeder hier wirkte ausgelassen und glücklich. Vielleicht war es das schummrige Licht und wie es die Gesichter weichzeichnete.

Die schönste Zeit des Jahres.

Lucy und Manda machten sich an der Theke daran, Kekse auszustechen. Anders als bei Noel und mir waren ihre Tannenbäume dank der Ausstechformen deutlich zu erkennen. Lucy trug einen dunkelroten Pullover über einem ausgestellten Rock und hatte dazu hohe Stiefel kombiniert. Sie sah so stylisch aus wie immer. Neben ihr schob Manda sich gerade eine dunkle Haarsträhne hinter das Ohr, während ihr immer wieder zweite Blicke zugeworfen wurden.

Ich stand neben Tillie am Fenster, die ihrem Kommilitonen Samu gerade von ihrer letzten Schreibwerkstatt erzählte. Keine Ahnung, zum wievielten Mal ich beiläufig kontrollierte, ob Noel meine Nachricht gelesen hatte – was er natürlich nicht hatte. Es befand sich bloß ein Haken neben meinen Worten.

»Hier.« Plötzlich tauchte Manda neben mir auf. »Ein Glühwein für dich. Du siehst so aus, als könntest du ihn gebrauchen.«

»Ich hab ein Déjà-vu.« Ich zwang ein Lächeln auf meine Lippen, während ich die Tasse annahm. »Trotzdem danke.«

Sie nickte auf mein Handy. »Wartest du auf eine Antwort?«

»Bin ich derart offensichtlich?«

»Nein, gar nicht. Ich kenne mich nur damit aus.«

»Auf Nachrichten zu warten?«

»Darin, auf Nachrichten zu warten, die ich nie bekomme, bin ich sogar die Beste.« Auch Manda lachte, doch es wirkte eine Spur zu aufgesetzt. Trotzdem hielt sie mir ihre Tasse zum Anstoßen hin. Es war derselbe Moment, in dem ich beschloss, weniger in meinem Kopf und mehr hier zu sein.

Wirklich da zu sein.

Also setzte ich ein Lächeln auf und versuchte diesmal wirklich, es zu meinen. Gemeinsam mit Manda dekorierte ich Kekse, setzte mich zu Gregor und Jonathan. Letzterer präsentierte mir sein Weihnachtsgeschenk für Tillie. Eine Serie von drei Schwarz-Weiß-Fotografien, die Norwegen zeigten.

»Matilda mag es doch nicht, dass ihr Zimmer so kalt aussieht. Ich dachte, ich rahme sie ein, damit sie sie reinstellen kann. Sie sind clean, aber machen gleichzeitig was her.«

Matilda. Ich musste mich immer noch daran gewöhnen, dass Jonathan ihren vollen Namen benutzte.

»Die sehen krass aus«, kommentierte Gregor. »Hast du die selbst gemacht?«

»Ja.« Jonathan zuckte mit den Schultern, als wäre es keine große Sache, Meisterwerke mit einem einzigen Knipsen kreieren zu können. Er war bescheiden und gut aussehend. Kein Wunder, dass sogar Mama von ihm begeistert war.

»Tillie wird sich richtig freuen«, sagte ich und lächelte ihm zu.

Einige Momente später wusch ich mir im Bad die Hände, weil mein Handy vibrierte. Mein Herz setzte einen Schlag aus, als ich den Absender erkannte. Noel. In Rekordgeschwindigkeit entsperrte ich das Handy und überflog seine Nachricht.

Noel
Ja, fände ich gut, kannst du spontan heute Abend?

Bei mir ist gerade eine kleine Party, sorry

Ich rechnete nicht mit einer Antwort, zumindest nicht sofort, doch wider Erwarten ging Noel sofort online und tippte.

> **Noel**
> Könnte ich vielleicht kurz vorbeikommen?

> Also nicht auf der Party

> Vielleicht könnten wir eine kleine Runde um den Block laufen? 😊

Er hatte sogar einen Smiley gesetzt. Schickte man den etwa immer hinterher, wenn man das unangenehmste Gespräch der Welt führen wollte?

Ich holte tief Luft, während ich meinem eigenen Gesicht im Spiegel begegnete. Der aufgetragene Highlighter ließ meine Wangen leuchten, während das Gloss meine Lippen zum Schimmern brachte. Entschlossen nickte ich mir Mut zu.

> Okay

Ich schickte keinen Smiley, dafür meine Adresse. In fünfundzwanzig Minuten wäre er da, schrieb er. Ich hingegen musste mir gefühlt drei Ewigkeiten lang kaltes Wasser über die Handgelenke laufen lassen, um mich abzukühlen. Schlussendlich verließ ich das Badezimmer nur, weil eine Kommilitonin von Tillie ziemlich vehement anklopfte.

Ich trank noch zwei Schlucke Glühwein, lachte über den einzigen Witz, den Gregor Miesepeter Beck wahrscheinlich jemals gemacht hatte, und schlich mich irgendwann unbemerkt aus der Küche. Dann tippelte ich nach unten, obwohl ich zu früh dran war.

Noel war schon da.

Er trug Jeans und Pullover, die Jacke darüber offen, wobei er den Blick auf sein Handy gesenkt hielt. Er war bemerkenswert. Wirklich. Des Bemerkens wert. Es waren sein Aussehen und seine Aura. Als die schwere Haustür hinter mir ins Schloss fiel, sah er auf.

»Hey.«

Keine Ahnung, wieso er lächelte.

Keine Ahnung, wieso er *so* lächelte.

So schön, breit und immer noch ehrlich. Wahrscheinlich mochte ich das am meisten an ihm.

Schade, dass ich ihn gar nicht mögen sollte.

»Schade«, hörte ich nun auch Noel sagen, während er die Hände in seinen Jackentaschen vergrub. »Ich dachte wirklich, dass wir bei unserem nächsten Wiedersehen Kekse backen.«

Ich war verwirrt von seinem lockeren Ton und schloss stumm zu ihm auf, bevor ich nach links nickte. »Wollen wir da lang?«

»Gern«, antwortete er, während er den Blick an unserer Hausfassade entlangwandern ließ. »Drittes Stockwerk, zweites Fenster von links? Das ist deine Küche?«

Mir war bewusst, dass es eine normale Frage war. Dass Noel wahrscheinlich Small Talk führen wollte, nett und interessiert aus welchem Grund auch immer wirken wollte.

Aber …

Aber ich konnte mich nicht zusammenreißen. Ich mochte es nicht, Dinge hinauszuzögern. Wenn unsere Schwester

Delia ein Pflaster abriss, tat sie es Millimeter für Millimeter, als würde es weniger wehtun, wenn sie den Schmerz hinauszögerte.

Ich war nicht so.

»Wieso kommen wir nicht gleich zum Punkt?«, flüsterte ich. »Dem Grund für unser Gespräch.« Unnötigerweise deutete ich zuerst auf ihn und dann auf mich. »Ich arbeite für deinen Vater. Das ist dann wohl der Haken, hm?«

Ein BMW bretterte an uns vorbei, während eine Passantin an der Ampel einen Taschenwärmer in Schneemannform umklammerte. Ich besah mir alles ganz genau, bloß um Noel nicht ansehen zu müssen. Trotzdem bemerkte ich, wie er unvermittelt einen Schritt auf mich zumachte. Plötzlich war er mir nah. Viel, viel, viel zu nah. Seine Wärme strahlte mir förmlich entgegen, als ich mich zu ihm drehte und sah, wie sein Adamsapfel auf und ab hüpfte.

»Das ist kein Haken, Clementine.«

»Bitte?« Verwirrt zog ich die Brauen in die Höhe. »Natürlich ist es das, ich meine …« Ich schüttelte den Kopf. »Du meintest doch, dass wir reden müssen. Worüber sollten wir sonst reden?«

»Na ja.« Er befeuchtete sich die Lippen, kleine Rauchwölkchen stiegen in die Luft. »Ich wollte mich dafür entschuldigen, dass ich heute Morgen so plötzlich weg war. Ich habe einen Anruf von der Musikschule bekommen und musste gleich los. Ich war bis eben dort. War ein ziemlich stressiger Tag und dann war auch noch mein Akku leer. Dabei hätte ich dir so gern geschrieben, weil … du sahst so schockiert aus.«

»Ich war auch schockiert.«

»Weil mein Vater dein Chef ist?«

»Ja?« Ich presste die Lippen zusammen, während Noel ernsthaft verwirrt aussah.

»Aber das ändert doch nichts.« Plötzlich klang er unendlich rau. »Klar ist es vielleicht komisch, aber wo genau ist das Problem? Mein Vater ist dein Chef, nicht ich. Ich habe nicht mal was mit seinem Betrieb zu tun, außer vielleicht, dass ich zweimal in der Woche vorbeischauen werde, um mir einen Kaffee zu klauen. Und wenn ich weiß, dass du da bist, noch öfter.« Er schenkte mir ein Grinsen. »Ich würde dich einfach unheimlich gern kennenlernen und …« Noel hielt inne, um den Kopf schräg zu legen. »Was ist? Wieso wirkst du so überrascht?«

Ich blinzelte, bis ich schnaubend den Kopf über mich selbst schüttelte. »Eigentlich läuft diese Art Situation nicht so ab. Wäre das hier eins meiner Bücher, wäre es für uns verboten, uns kennenzulernen.«

»Nur weil mein Vater dein Chef ist?«, fragte Noel belustigt. »Klingt ziemlich unrealistisch und dramatisch, wenn du mich fragst.«

Meine Kehle war trocken, kein Wort verließ meine Lippen. Aus der Wohnung schallten Weihnachtslieder von Phoebe Bridgers zu uns herunter, während Noel mich einfach nur ansah. Vielleicht war es Einbildung, doch ich hätte schwören können, dass es in seinen Augen aufblitzte. Hätte es genau in diesem Moment zu schneien begonnen, wäre es wie im Film gewesen.

Aber das hier war kein Film.

Das hier war mein Leben. Und in diesem Leben schob Noel eins seiner Lächeln hinterher und ich lächelte automatisch zurück. Das war so viel besser als im Film.

Es war derselbe Augenblick, in dem ich bemerkte, dass

Noel den perfekten Pullover für die Party oben trug. Rot, dick und mit weißem Tannenmuster. Als würde er perfekt in mein Leben passen. Ich wollte gerade etwas erwidern, da zuckte ich zusammen.

»It is the mooost wonderful time of the yeeear!«

Eine Mutter mit trällerndem Kind huschte an uns vorbei.

Die schönste Zeit des Jahres.

»Was ist?«, fragte Noel. »Gehen wir noch eine Runde?«

Und vielleicht, aber wirklich nur vielleicht, könnte das der schönste Anfang meines Lebens sein.

MARINA NEUMEIER

Season of Love

Livia

22. Dezember

»Jingle bells, jingle bells, jingle all the way. Livia ist ein Weihnachtsgrinch, das find ich nicht okay.«

Es ist offiziell. Eines schönen Tages werde ich Luca umbringen müssen – und dieser Tag rückt mit jeder Sekunde näher. Meine Hände ballen sich um ein Paar Shorts, die ich gerade ordentlich in meinem Koffer verstauen wollte, wodurch ich den hellblauen Leinenstoff zerknittere. Lucas Stimme schallt klar und vergnügt durch die Wohnung, während er einen Weihnachtsklassiker nach dem anderen umdichtet und mit jeder Strophe grauenvoller wird. Ich hätte echt nicht gedacht, dass es nach *Oh my Livia is so frightful, but the fire is so delightful. She drags and I got to go. Let it Snow! Let it Snow! Let it Snow!* noch schlimmer werden könnte, aber er belehrt mich eines Besseren. Würde ich diesen Kerl nicht so abgöttisch lieben, hätte sein letztes Stündchen längst geschlagen.

»Halt die Klappe!«, brülle ich missmutig durch die offene Tür des Schlafzimmers nach draußen, breite die Shorts auf dem Bett aus und versuche, sie wieder glatt zu streichen. Wenn ich jetzt wegen ihm auch noch das Bügeleisen rausholen muss …

Ich schaue auf, als die Bodendielen knarren und Luca einen Moment später grinsend den Kopf zur Tür hereinsteckt.

Ich versuche wirklich, meine Genervtheit aufrechtzuerhalten. Doch ein Teil von mir schmilzt automatisch dahin, als ich die verwuschelten braunen Locken und das spitzbübische Funkeln in seinen Augen sehe. Nicht mal der grauenhafte Weihnachtspullover, auf den ein T-Rex mit Santamütze gestickt ist, zusammen mit der Caption *HAVE A DINOMITE CHRISTMAS*, kann verhindern, dass mein Herz bei seinem Anblick einen Zahn zulegt. Jämmerlich, ich weiß. Aber nach einem Jahr mit diesem Kerl habe ich zähneknirschend akzeptiert, dass ich nichts gegen seine Anziehungskraft ausrichten kann.

Das will ich ihn in diesem Moment allerdings natürlich auf keinen Fall sehen lassen.

»Du liebst es doch, wenn ich singe«, sagt Luca unschuldig. »Dachte, ich würde dir eine Freude machen.«

»Ich *liebe es*, wenn du auf einer Konzertbühne stehst und die Lyrics singst, die andere Menschen mit viel Talent und Hingabe geschrieben haben.« Denn, ja verdammt, darin ist er so was von gut. Ich könnte platzen vor Stolz, wenn ich daran denke, mit wie viel Mut und Entschlossenheit er sich seine Traumkarriere als Sänger aufbaut. Das virale Video war nicht nur der Startschuss für unsere Beziehung, sondern hat entgegen Lucas anfänglicher Schwarzmalerei den Grundstein für seinen Aufstieg gebildet. Jetzt ist er auf dem besten Weg, der Superstar der modernen Opernwelt zu werden, und ich bin sein energischster Cheerleader.

Gespielt verletzt fasst Luca sich mit einer Hand an die Brust. »Autsch, der hat gesessen. Andere Menschen mit Talent, hm?«

Mit großen Schritten pirscht er sich an mich heran. Ehe ich reagieren kann, steht er vor mir, umfasst meine Taille mit festem Griff und nutzt meine Überraschung aus, um mich sanft, aber entschlossen aufs Bett zu drängen. Ich lande auf dem Rücken, während er die Hände neben meinen Schultern auf die Matratze stützt und mit durchtriebener Miene auf mich hinabschaut.

»Ich bin ein vielseitig begabter Mann, wie du weißt. Und ich werde nicht damit aufhören zu versuchen, dir weihnachtlichen Spirit einzupflanzen. Egal, wie sehr du es hasst.« Die Wärme, die sein Körper ausstrahlt, lullt mich ein. Für einen Moment habe ich tatsächlich vergessen, wie sehr er mir mit seinen Eigenkompositionen auf die Nerven gegangen ist und dass ich ihn eigentlich anfunkeln sollte. Stattdessen versinke ich im Kanalgrün seiner Augen, die mich mit einer unwiderstehlichen Mischung aus Spott und Zuneigung betrachten. »Selbst wenn dein Weihnachtshass so weit geht, dass du mich pünktlich zu den Feiertagen entführst, um den Festlichkeiten aus dem Weg zu gehen«, ergänzt er mit wackelnden Augenbrauen, was den Bann bricht, in den er mich gerade eben noch gezogen hat.

Ein Schnauben entwischt mir. »Wenn du einen Traumurlaub auf den Malediven mit einer Entführung gleichsetzt, dann ja: Ich entführe dich. Nur du und ich, eine Villa auf dem Wasser und schnorcheln mit Rochen.«

»Über die Rochen reden wir noch mal.« Lucas Miene verzieht sich scheinbar besorgt, bevor er sich vorbeugt und sanft mit der Nase gegen meine stupst. »Ich freu mich ja auf die Zeit mit dir allein. Ehrlich, das klingt nach dem Himmel auf Erden. Ist nur ungewohnt, an Weihnachten nicht zu Hause zu sein.«

Es ist nicht so, als hätte ich ihn zu diesem zweiwöchigen Urlaub zwingen müssen, wirklich nicht. Als ich den Wunsch geäußert habe, mit ihm über die Feiertage abzuhauen – an irgendeinen paradiesischen Ort, an dem wir Cocktails schlürfen und der Kälte entkommen können –, hat er mich verstanden. Tut er immer. Er *weiß*, dass Weihnachten mir nicht so viel bedeutet wie anderen, weil es für mich von klein auf mit Stress und Streitereien verbunden war und ich es im Grunde für die größte Heuchelei der Welt halte. Es klappt nie, dass an diesen paar Tagen im Jahr alle auf magische Weise zu einer großen, glücklichen, nicht toxischen Familie werden und sich einfach nur lieb haben. Sie versuchen es vielleicht, aber meistens hält der Friede gerade mal bis zur Vorspeise an Heiligabend und am Sechsundzwanzigsten sind alle heilfroh, wenn sie wieder abhauen können. Vor allem … wenn man wie ich nicht mit der eigenen Mutter redet und am liebsten mindestens einen Kontinent Abstand zu ihr hat – besonders am *Fest der Liebe*. Das verbringe ich vorzugsweise mit dem Menschen, der als erster überhaupt dafür sorgt, dass sich diese kitschige Bezeichnung wahr anfühlt. Ich will mein eigenes Fest der Liebe feiern, und zwar nur mit Luca. Basta.

»Mein Zuhause ist da, wo du bist«, murmelt Luca und die Wärme in seiner Stimme löst bei mir eine Gänsehaut aus. »Und wenn du das Bedürfnis hast zu flüchten, bin ich an deiner Seite. Bis ans Ende der Welt.« Er drückt mir einen Kuss auf die Stirn, was mich verlässlich zum Schmelzen bringt und den Wunsch in mir weckt, Arme und Beine um ihn zu schlingen und den restlichen Abend gemeinsam im Bett zu verbringen. Idealerweise nackt. Aber dafür haben wir keine Zeit, denn unser Flug geht morgen Mittag und wir haben beide noch nicht annähernd zu Ende gepackt. Mein Koffer liegt als dicke, fette Mahnung, dass ich mich ranhalten muss, direkt neben mir auf der Matratze und … Oh fuck!

»Runter von mir!«, platzt es leicht schrill aus mir heraus. Energisch stemme ich die Hände gegen Lucas Brust, der gerade damit beschäftigt war, seine Lippen meinen Hals hinunterwandern zu lassen, offenbar nur allzu bereit zu trödeln.

Vollkommen überrumpelt von meinem plötzlichen Stimmungsumschwung hebt er den Kopf. »Äh … alles okay bei dir?«

»Nein!«, zische ich und schaffe es endlich, ihn dazu zu bringen aufzustehen. Ich rolle mich ebenfalls vom Bett und deute dann anklagend auf die Matratze. »Du hast mich direkt auf die Wäsche geworfen, die ich gerade zusammengelegt habe.«

Stirnrunzelnd betrachte ich die Kleidungsstücke, die ich mit meinem Körper hoffnungslos platt gedrückt und endgültig zerknittert habe.

Luca fährt sich mit gespreizten Fingern durch die Locken. »Äh, ups.« Zumindest hat er den Anstand, geknickt auszusehen. »Das war wohl meine Schuld. Okay, ich bügele sie dir schnell.«

Ist es ein Wunder, dass Sofia und Cleo ständig neidvoll die Augen verdrehen, wenn ich von Luca erzähle? Ich meine, der Mann kann bügeln! Und hasst es auf magische Weise nicht annähernd so sehr wie der Rest der Menschheit. Er ist einfach zu gut für diese Welt und selbst ich, Cruella De Vil junior, schaffe es nie, länger als drei Minuten sauer auf ihn zu sein. Es ist einfach nicht möglich.

Nachdem er die knittrigen Tops, Strandkleider und Röcke vom Bett aufgesammelt hat, hält Luca unvermittelt inne. Unter den Shorts, die ich gerade eben noch in Eigenleistung zerknittert habe, ist ein sorgsam in rosa Seidenpapier eingeschlagenes Päckchen zum Vorschein gekommen. Das dünne

Papier ist der Länge nach aufgerissen und offenbart seinen Inhalt: Spitze. Jede Menge karmesinroter Spitze und Seidenbänder. Wie hypnotisiert streckt Luca die Hand aus und hebt das Höschen des sündigen Dessous-Sets hoch – es besteht vielleicht aus einem Quadratzentimeter durchscheinenden Stoffs. Ein wortwörtlicher Hauch von Nichts. Mit dem ich ihn überraschen wollte. Und zwar an Weihnachten in der Südsee.

Gequält – und viel zu spät – stöhne ich auf. »Luca, nicht.«

Mit großen, glasigen Augen, den Spitzenfetzen noch immer an einem Finger baumelnd, schaut er zwischen mir und dem Dessous hin und her. Er öffnet den Mund, aber mehr als ein unverständlich gestammeltes »Was … das … du … achduwada« bringt er nicht heraus.

Ein weiteres Mal seufze ich leidgeprüft. Nun, zumindest bestätigt mir das schon mal, dass ihm die Wäsche gefällt und sie es offenbar zielsicher schafft, sein Zentralhirn lahmzulegen.

»Das sollte dein Weihnachtsgeschenk werden«, schmolle ich, ehe ich ihm das Höschen wegschnappe und mich bemühe, die restliche Unterwäsche zurück in das Papier zu stopfen. Wenigstens hat er noch nicht das komplette Set begutachtet, sodass zumindest der Strapsgürtel und die farblich passenden halterlosen Strümpfe eine Überraschung bleiben. Trotzdem hat meine Vorfreude einen erheblichen Dämpfer erlitten.

Luca tritt hinter mich und schlingt die Arme um meine Taille, das Kinn an meine Schulterbeuge geschmiegt. Erst als er mich so hält, merke ich, wie verkrampft meine Haltung ist, entspanne mich und sinke gegen seine Brust.

»Das ist gerade vielleicht etwas unglücklich gelaufen, aber

jetzt habe ich einen weiteren Grund, um mich so richtig auf unseren Trip und die Feiertage zu freuen. Und außerdem«, ich schaudere wohlig, als er das Gesicht bewegt und sein Bartschatten über die empfindliche Haut an meinem Hals kratzt, »wirkt diese Unterwäsche erst so richtig, wenn ich sie angezogen sehe. Kann's kaum erwarten.«

Einen friedlichen Moment lang bleiben wir einfach nur so stehen, mein Rücken an seine Brust geschmiegt, sein warmer Atem auf meiner Haut, während ich das Wäschechaos verdaue und seine Nähe genieße. Doch dann beginnt Luca, nahe an meinem Ohr zu summen. Empört fahre ich zu ihm herum.

»Dünnes Eis, Freundchen«, warne ich ihn mit ausgestrecktem Zeigefinger, weil er schon wieder ein Weihnachtslied anstimmt. Entschlossen, mich nicht länger von ihm ablenken zu lassen, drehe ich Luca demonstrativ den Rücken zu und versuche, mich daran zu erinnern, was ich noch alles einpacken muss.

Er schnappt sich die Klamotten, die er noch bügeln will, und im Hinausgehen höre ich ihn singen:

»Santa baby, got some special Lingerie for me. Been an awful good boy. Santa baby …«

Livia

22. Dezember

Gegen halb neun haben wir es tatsächlich ohne weitere Zwischenfälle geschafft, mit dem Packen fertig zu werden, und machen uns auf dem Weg nach unten in Margheritas Küche. Seit ich ganz offiziell bei Luca eingezogen bin (inklusive meines Namens neben seinem auf dem Klingelschild, *lifegoal*), gehöre ich zu dem bunten, liebevollen Haufen unter dem Dach der Ca' Sartori. Wir sind – so seltsam sich das für mich gelegentlich auch immer noch anfühlt – eine Familie geworden und es macht so was von keinen Unterschied, dass Luca und ich das Pärchen sind, bei dem keiner von beiden mit den Sartori blutsverwandt ist. Ich werde von allen akzeptiert. Deswegen habe ich auch aufgehört, mich selbst auszuschließen, und bin keine Außenseiterin mehr. Inzwischen habe ich mich sogar an die Frotzeleien der anderen gewöhnt und fühle mich nicht mehr von jedem neckenden Seitenhieb persönlich verletzt. Alles Dinge, die ich erst lernen musste und inzwischen liebe – auch wenn ich mich schon darauf freue, zwei Wochen nur für mich und Luca vor mir zu haben. *Dosis facit venenum* – die Dosis macht das Gift, wie Cleo immer so schön sagt.

Für den heutigen Abend hat Margherita ein großes, feierliches Abendessen anberaumt, damit wir vor Weihnachten noch einmal alle zusammenkommen. Sonst wird es dieses

Jahr keine große Feier im Haus geben – eine Tatsache, die der Hausherrin so gar nicht gefällt.

Beim Betreten der Küche entdecke ich sie zusammen mit ihrem Lebensgefährten Giuseppe an der Küchenzeile, wo sie als inzwischen eingespieltes Team die letzten Handgriffe erledigen. Mir läuft das Wasser im Mund zusammen, als mir das Potpourri köstlichster Düfte in die Nase steigt. Ich achte das ganze Jahr über strikt auf meine Linie und bin eine Meisterin der Selbstdisziplin, aber jetzt habe ich Urlaub und werde schlemmen, was das Zeug hält.

Neben den Köstlichkeiten, die blubbernd und brodelnd auf uns warten, ist die Wärme, die uns in der Küche empfängt, eine verdammte Wohltat. Seit einer Woche ist es ungewöhnlich frostig in ganz Norditalien und der historische Palazzo der Sartoris hat sich in einen feucht-kalten Eisschrank verwandelt, der mich zum Bibbern bringt, sobald ich den Fuß über die Schwelle unserer Wohnung setze. Auch heute hat der kurze Weg durchs Treppenhaus ausgereicht, um mich trotz des dicken Kaschmir-Pullis frieren zu lassen.

Luca legt mir fürsorglich einen Arm um die Schultern und zieht mich dadurch enger an seine willkommene Körperwärme. »Du hättest *doch* einen meiner Weihnachts-Pullis anziehen sollen. Die Teile sind unschlagbar warm.«

Gespielt angewidert rümpfe ich die Nase. »Nur über meine Leiche.« Ich linse auf seine Brust, von wo aus mich der lächerliche T-Rex zähnefletschend angrinst.

»Ein Fashionvictim bis zum bitteren Ende, eh?«

»Wie peinlich wäre es, zu erfrieren und dann in einem Sweater gefunden zu werden, auf dem *I'm so nice, Santa came twice* steht? Ich würde vor Scham ein zweites Mal sterben. Wehe, du schleppst mir noch mal so ein Teil an.«

»Und ich dachte *I lay under the tree to remind my family I'm a gift* würde genau deinen Geschmack treffen.«

Ein raues Lachen unterbricht unseren kleinen Schlagabtausch, und als ich aufschaue, sehe ich Orlando aus der angrenzenden Speisekammer schlendern, drei Weinflaschen im Arm. Schalk lässt seine außergewöhnlichen zweifarbigen Augen leuchten, während er seinen Bruder und mich mustert.

»Wenn ich nicht schon ein Geschenk für Sofia hätte, würde ich ihr auch so einen Pulli holen. Ich glaube, sie wüsste ihn zu schätzen.«

Nachdem er die Flaschen auf dem Esstisch abgestellt hat, hält er Luca seine Faust für eine Bro-Fist hin und die beiden schlagen grinsend ein. *Duh, Männer.*

Als Orlando den Kopf neigt, um die erste Flasche zu entkorken, springt mir seine Frisur ins Auge. Er hat sich seinen typischen Half-Bun heute mit einem Haargummi hochgebunden, das rundum mit goldenen Lamettafransen besetzt ist und im Licht der Deckenlampen funkelt und strahlt. Santa Donatella Versace, ich bin echt nur von Weihnachtsfanatikern umgeben.

Zehn Minuten später haben sich auch Sofia, Cleo, Alessandro und Orlandos Schwester Valentina in der Küche eingefunden. Da wir inzwischen so viele sind, wird es um den schartigen Holztisch ziemlich eng. Aber niemand würde im Traum daran denken, in das formelle Speisezimmer zu wechseln, das sich hinter Margheritas selten genutztem Wohnzimmer befindet. Also sitze ich eingequetscht zwischen Luca und Sofia, mit gerade genug Bewegungsspielraum, um meine Hand wie ein Roboter vom Teller zu meinem Mund zu bewegen, doch *guess what*? Ich liebe es.

Margherita und Giuseppe tafeln auf, bis sich der Tisch regelrecht unter Köstlichkeiten biegt. Mein Magen gibt ein ungeduldiges Knurren von sich, als ich den Blick über die Auswahl schweifen lasse. Es gibt das Beste, was die winterliche Küche des Veneto zu bieten hat: gegrillten roten Radicchio, Baccalà mit Tomaten, Kartoffeln und Kichererbsen, mit Rotwein gekochtes Risotto all'Amarone. Eine riesige Schüssel cremiger Polenta, Gnocchi mit Kürbis und Walnüssen und einen ebenso riesigen Topf mit Schmorfleisch und Kohl, von dem ich allerdings die Finger lasse. Der Lärmpegel ist ohrenbetäubend, während sich alle die Teller beladen, Schalen und Schüsseln herumreichen und genüssliche Laute von sich geben, sobald sie sich die ersten Bissen in den Mund geschoben haben.

Nach einer Weile, in der alle wie hypnotisiert mit Essen beschäftigt waren, wird das Kratzen und Klirren von Geschirr allmählich leiser und Gespräche kommen auf.

»Ich freue mich schon so sehr darauf, einfach nichts zu tun«, verkündet Sofia und tunkt mit einem Stück Weißbrot Soßenreste von ihrem Teller auf. »Ausschlafen, den ganzen Tag im Pyjama verbringen und einfach mal *keine Pläne.*« Orlando stimmt ihr mit einem abgrundtiefen, erschöpften Stöhnen zu. Himmel, die zwei sind echt erledigt.

Kein Wunder; sie und Orlando waren den Großteil des Jahres unterwegs, beide mit neuen Projekten und Dreharbeiten beschäftigt und immer darum bemüht, so wenig wie möglich getrennt voneinander zu sein. Weswegen Sofia mehr Zeit in Flugzeugen und Zügen verbracht hat als mein jetsettendes Ich. Ernsthaft, seit ich Luca habe, bin ich regelrecht zu einer Stubenhockerin mutiert und habe meine jobbedingten Reisen auf ein Minimum reduziert – außer ich kann ihn zu

Auftritten begleiten, das ist was anderes. Da bin ich Groupie Nummer eins.

Ich muss nicht mehr um den halben Globus flüchten, um vor mir selbst davonzurennen, und schaffe es trotzdem, meine Karriere am Laufen zu halten.

Cleo lässt auf Sofias Aussage hin ein neidvolles Grummeln hören. »Das klingt absolut himmlisch! Ich wünschte echt, wir müssten nicht nach München …«

Ah ja. Aus mir unerfindlichen Gründen will sie mit Alessandro über die Feiertage ihre grauenhaften Eltern besuchen, worüber sie – *surprise* – alles andere als glücklich aussieht. Da bin ich fast schon froh, keinen Kontakt mit meiner verräterischen Mutter zu haben und mich nicht mit Pflichtgefühlen und schlechtem Gewissen herumschlagen zu müssen.

Alessandro verflicht prompt seine Finger mit ihren und küsst sie aufmunternd auf die Wange. »Wir rocken das, Mause.« Wie jedes Mal bringt es den halben Tisch zum Grinsen, wenn er das deutsche Kosewort *Maus* benutzt, das er sich im Laufe der Zeit angewöhnt, aber noch nicht so wirklich gemeistert hat. Sein italienischer Akzent ist einfach zu ausgeprägt für Deutsch, den Endgegner aller Sprachen. Cleo schmilzt dennoch verlässlich dahin und betrachtet ihn mit einem derart verliebten Blick, dass mir selbst ganz warm ums Herz wird.

»In München liegt Schnee«, fährt Ale fort und streicht ihr mit der freien Hand eine Strähne hinters Ohr. »Ich glaube, ich habe noch nie weiße Weihnachten erlebt, das wird super! Und mit deinen Eltern kommen wir schon klar.«

»Weiße Weihnachten«, greift Valentina mit verträumter Miene auf. »*Dio*, das wäre so schön.«

Giuseppe lässt ein brummendes Lachen hören, das seinen Schnurrbart wackeln lässt. »Dieses Jahr könntest du einen Hauch davon auch hier bekommen. Im Fernsehen haben sie gesagt, dass uns morgen eine Kaltfront erreichen wird, die frostige Temperaturen verspricht. Mit etwas Glück wird die Stadt pünktlich zu Heiligabend zumindest von einer weißen Schicht Reif überzogen sein.«

Vales Augen nehmen bei der Vorstellung beinahe Herzchenformen an, während ich mich demonstrativ schüttele. »Brrr. Bis dahin sind wir längst in Dubai und warten auf unseren Verbindungsflug. Mir ist es jetzt schon zu kalt.«

Margherita, die bisher ungewöhnlich still war, seufzt hörbar auf und alle schauen in ihre Richtung. Ihr sonst so fröhlich strahlendes Gesicht wirkt bekümmert und nicht mal Giuseppes Dackel Donatello, der es sich inzwischen auf ihrem Schoß bequem gemacht hat, scheint es zu schaffen, ihre Stimmung zu heben. »Ich wünschte, ihr würdet wenigstens heute Abend nicht darüber reden, dass niemand von euch hier sein wird.«

»Hey!« Sofia zieht eine beleidigte Schnute. »*Wir* werden hier sein!«

Ihre Großmutter wirft ihr nur einen kurzen Seitenblick zu. »Ja, aber wenn ich dich richtig verstanden habe, planst du, deine Wohnung nicht zu verlassen, und willst keine Feier. Weihnachten wird nicht dasselbe sein ohne euch alle.«

Selbst mein robustes Herz bröckelt ein wenig angesichts ihrer Niedergeschlagenheit.

»Nonna.« Betroffen beißt sich Alessandro auf die Unterlippe, während Luca neben mir so aussieht, als wolle er vor Mitgefühl für Margherita am liebsten in Tränen ausbrechen.

Bitte lass das jetzt kein Drama werden, bete ich stumm, aber inbrünstig. *Weihnachten hat noch nicht mal begonnen und die Stimmung hat schon den Nullpunkt erreicht. So was von typisch, ich sag's ja immer wieder.*

Margherita kramt ein Taschentuch aus der Rocktasche und putzt sich die Nase. In der Zwischenzeit nutzt Donatello seine Chance, reckt sich von ihrem Schoß aus zur Tischplatte und schnappt sich ein Stück Salami von ihrem Teller.

»Wir beide können immer noch spontan nach Bergamo fahren.« Giuseppe streichelt ihr tröstend den Rücken. »Die Einladung meiner Schwester steht nach wie vor und sie würde sich freuen, wenn wir zu Besuch kämen.«

»Ich weiß ja nicht …«, murmelt Margherita in absoluter Trauerkloßstimmung und ich wette, nicht mal ein überraschendes Auftauchen ihres absoluten Lieblings, Starregisseur Roger Sheffield, könnte sie in diesem Moment aufheitern. Ich wechsele einen Blick mit Luca, der leicht mit den Schultern zuckt, als wolle er sagen: *Da muss sie jetzt durch.*

Trotz Margheritas bedrückter Stimmung bin ich am nächsten Morgen so sehr von Aufregung und Vorfreude erfüllt, dass nichts und niemand meine Laune dämpfen könnte. Luca und ich haben bereits unser Gepäck ins Foyer geschleppt und nach einem schnellen Kaffee werden wir uns auf den Weg zum Flughafen machen. Adieu, ihr kalten Flure und grauen, bedeckten Tage! Wenn ich die Augen schließe, kann ich mich bereits auf dem Balkon unserer Wasservilla sehen, einen Virgin-Cocktail in der Hand, um uns herum nichts als klares, türkisblaues Wasser und Sonnenschein. Und Luca in Badehosen. *Hell yes*, darauf freue ich mich wie verrückt.

Falls überhaupt möglich, ist die Kälte im Treppenhaus über Nacht noch schlimmer geworden. Da erinnere ich mich an Giuseppes Worte über die angekündigte Kaltfront und bin doppelt froh, hier wegzukommen. Sollen die anderen sich am Reif und den Minustemperaturen ergötzen.

In der Küche sitzen bereits Cleo und Alessandro, die wie wir bald aufbrechen müssen, um den Zug nach München zu erwischen und … Ich halte abrupt inne, als mir ihre Mienen auffallen. Sie wirken angespannt und gestresst, besonders Ale, der in manischem Tempo auf seinem Smartphone herumhackt.

»Äh … guten Morgen?« Keine Reaktion.

Luca, ganz der Gentleman, zieht mir einen Stuhl hervor, ehe er sich neben mich setzt und die beiden ebenfalls ins Visier nimmt.

»Morgen«, krächzt Cleo schließlich und reibt sich die ungeschminkten Augen.

»Ist irgendwas passiert?« Lucas Stimme klingt vorsichtig, als fürchte er, gleich eine wirklich schlimme Neuigkeit zu erfahren.

Cleo starrt uns einen Moment lang an, blinzelt verdattert und sagt dann: »Habt ihr heute schon aus dem Fenster geschaut? Oder aufs Handy?«

Luca und ich wechseln einen Blick. Wir waren beide vollauf mit Packen beschäftigt und ich bin mir nicht mal sicher, ob wir die Vorhänge im Schlafzimmer überhaupt aufgezogen haben.

»Diese Kaltfront, von der Giuseppe gestern gesprochen hat, ist inzwischen hier angekommen und hat mehr mitgebracht als ein *wenig Raureif.*« Die Stimme meiner Freundin klingt so düster, wie ich es selten erlebt habe.

Ale schaut von seinem Handy auf. »Der Bahnverkehr musste wetterbedingt schon in den frühen Morgenstunden eingestellt werden. Sowohl am Brenner als auch über Villach gibt es kein Durchkommen mehr Richtung Deutschland. Jetzt wollte ich versuchen, für Cleo und mich Flüge nach München zu organisieren … Doch gerade kam die Meldung, dass die Flughäfen dichtgemacht haben – in Venedig, Treviso, Verona und Bologna geht nichts mehr. Die nächste Möglichkeit wäre Rom, allerdings kommen wir dort nicht hin, weil die Züge ausfallen und von Autofahrten dringend abgeraten wird.«

»WAS?« Meine Stimme überschlägt sich, aber ich bin zu entsetzt von dem, was ich da höre, um mich zu zügeln. Das … *What the fuck*, das ist doch unmöglich!

Wie ferngesteuert, weil ich es einfach nicht glauben kann, gehe ich zu der gläsernen Terrassentür neben der Arbeitsfläche, die durch halb transparente Vorhänge den Blick nach draußen verhindert, und reiße sie auf. Klirrende Kälte schlägt mir entgegen – und etwas, das ich noch nie zuvor mit eigenen Augen in Venedig gesehen habe, bietet sich mir: Weiß. Der Hinterhof, sämtliche Topfpflanzen und die umliegenden Häuser sind von einer weißen, frostigen Schicht überzogen und vom Himmel tanzen dicke, fluffige Flocken. Es schneit. In Venedig. Ausgerechnet heute!

Fassungslos donnere ich die Tür wieder zu, um das Grauen auszusperren, und drehe mich zu Luca um. »Was tun wir denn jetzt? Unsere Flüge … Wir müssen …«

Er hat inzwischen sein Handy rausgezogen und schüttelt betroffen den Kopf. »Ich hab schon etliche Mails der Airline bekommen. Unsere Flüge wurden ersatzlos gestrichen.«

Mir schwirrt der Kopf und ich habe das Gefühl, Entsetzen,

Enttäuschung und Schock könnten mir jeden Moment die Luft abschnüren. Das kann nicht sein. Das *darf* nicht sein.

Ich will jemanden verklagen. Sämtliche Meteorologen da draußen, die nicht fähig waren, rechtzeitig zu prognostizieren, dass diese *Kaltfront* eine verdammte Schneewalze werden und spontan den Verkehr lahmlegen würde. *Fuck it*, ich will das Wetter selbst verklagen, dass es die Frechheit besitzt, meine Pläne zu durchkreuzen!

Langsam, aber sicher koche ich hoch wie ein Vulkan, was Luca zu spüren scheint, denn er springt auf, kommt zu mir und umfasst sanft meinen Nacken mit einer Hand. Sein Griff ist gerade fest genug, um meine Aufmerksamkeit von dem chaotischen Gedankenstrudel in meinem Kopf wegzulenken, der ansonsten garantiert Feuer spuckend ausgebrochen wäre. Ohne ein Wort zu sagen, ermahnt er mich, Ruhe zu bewahren, weil Ausrasten Energieverschwendung wäre. Also atme ich tief durch die Nase ein und aus.

»Was machen wir denn jetzt?«, frage ich geknickt mit beinahe weinerlichem Tonfall. Dieser Urlaub war seit Wochen das große Ziel, auf das ich hingearbeitet habe, und jetzt entgleitet er mir wie eine *fucking* Schneeflocke, die auf meiner warmen Handfläche schmilzt.

Zum ersten Mal seit einer Ewigkeit hat Luca keine kluge Antwort für mich parat, sondern wirkt ebenfalls bedrückt. Entgegen seiner Frotzeleien scheint auch er sich auf die Malediven gefreut zu haben.

Ale, dessen Reisepläne sich genauso erledigt haben wie unsere, wirkt ebenfalls ziemlich bedröppelt – dabei kommt der Glückspilz um einen Besuch bei seinen ätzenden Schwiegereltern in spe herum, eigentlich sollte er ein Freudentänzchen aufführen.

Wir vier sind das sprichwörtliche Häufchen Elend in der Küche und ich bin so was von bereit, ein Weilchen im Selbstmitleid zu versinken, bevor ich eine Lösung finde – denn die muss es geben –, als plötzlich die Tür auffliegt. Margherita kommt herein, das breiteste Strahlen überhaupt auf dem Gesicht.

»Ihr werdet nicht glauben, wem ich gerade die Tür geöffnet habe, als ich die Post entgegengenommen habe!« Ihre Stimme ist vor Aufregung ganz atemlos und ihre Wangen glühen rosig.

Wir drehen gleichzeitig die Köpfe in ihre Richtung und mir klappt die Kinnlade runter, als ich die drei Personen entdecke, die hinter Margherita in die Küche kommen. Ich habe sie seit Jahren nicht mehr gesehen und selbst damals nie mehr als ein- oder zweimal, aber ein Blick auf Ale genügt, um zu wissen, dass ich richtigliege: Dick eingepackt in schneeverkrustete Daunenmäntel und Mützen kommen Alessandros Eltern, Edoardo und Mirella, sowie Sofias Vater Vito hereingeschneit. Das berüchtigte, umtriebige Künstlertrio.

Na *merry Christmas*.

Sofia

23. Dezember – Vormittag

»Geh nicht ans Telefon! Tu es nicht! Nein, nein, nein, nein!« Orlando umklammert den Saum der Bettdecke, die er sich bis unters Kinn gezogen hat. Wie ein Fünfjähriger, der sich vor dem Monster unter seinem Bett verstecken will. Starr blickt er dabei auf den Fernseher an der gegenüberliegenden Wand, ehe er sich mit einem letzten verzweifelten *Nein* gegen das gepolsterte Kopfende sinken lässt und gequält die Lider zukneift.

Mir entwischt ein Glucksen.

Es ist der Morgen vor Weihnachten und Orlando und ich läuten unsere ultimativen Entspannungs-Feiertage gemütlich mit einem Film im Bett ein. Wir haben uns bereits gestern Abend von Alessandro, Cleo, Livia und Luca verabschiedet und sollte Giuseppe es tatsächlich noch schaffen, Nonna zu überreden, heute mit ihm nach Bergamo zu fahren, klingeln sie bestimmt noch mal bei uns. Während im Erdgeschoss also garantiert alle in Aufbruchsstimmung sind, fühle ich mich einfach nur wunderbar faul und genieße es, mit Orlando einen unserer liebsten Weihnachtsfilme überhaupt zu schauen – *Tatsächlich … Liebe.* Wir haben ihn beide über die Jahre schon so oft gesehen, dass wir ganze Passagen mitsprechen können, und doch ist da diese eine Szene, die ihn jedes Mal wieder verlässlich auf die Palme bringt. So sehr, dass er den Fernseher anschreit und sich unter seiner Decke versteckt.

»Du erwartest nicht wirklich, dass sich die Handlung eines Films von 2003 in diesem Jahr auf magische Weise geändert hat, weil du es dir wünschst?«, ziehe ich ihn auf.

Orlando schüttelt den Kopf, was seine offenen, schulterlangen Haare in Bewegung bringt. »Ich verstehe vollkommen, dass es auch bittersüße Komponenten braucht und nicht jede der zigtausend Lovestorys in diesem Film gut ausgehen kann, aber das hier kapier ich einfach nicht! Sie hat diesen Adonis in ihrem Bett und geht trotzdem an ihr dämliches Telefon?«

Der Film läuft unbeachtet im Hintergrund weiter, während Orlando sich weiter über die Szene aufregt, in der Agenturmitarbeiterin Laura dabei ist, endlich mit ihrem hotten Kollegen Karl ins Bett zu gehen, den sie seit Ewigkeiten stumm angeschmachtet hat. Nur um dann von einem Anruf ihres Bruders unterbrochen zu werden.

»Sie ist verantwortungsvoll und aufopfernd«, halte ich dagegen. »Ihr Bruder ist psychisch krank und sie will für ihn da sein. Sei lieber sauer auf Karl, der danach nichts mehr von ihr wissen will, nur weil er in dieser Nacht nicht zum Zug gekommen ist. Die beiden wären auf lange Sicht sowieso nicht glücklich geworden, wenn er für so was kein Verständnis hat, dieser oberflächliche Schnösel.«

Orlando grummelt – ich weiß ganz genau, dass ihm ein längerer Rant lieber gewesen wäre als meine nüchterne Argumentation, auch wenn er mir im Grunde zustimmt –, streckt dann aber einen Arm nach mir aus, schlingt ihn um meine Schultern und zieht mich näher zu sich heran. Ich schmiege mich an ihn und schiebe meine Füße unter seinen bloßen Oberschenkel, was ihm ein überraschtes Zischen entlockt.

»*Dio*, Frau, wie kannst du so verdammt kalte Füße haben!«

»Sie sind nicht wieder aufgetaut, seit wir wegen deines Drehs vier Wochen in Kanada waren. Mein italienischer Körper streikt bei solchen Minustemperaturen.«

Diese Aussage ist nicht mal wirklich gelogen. Mich fröstelt es immer noch, wenn ich an den November zurückdenke, den ich mit ihm zunächst in Vancouver und anschließend tief im wunderschönen, aber eisigen Yukon verbracht habe, einem kanadischen Territorium, das an Alaska grenzt. Denn Orlando hat sich dazu überreden lassen, noch mal in seine populäre Rolle des Geheimagenten Toby Avara zu schlüpfen. Die Drehbuchautoren hielten es offenbar für eine hervorragende Idee, ihn dafür näher an den Polarkreis zu schicken, als ich jemals kommen wollte. Und selbstverständlich habe ich ihn begleitet. Den Sommer über hatten wir das Glück, jeweils zeitgleich in Studios in LA zu drehen, und davor war Orlando mit mir in London, wo ich an meiner ersten Produktion nach *Harry's Bar* gearbeitet habe. Das Jonglieren unserer Zeitpläne ist anstrengend und führt dazu, dass ich mich nach diesem arbeitsintensiven Jahr jetzt ziemlich ausgebrannt fühle.

Orlando drückt mir einen Kuss auf die Schläfe. »Hätte ich es doch wie Livia machen und dich auf einen Trip ins Warme entführen sollen?«

»Bitte nicht«, stöhne ich theatralisch. »Ich will dieses Jahr kein Flugzeug mehr von innen sehen. Und außerdem«, kurz gerate ich ins Stocken, »müssen wir ja an Silvester hier sein.«

Ich kann genau spüren, wie sich Orlandos Körper neben mir anspannt, und beginne beschwichtigend, seinen Arm zu streicheln. Unsere Silvesterpläne bestehen darin, zusammen mit seinen Eltern und seiner Schwester Valentina ins neue Jahr zu feiern. Es ist ein gigantischer Schritt für beide Seiten, die erste richtige Annäherung zwischen Orlando und seinem Vater seit dem großen Knall wegen Lucas Rückzug aus dem Gondolieregeschäft und Vales Übernahme.

Über das vergangene Jahr hinweg haben seine Mutter Paola und ich alles getan, um die Weichen dafür zu stellen, und endlich stehen die Chancen gut, dass die beiden einen Abend zusammen an einem Tisch überstehen könnten, ohne sich die Köpfe einzuschlagen. Ihre Beziehung wird wohl niemals von unbeschwerter Herzlichkeit erfüllt sein, aber zumindest sollten die Zeiten vorbei sein, in denen Orlando als Ausgestoßener in seiner Familie galt. Wir sind sowohl irre nervös als auch vorfreudig.

Einen Moment später knurrt mein Magen, was Orlando prompt als Chance nutzt, um das Thema zu wechseln.

»Oh, oh, das klang bedrohlich.«

Ich strecke ihm die Zunge raus, woraufhin er sich blitzschnell zu mir hinunterbeugt, um mich zu küssen. Tief und zehenkrümmend gut, sodass mein Hunger augenblicklich in den Hintergrund tritt und durch etwas anderes, nicht weniger Gieriges, ersetzt wird. Manchmal staune ich noch immer darüber, wie heftig ich auf ihn reagiere. Nach den zwei Jahren, die wir inzwischen wieder vereint sind, ist weder das Feuer zwischen uns zahmer geworden noch so was wie Routine eingetreten. Es fühlt sich jedes Mal wieder ein wenig so an, als würde er mich zum ersten Mal küssen, zum ersten Mal meine Haut berühren, zum ersten Mal meine Seufzer anstelle von Sauerstoff einatmen. Ich will, dass es niemals endet und wir für immer genau so zusammen sein können. Ohne Dramen und einfach nur zufrieden darüber, einander zu haben. Fünf Jahre unfreiwillige Trennung machen so was mit einem.

Ich grummle unzufrieden, als Orlando sich von mir löst und die Bettdecke zurückschlägt. »Na los, *Micina*, ich kann nicht verantworten, dich hungern zu lassen. Und da wir nicht mehr als Kaffeepulver und Limoncello hier haben, müssen wir wohl oder übel runter in die Küche, um dich zu füttern. Und danach dringend Einkäufe für die Feiertage erledigen.«

Mich füttern, pff.

Aber mit dem Rest hat er recht, weswegen ich nachgebe und den Film pausiere, ehe ich mich fröstelnd von der Matratze rolle, um meinen wärmsten Pulli herauszukramen.

Wann ist es hier so kalt geworden?

Sofia

23. Dezember

Ich spüre sofort, dass irgendwas im Haus vor sich geht, als wir in den Flur vor meiner Wohnung treten. Irgendeine Schwingung liegt in der Luft und lädt sie mit Spannung auf. Als hätte der Palazzo eine Seele, die auf das, was innerhalb seiner historischen Mauern vor sich geht, reagiert. Vielleicht habe ich aber auch nur zu viele Folgen von *Hollywood Medium With Tyler Henry* geschaut und bilde mir nun ein, einen übernatürlichen Sinn für Stimmungen zu haben.

Auf dem Weg nach unten überlegen Orlando und ich uns eine Einkaufsliste, die er im Gehen in sein Handy tippt.

»Oh, und wir müssen unbedingt versuchen, diese genialen veganen Cookie-Eis-Sandwiches von *Valsoia* zu bekommen. Die sind …« Die Welt wird wohl niemals erfahren, was die Eis-Sandwiches sind, denn mir bleiben die Worte im Hals stecken, als ich just in diesem Moment die Küche betrete und sehe, wer um den Küchentisch herumsitzt.

Ale, Cleo, Livia und Luca, die … die schon seit mindestens einer Stunde aufgebrochen sein müssten? Außerdem Nonna, die aufgeregt am Herd herumwuselt und sich mit der freien Hand ein Taschentuch unter die Nase presst. Aber ihr Anblick ist es nicht, der mir die Sprache verschlägt und mich fürchten lässt, Wahnvorstellungen entwickelt zu haben.

Denn es ist mein Vater, der es sich am Kopfende des Tisches

bequem gemacht und eine schwere Winterjacke über die Lehne seines Stuhls gehängt hat. Wie immer kippelt er auf den Hinterbeinen seines Stuhls. Neben ihm sitzen Onkel Edoardo und Tante Mirella, beide mit dampfenden Kaffeetassen in den Händen. Die Unterhaltungen ersterben, als sie Orlando und mich bemerken.

»B…Babo?« Es fällt mir unheimlich schwer, auch nur dieses eine Wort hervorzubringen, bevor Tränen mein Sichtfeld trüben und ich auf ihn zustürme. Mein Vater schafft es irgendwie, rechtzeitig aufzuspringen, um mich mit ausgebreiteten Armen in Empfang zu nehmen, ehe ich mit der Wucht eines Rammbocks mit ihm kollidiere. Starke, unerschütterliche Arme schließen sich um mich, sein tiefes Lachen dringt an mein Ohr und ich atme den vertrauten Duft seines Aftershaves ein. Er ist es wirklich. Ich bin *nicht* Tyler Henry geworden und habe ihn als Geist heraufbeschworen oder so.

»Was … was macht ihr denn hier?« Ich lasse ihn wieder los, wische mir über die Augen und schaue dann hinüber zu Edoardo und Mirella, die mich wie Honigkuchenpferde anstrahlen. Ehrlich, das ist eine absolute Ausnahmesituation. Ich kann mich nicht daran erinnern, wann die drei das letzte Mal zu Weihnachten hier waren – irgendwas ist immer dazwischengekommen.

Tante Mirella streckt lächelnd eine Hand nach mir aus. Ich beuge mich hinunter, um sie und Edo kurz zu drücken. Mannomann. Ale hat ähnlich glasig-glückliche Augen wie ich. Tja, so was passiert bei solchen Überraschungsbesuchen mit Kindern, deren Eltern die meiste Zeit des Jahres wild durch die Weltgeschichte ziehen und ihrem Künstlerleben frönen. Ganz egal, wie alt wir werden.

»Wir dachten, es sei mal wieder an der Zeit«, erklärt meine

Tante, die als eine Art Managerin ihres Mannes Edoardo und seines Zwillingsbruders Vito, meinem Pa, fungiert. »Wir kommen gerade von unserem Galeristen in München, Edgar Saint Clair, weil wir für kommendes Jahr eine große Wanderausstellung quer durch Europa planen. Da dachten wir uns: Hey, es ist doch nur ein Katzensprung bis Venedig! Und außerdem ist Weihnachten!« Ihre warme Stimme vibriert vor Freude und ich bin so froh, sie zu sehen, dass ich sie direkt noch einmal umarme. Alessandros Mutter ist eine zeitlos schöne Frau, die früh aufgehört hat, ihre Haare zu färben, und seitdem den atemberaubendsten silbergrauen Longbob trägt, den ich je gesehen habe. Keine Ahnung, wie sie es anstellt, trotzdem so verdammt jung auszusehen – vielleicht ist es das rastlose Hippie-Leben.

Mein Vater und Onkel Edo gleichen einander noch immer wie ein Ei dem anderen: beide hochgewachsen, von Haarausfall geplagt und daher schon lange glatzköpfig (was Alessandro, der ständig von *genetischer Vorbelastung* spricht, irre nervös macht) und mit Nonnas strahlend blauen Augen gesegnet, die auch ich geerbt habe. Selbst als Tochter eines der beiden wäre es mir manchmal kaum möglich, sie auseinanderzuhalten, wären da nicht ihre Tattoos. Beide sind von oben bis unten mit Tinte bedeckt. Während Edoardo überwiegend bunte Bilder und poppige Comicmotive trägt, dominieren bei meinem Vater schwarz-graue Schraffuren und nur hier und dort findet sich ein Klecks dunkles Rot oder Blau. Durch ihre Körperkunst untermalen die Brüder subtil ihre Persönlichkeiten: Mein Onkel ist der Extrovertierte, übersprudelnd vor Tatendrang und Energie, während mein Vater ruhiger ist, zurückhaltend und eher in sich gekehrt.

Im Moment lächelt er mich breit an, ehe sein Blick hinter

mich wandert und Orlando ins Visier nimmt. Die beiden kennen sich natürlich und mein Vater weiß trotz seiner ständigen Abwesenheit über alle Entwicklungen in meinem Leben Bescheid. Manchmal erfährt er sie nur mit einiger Verzögerung, worüber ich froh und dankbar bin. Er ist im Bilde über alles, was in den letzten Jahren zwischen Orlando und mir vorgefallen ist, und obwohl wir nun seit zwei Jahren wieder glücklich miteinander sind, macht mich das erste Aufeinandertreffen der beiden nach so langer Zeit nervös. Beim letzten Mal waren wir noch Teenager und frisch zusammen und Babo hat Orlando in einem seltenen Anfall von väterlicher Besorgnis einen Vortrag à la »Behandle meine Tochter gut oder du bekommst es mit mir zu tun« gehalten. Mich jetzt daran zu erinnern, lässt meinen Magen flau werden, weil … *well* … streng genommen hat mich Orlando eine Weile eben *nicht* gut behandelt, auch wenn wir das längst geklärt und für uns abgehakt haben.

Auf seine bedächtige Art tritt mein Vater auf Orlando zu und streckt ihm eine Hand hin. »Orlando! Wie geht es dir, mein Sohn?«

Mir klappt die Kinnlade runter. OMG hat er nicht! Er hat ihn nicht wirklich *mein Sohn* genannt! Wo sind wir hier, in einem konservativen US-Familien-Film? Ich wechsele einen kurzen Blick mit Cleo und Livia. Ihren Mienen nach zu urteilen, sind sie genauso irritiert wie ich. Orlando schluckt indes merklich, ehe er den angebotenen Händedruck erwidert und leicht nervös lächelt.

»Danke, alles bestens.«

Das ist irgendwie … die seltsamste Situation seit Langem. Ich weiß nicht genau, welches Verhalten ich von meinem Vater erwartet habe, aber dieses hier ist es nicht. Schlägt er

Orlando gleich auf die Schulter und erklärt mit wackelnden Brauen, dass er sich bald Enkel wünscht?

Um diese Gedankenspirale zu stoppen und den merkwürdigen Moment zu unterbrechen, wende ich meine Aufmerksamkeit der Runde am Tisch zu und frage: »Was macht ihr alle eigentlich noch hier?«

Eine äußerst miesepetrige Livia und eine Cleo, die sich ihre klammheimliche Erleichterung nicht verkneifen kann, bringen mich bei einem ersten Kaffee, den ich wirklich brauche, auf den aktuellen Stand: Venedig ist eingeschneit und sie kommen momentan weder nach München noch auf die Malediven. Absolutes Verkehrschaos, gecancelte Flüge und Italiener, die angesichts von so viel Kälte zu kopflosen Hühnern mutieren. Na, da hat sich mein Yukon-Bootcamp ja doch bezahlt gemacht. Im ersten Moment bin ich schockiert, als ich durch die Vorhänge hinaus in den Hinterhof luge und tatsächlich mit dichtem Schneetreiben konfrontiert werde –, um mich so richtig mit Orlando einzuigeln, habe ich in der Wohnung nicht mal die Fensterläden geöffnet –, dann setzt ein Lachflash ein. Livia hat garantiert einen filmreifen Tobsuchtsanfall hingelegt, als sie erfahren hat, dass ihr Flug nicht gehen wird.

»Also sitzt ihr jetzt über Weihnachten alle hier fest?«, gluckse ich ein wenig atemlos.

Vier Köpfe nicken bestätigend. Ernsthaft, eigentlich sollte ich über diese Wendung genauso angepisst sein wie Livia, denn mir ist sofort klar, dass ich damit mein Ich-tue-absolut-gar-nichts-Weihnachten vergessen kann. Aber das Amüsement siegt deutlich, weil sie meine Familie sind und ich sie dieses anstrengende Jahr über ziemlich oft vermisst habe. Vielleicht werden die Feiertage nicht so erholsam wie erwartet, allerdings habe ich dafür alle meine Liebsten um mich. Was mich sofort in Feierlaune versetzt. Nonna ist bestimmt außer sich vor Freude, nachdem sie gestern Abend noch der personifizierte Trauerkloß war. Wir können eine spontane Feier auf die Beine stellen und …

Moment mal. Apropos Nonna. Sie verhält sich in dem ganzen Trubel gerade auffallend ruhig und eigentlich müsste sie längst im Aktionsmodus um uns herumflattern und jeden mit Aufgaben eindecken, um ein Last-Minute-Weihnachtsfest auf die Beine zu stellen – oder um zu verhindern, dass irgendwer zu lange nachdenken kann und auf die Schnapsidee kommt, mit Schneeschuhen bewaffnet doch noch in den Urlaub aufzubrechen. Als ich mich suchend in der Küche umschaue, kann ich sie allerdings nirgends entdecken. Stattdessen fällt mir auf, dass die Terrassentür einen Spalt weit offen steht. Dabei habe ich sie gerade eben gar nicht aufgemacht, als ich nach draußen gesehen habe …

Von einer unguten Vorahnung gepackt haste ich hinüber und stecke den Kopf hinaus. Klirrend kalte Luft schlägt mir entgegen und anscheinend hat mich Kanada doch nicht so abgehärtet wie gedacht, da ich sofort zu zittern beginne. Vielleicht entspringt das Beben aber auch nur dem Schock, meine Großmutter dort draußen zu sehen, die in ihren Absatzschuhen durch den Schnee trippelt. Sie kommt eilig auf mich zu, in den Armen einen Terracottatopf, in dem eine Oregano-Pflanze sprießt. Was zum …?!

Normalerweise ist es Alessandro, der streng hinterher ist, dass sie keine schweren Dinge schleppt, jedoch ringen jetzt bei mir sämtliche Alarmsirenen.

»Nonna, stell das ab! Was willst du denn mit der Pflanze?«

Mit vor Kälte geröteten Wangen schnauft sie: »Mir ist siedend heiß eingefallen, dass meine Kräuter zwar winterhart sind, allerdings keinen strengen Frost vertragen. Wir müssen sie alle reinschaffen, bevor es zu spät ist!«

»Okay, okay. Ich hole mir schnell eine Jacke und erledige das, bevor du in deinen Schuhen …«

Doch es ist zu spät. In Zeitlupe beobachte ich, wie Nonna einen weiteren Schritt in ihren Pumps macht, im Schnee keinen Halt findet und ins Taumeln gerät. Mein Mund öffnet sich, eine Warnung schon auf den Lippen, als die Zeit plötzlich wieder irre schnell läuft, und bevor ich irgendwas tun kann, stürzt Nonna. Der Blumentopf zerschellt vor ihr in einem Chaos aus rotbraunen Scherben, Blumenerde und Zweigen und sie liegt ächzend daneben. Wie der Blitz eile ich an ihre Seite, wobei ich selbst ins Rutschen gerate und die Ursache für ihren Sturz erkenne: versteckt unter der frischen Schneeschicht befindet sich eine vereiste Stelle, die einem verlässlich die Füße wegzieht. Verdammter Mist. Ungeachtet der Kälte gehe ich neben meiner Großmutter in die Knie.

»Oh Gott, Nonna, alles okay bei dir? Bist du mit dem Kopf aufgeschlagen?« Mein Atem bildet weiße Dampfwolken vor ihrem Gesicht, während sie vor Schmerz die Augen zusammenkneift.

»Nein … nein, meinen Kopf hat es nicht erwischt. Eher mein Hinterteil und … autsch … meinen Knöchel.«

Angelockt von meinem erschrockenen Aufschrei und dem Zerschellen des Blumentopfes höre ich die anderen aus der Küche nach draußen kommen und sekundenschnell ist Nonna von einer aufgeregt schnatternden Runde umgeben.

»Kannst du aufstehen, Mamma?«, erkundigt sich Onkel Edoardo besorgt, der sich energisch zu ihr durchgekämpft hat und zusammen mit Ale gegenüber von mir kniet. Nonna nickt und sie helfen ihr vorsichtig auf. Ich bin erleichtert, als ich nirgends Blut entdecke, aber das währt nur kurz, als klar wird, dass Nonna nicht auftreten kann. Ale hatte recht, diese verdammten Absatzschuhe …

Wir begleiten Nonna ins Wohnzimmer, wo traditionell schon seit dem achten Dezember der geschmückte Christbaum steht, und helfen ihr behutsam auf das Sofa. Ihr gefällt es sichtlich nicht, liegen zu müssen und wie ein rohes Ei behandelt zu werden.

»Mir fehlt nichts«, murrt sie. »Ich habe mir höchstens den Knöchel ein wenig verdreht.«

Onkel Edo, der ihr gerade die Schuhe abgestreift hat, um sich besagten Knöchel genauer anzusehen, wirft ihr einen strengen Blick zu. »Durch den Schnee stapfen und Blumentöpfe schleppen. *Madre Madonna*, lass das doch die Kinder machen!« Er grummelt weiter in sich hinein und befindet schließlich: »Scheint wirklich nur verstaucht zu sein, allerdings bin ich kein Experte. Das sollte sich ein Arzt noch mal genau ansehen.«

Nonna setzt zu einem Protest an, aber alle anderen, die sich rings um das Sofa scharen, ersticken jede Widerrede sofort im Keim.

»Na gut«, gibt sie sich schließlich geschlagen. »Klingelt drüben bei Mauro, er soll einen Blick darauf werfen, wenn er Zeit hat.«

Ich runzele die Stirn. »Ist er nicht Tierarzt?«

Dafür ernte ich einen fuchsigen Blick von Nonna. »Meinst du, der verstauchte Knöchel eines Menschen unterscheidet sich in irgendeiner Weise von dem einer Katze oder eines Esels?«

»Nun, störrisch wie ein Maultier ist sie immerhin«, murmelt Ale leise neben mir.

»Glaub nicht, dass ich das nicht gehört hätte, Alessandro Bartolomeo!«

Eine halbe Stunde später kommt Donatello, verpackt in einem Hunde-Mantel, in die Küche, dicht gefolgt von Guiseppe, den bei Nonnas Anblick beinahe der Schlag trifft. Nachdem er sie genauso gescholten hat wie der Rest von uns, ist es Zeit, einen Schlachtplan zu entwerfen. Einen gigantischen, super-duper Notfallschlachtplan. Schließlich haben wir es nicht nur mit dem spontansten Familienweihnachtsfest überhaupt zu tun, sondern Nonna, unsere privatpersönliche Küchengöttin, wird erst mal ausfallen. Das hat unser benachbarter Tierarzt vorhin bestätigt und sie dazu verdonnert, den Knöchel streng zu schonen. Nun thront Nonna miesepetrig auf einem Sessel, den wir ihr extra aus dem Wohnzimmer in die Küche geschafft haben, damit sie von dort aus zumindest indirekt ihr Regiment führen kann. Während wir anderen wie kopflose Hühner herumflattern, ist es ausgerechnet Giuseppe, der Ruhe bewahrt – wahrscheinlich ist er so einen Trubel durch die jahrzehntelange Arbeit in seiner lebendigen Bar gewohnt. Seit er mit Nonna zusammen ist, hat er nie versucht, sich zu dominant in unser Familiengefüge zu drängen, aber heute scheint er zu spüren, dass jemand einen kühlen Kopf bewahren muss, um den Ton anzugeben.

»*Allora*«, verkündet er mit fester Stimme, mit der er unser aufgeregtes Gebrabbel übertönt. »Wir haben ein Weihnachtsfest zu planen und nachdem Margherita am Herd ausfällt, müssen wir die Aufgaben delegieren.«

Stühle kratzen über den Boden, als sich alle um den Küchentisch scharen, um ihm zuzuhören.

»Es gibt viel zu erledigen, aber wenn wir uns die Arbeit teilen, schaffen wir das bis morgen.« Von irgendwoher hat er sich einen Schreibblock organisiert, auf den er nun nachdenklich mit der Spitze eines Kugelschreibers tippt. »In dieser Familie gibt es die typischen dreizehn Gerichte an Weihnachten und ich denke, jeder sollte seinen Beitrag leisten. Wir sind zehn Personen, die etwas zubereiten können, und den Rest übernehme ich.«

Bei seinem Vorschlag kommt Gemurmel auf. Cleo stupst Livia neckend in die Seite und flüstert gut hörbar: »Was wirst du für uns zaubern?« Es ist allgemein bekannt, dass unsere ehemalige Jet-Set-Queen nichts *kocht*, was über Kaffee hinausgeht.

Pikiert rümpft Livia die Nase. »Natürlich mein Model-Leibgericht: Wattebausche in Orangensaft gedippt. Die perfekte Vorspeise.«

Einen Moment lang herrscht Schweigen, während wir uns alle schwertun, die Ironie in ihrem staubtrockenen Tonfall zu finden, und uns fragen, ob sie das wirklich ernst meinen könnte, ehe sie kopfschüttelnd auflacht. »Wow, ihr müsstet eure Gesichter sehen.«

Ale schaut mit einem schiefen Grinsen zu ihr rüber. »Das würde perfekt zu meinem Menübeitrag passen: mein Spezial-Vanille-Proteinshake. Mit extra viel Liebe gemacht, Nonna.« Er zwinkert seiner Großmutter zu, die nur mit den Augen rollt.

Während alle zu überlegen beginnen, was sie zubereiten

könnten – vor allem mein Vater, Onkel Edoardo und Tante Mirella wirken angesichts dieser Aufgabe gestresst, diese Tütensuppen-Gourmets –, beugt sich Orlando zu mir.

»Ist das alles hier okay für dich?«, fragt er so leise, dass nur ich ihn hören kann. Echte Sorge steht in seinen zweifarbigen Augen. Ich bin mir sicher, wenn ich jetzt *Nein* sagen und ihn bitten würde, mich wegzubringen, damit ich meine erträumten Einsiedlerfeiertage bekomme, würde er sich, ohne zu zögern, mit mir durch Eis und Schnee kämpfen. So ist er, mein Orlando. Meine Bedürfnisse stehen für ihn an erster Stelle und er erkennt so gut wie niemand sonst, was ich brauche.

Aber als ich jetzt nicke, meine ich es vollkommen ehrlich. »Ich war so erschöpft in letzter Zeit, doch plötzlich alle hier um mich zu haben, macht mich echt glücklich und hey …« Ich lehne mich weiter vor, sodass ich meine Wange an seine schmiegen kann und das leichte Kratzen seines Bartes spüre. »Einigeln können wir uns auch noch nach den Feiertagen bis Silvester. Und danach bis *La Befana*. Ist das … äh, auch für dich in Ordnung so?« Immerhin wurden auch seine Pläne über den Haufen geworfen. Er dreht leicht den Kopf, bis sich seine Nase gegen meine schmiegt, und schließt die Augen. »*Certo, Micina.* Nur dank dir bin ich überhaupt Teil dieser Familie hier und ehrlich gesagt freue ich mich darauf, Zeit mit deinem Vater zu verbringen. Wenn ich es richtig anstelle, können wir uns gegen dich verbrüdern.«

Nachdem ich ihn für seine Worte gerade noch küssen wollte, schnappe ich mir jetzt seine Unterlippe mit den Zähnen und beiße kurz zu. »Untersteh dich, O-Boy!«

Cleo

24. Dezember

»*Ma vaffanculo*, wo ist dieses verdammte Jesuskind?«

»Ein direktes Zitat der Heiligen Drei Könige, nachdem sie tagelang durch die Pampa von Judäa gestreift sind und keinen Bock mehr hatten, ihre Geschenke mit sich rumzuschleppen.«

»Sofia! Ich glaub es ja nicht! Du bringst das Christkind zum Weinen, wenn du so sprichst, und dann wirst du es niemals finden.«

»Du hörst deine Nonna. *Don't make baby Jesus cry.*«

Ich muss mir auf die bebende Unterlippe beißen, um nicht auf der Stelle in Gelächter auszubrechen, während ich gebannt dem Wortwechsel von Sofia, Margherita und Orlando lausche. Ihr Gezanke übertönt mit Leichtigkeit das Rattern des Handrührgeräts, mit dem Luca gerade voller Konzentration Eischnee aufschlägt. Sein Beitrag zum Weihnachtsmenü wird ein Tiramisu sein. Ich bin ein wenig sauer auf mich selbst, dass mir das nicht vor ihm eingefallen ist, weil es vergleichsweise einfach zuzubereiten ist. Ich bin keine große Kochfee und nach dem gestrigen Einkaufen habe ich ewig mit Alessandro beratschlagt, was ich zum morgigen Festessen beisteuern könnte.

»Mach irgendwas typisch Deutsches. Oder was aus München«, hat er am Abend neben mir im Bett gegähnt und das

Gesicht dann an meinem Hals vergraben. Leichter gesagt als getan. Die meisten Gerichte aus meiner Heimat überfordern meine Kochskills massiv – sollte ich mich jemals an Schweinebraten oder Gans wagen, würde am Ende vermutlich die Küche in Flammen aufgehen. Unkompliziertere Alternativen wie Rostbratwürste kann ich auch nicht machen, weil ich sie hier nirgends bekomme. Und ich werde *nicht* die Weißwürste aus der Dose auftischen, die wir gestern im Supermarkt entdeckt haben. Ich mag grottig am Herd sein, doch ich habe meine Prinzipien. Nach langem Hin und Her habe ich schließlich beschlossen, ein weiteres Dessert beizusteuern: Kaiserschmarren. Das sollte ich hinkriegen. Da ich den aber erst morgen frisch zubereiten kann, stehe ich jetzt neben Livia an der Arbeitsfläche und gehe ihr so gut wie möglich bei den Vorbereitungen für ihr Gericht zur Hand: Sie hat sich eine Gemüselasagne für das *Pranzo di Natale* vorgenommen. Wie ich es schon als Kind von meiner Nonna gelernt habe, gilt in Italien traditionell erst der fünfundzwanzigste Dezember so richtig als Weihnachten – mit Geschenken, die direkt am Morgen geöffnet werden, und einem ausgiebigen Essen, dem *Pranzo*, das sich vom Mittag bis in den Abend ziehen kann.

Also schnippele ich jetzt sorgsam Gemüse klein und lausche dem Wahnsinn um mich herum mit einem Lächeln. Sofia zerlegt seit etwa einer Stunde sämtliche Schränke im Erdgeschoss auf der Suche nach der fehlenden Krippenfigur (ohne *Bambino Gesù* kein Weihnachten, versteht sich), während Margherita sie gehandicapt von ihrem Sessel aus ausschimpft. Orlando poliert mit einem diebischen Grinsen an einer freien Ecke des Küchentisches das Silberbesteck, Sofias Vater Vito versucht, trotz des Schneetreibens den kleinen

Grill im Hinterhof in Gang zu setzen, um darauf Fische zu räuchern. Und Alessandro ist gerade noch mal mit seinen Eltern losgezogen, um vorsorglich mehr Wein zu kaufen. Es ist jetzt schon laut, chaotisch und turbulent und ich könnte nicht glücklicher darüber sein. Garantiert macht es mich zu einer miesen Tochter, weil mich ein gigantischer Schwall von Erleichterung erfasst hat, als mir klar geworden ist, dass wir über Weihnachten in Venedig festsitzen werden. Für Livia war es eine herbe Enttäuschung, hierbleiben zu müssen, aber für mich? Ich hätte in der Küche am liebsten einen kleinen Samba hingelegt, als ich erfahren habe, dass wir keine Möglichkeit haben, bis zum Vierundzwanzigsten nach München zu kommen. Ein weiteres Jahr, in dem ich um die überkandidelte Weihnachtsparty meiner Eltern herumkomme, gegen die selbst die Christmas Party der Kardashians wie ein lahmes Kaffeekränzchen aussieht. Stattdessen kann ich miterleben, wie Alessandro gar nicht mehr aus dem Strahlen herauskommt, weil seine Eltern endlich wieder hier sind. Die Tatsache, dass ich meine Schwiegereltern in spe über die Feiertage das erste Mal so richtig persönlich kennenlernen werde, macht mich zwar ziemlich nervös, aber Ale so glücklich zu sehen, radiert sämtliche Panik aus. Und mal ehrlich: Sie können nur besser als meine Eltern sein (die die Hiobsbotschaft, dass wir es nicht nach München schaffen würden, erstaunlich gefasst aufgenommen haben – ich glaube, meine Mutter war am meisten darüber enttäuscht, Alessandro vor ihren Etepetete-Freunden nicht herumzeigen zu können wie einen preisgekrönten Pudel).

Als hätten ihn meine Gedanken heraufbeschworen, kommt mein Freund in diesem Moment in die Küche, dick eingepackt in einen gefütterten Parka, Schal und Mütze. Er trägt zwei Papiertüten unter den Armen, seine Mutter hinter ihm genauso und sein Vater schleppt schnaufend einen Pappkarton herein, der verdächtig nach einem Sechserpack Clairvaux-Champagner aussieht.

Nachdem er seine Einkäufe abgestellt hat, kommt Alessandro zu mir und drückt mir einen Kuss auf die Wange. Ich zucke zusammen, als seine eiskalte Haut meine berührt, und versuche, ihn mit einer halben Zucchini zu verscheuchen.

»Argh, geh weg. Von dir bekomm ich Frostbeulen.«

Unbeeindruckt davon, dass ich ihm mit einem Gemüse gegen den Arm schlage, umarmt Ale mich von hinten und raunt mir zu: »Wir zwei müssen leider direkt noch mal raus.«

Bei der Vorstellung, die gemütlich warme Küche zu verlassen und mich in die Real-Life-Schneekugel dort draußen zu begeben, schüttelt es mich. »Warum?«

»Ich muss noch was für mein Weihnachtsgericht besorgen und brauche deine Hilfe dabei.«

Ich verrenke mir den Hals, um zu ihm hochzuschauen, und verenge die Lider zu Schlitzen. Das ist doch nur eine faule Ausrede, um mich nach draußen zu locken, oder? Fragt sich nur, warum …

»Leider kann ich gerade unmöglich weg hier«, versuche ich mich herauszureden. »Livia braucht mich wirklich als Schnippelhilfe!«

Die kleine Verräterin schnaubt allerdings verächtlich. »Du hast dir schon dreimal beinahe den Finger abgehackt. Wenn am Ende Teile deiner Gliedmaßen in der Lasagne landen, kann Sofia nichts davon essen, weil es nicht mehr vegetarisch ist. Husch, husch. Geh schon.«

Also gebe ich mich zähneknirschend geschlagen und hole meinen Mantel, bevor wir uns auf den Weg machen. Im

Grunde bin ich auch neugierig zu erfahren, was Ale ausheckt. Kaum haben wir die Haustür geöffnet, schlägt uns eine beißend kalte Windböe entgegen, die einen Schwall Schneeflocken ins Foyer weht. Sie verleiht mir das Gefühl, mitten im Film *The Day After Tomorrow* gelandet zu sein.

»Verliebt in dich zu sein, muss mir über die Jahre das Gehirn püriert haben«, grummele ich, während ich vorsichtig über die Schwelle trete, um nicht prompt auszurutschen. »Anders kann ich mir nicht erklären, warum ich mitgehe.«

Alessandro hat sich bereits den Schal über Mund und Nase gezogen und ich kann nur an den feinen Lachfältchen rund um seine Augen erkennen, dass er grinst.

Draußen ist Venedig kaum wiederzukennen und allmählich verpufft mein Unwille, in die Kälte zu gehen. Seit dem Morgen hat sich das dichte Schneetreiben ein wenig gelegt, wodurch deutlicher zu erkennen ist, dass alles von einer weißen pudrigen Schicht bedeckt ist. Eiszapfen bilden sich an den gotischen Fensterrahmen der Nachbarhäuser und sämtliche Passanten rutschen und schlittern über die ungeräumten Wege (auf den Winterdienst können wir in Venedig wohl lange warten). Die Lagune im Schnee sieht seltsam und fremd aus, aber gleichzeitig unvergleichlich magisch schön.

Wir stapfen in Richtung Norden los und obwohl mir jeder Atemzug in den Lungen zu gefrieren droht, rücken der eisige Wind und Frost bald in den Hintergrund, während ich die Umgebung in mich aufsauge. Auch nach dreieinhalb Jahren – minus kurzer Unterbrechung in Como – verzaubert mich dieser Ort immer wieder aufs Neue und schafft es tagtäglich, mich zu überraschen.

»Es ist einfach atemberaubend.« Auf dem Scheitelpunkt einer Brücke bleibe ich stehen und schaue mit offenem Mund den Kanal hinunter, über den ein Netz aus Lichterketten gespannt ist, die in der früh einsetzenden Dämmerung bereits leuchten. Sofort zücke ich mein Handy, um den Moment festzuhalten, und schaue dann zu Ale neben mir, von dem gar keine Reaktion gekommen ist. Sein Blick ist auf mein Gesicht gerichtet, ein leichtes Lächeln auf den Lippen, ehe er murmelt: »Atemberaubend schön.«

Arghh, er ist so … Wie kann ich seit drei Jahren mit ihm zusammen sein und mich noch immer nicht daran gewöhnt haben, dass er nur Augen für mich hat und mir solche Dinge sagt? Und sie auch noch ernst meint. Um meine Verlegenheit zu überspielen, strecke ich den Arm mit dem Handy vor uns in die Luft, drücke einen Kuss auf seine Wange und mache ein Selfie. Wir albern herum und schießen weitere Fotos von uns, bis Ale schließlich meine Hand nimmt und mich weiterzieht.

»Komm, bevor wir hier festfrieren.« Was gar nicht so unwahrscheinlich ist, denn beim Blick hinunter aufs Wasser sind mir Eisschollen aufgefallen, die träge auf der Oberfläche schwappen. Wenn das mit den Minustemperaturen so weitergeht, sind die Kanäle womöglich bald zugefroren. Wie aufregend!

Spätestens als mich Alessandro an der nächsten Brücke eine *Fondamenta* hinunterzieht, die definitiv nicht zum nächsten Supermarkt führt, entpuppt sich seine Behauptung, mit mir einkaufen gehen zu müssen, als Finte. Ein wenig ratlos folge ich ihm die Straße hinunter, die mit jedem Meter mehr den Charme eines Werkstatthinterhofs verströmt. Die Gebäude wirken industriell und ein wenig heruntergekommen. Schließlich hält Ale vor einer unscheinbaren Haustür und kramt einen Schlüssel aus der

Jackentasche. Er führt mich ein Treppenhaus hinauf, hoch und immer höher, bis meine Beine von all den Stufen brennen und ich einmal mehr venezianische Altbauten ohne Aufzug verfluche. Unser Ziel ist das oberste Stockwerk und während ich durchschnaufe, sperrt Alessandro die einzige Tür auf dem Flur auf und lässt mir mit großer Geste den Vortritt. Vor mir tut sich ein großer, loftartiger Raum auf, mit freiliegenden Balken hoch über mir und schräg zulaufender Decke. Großzügige Dachfenster würden normalerweise jede Menge Helligkeit hereinlassen, sind heute jedoch vom Schnee zugedeckt. Zusätzlich gibt es am anderen Ende des Raums eine bodentiefe Balkontür, die auf einen kleinen Austritt hinausführt und … mir bleibt der Mund offen stehen … einen Ausblick direkt über die offene Lagune bietet! Wie ferngesteuert durchquere ich das leere Loft und stelle mich an das Fenster. Heute ist die Sicht kaum der Rede wert, aber bei klarem Wetter werden von hier aus nichts als das Meer, kreuzende Boote und das Festland am Horizont zu sehen sein.

»Tadaaa!«, ruft Alessandro mit einiger Verzögerung. Er ist mir zum Fenster gefolgt.

Ich wirbele zu ihm herum. »Was *tadaaa*?« Ich bin total überfordert, während mein Hirn auf Hochtouren arbeitet und die unterschiedlichsten Theorien überschlägt, warum wir hier sein könnten.

»Das hier ist dein Weihnachtsgeschenk.« Alessandro zieht seine Mütze vom Kopf und fährt sich leicht verlegen durch seine zerzausten Haare. »Ich hatte das eigentlich ganz anders geplant, wollte dir in München einen Umschlag geben mit einer Schnitzeljagd, die dich nach unserer Rückkehr bis hierher führt, doch das hat sich ja nun erledigt. Und bevor wir morgen vollkommen eingeschneit sind, wollte ich es dir einfach direkt zeigen.«

Ich verstehe immer noch nicht. »Was …?«

Er lacht auf, als würde es ihm einen Heidenspaß bereiten, mich auf die Folter zu spannen. »Ich habe dieses Studio für dich gemietet«, rückt er endlich mit der Sprache raus. »Und bevor du protestierst: Nein, es ist nicht zu teuer. Es gehört Arturos Onkel, er gibt es mir zum Freundschaftspreis und ist froh, zuverlässige Mieter gefunden zu haben.«

Okay, das sind immerhin einige Details mehr, so richtig schlau geworden bin ich daraus allerdings immer noch nicht. »Was genau meinst du damit, du hast es für mich gemietet?«

»Ich schenke dir zu Weihnachten dein eigenes Atelier.« Grinsend breitet er die Arme aus, die Geste eines Meisterkünstlers, der sein größtes Werk endlich der Welt präsentieren kann.

Das … oh. Jetzt hat es mir erfolgreich die Sprache verschlagen. Einen Moment lang kann ich nur heftig blinzelnd gegen einen plötzlich aufsteigenden Schwall Tränen ankämpfen, ehe ich hervorbringe: »Wofür denn ein extra Atelier? Mehr als den Etsy-Shop und ein paar Freelancer-Aufträge habe ich nicht.« So schwer es ist, mir das laut einzugestehen, es stimmt. Seit meinem Praktikum bei Graziano suche ich erfolglos nach einem vielversprechenden Job und habe außer zwei weiteren Praktika und einem Shop bei Etsy, über den ich selbst genähte Teile verkaufe, um über die Runden zu kommen, wenig vorzuweisen. Meine Karriere, wie ich sie mir immer erträumt habe … ist schwerer umzusetzen, als ich gedacht hätte, und ich befinde mich definitiv nicht an dem Punkt, an dem ich schon ein eigenes Atelier bräuchte. Alessandro bemerkt meinen

Stimmungsumschwung natürlich prompt, tritt dicht vor mich und legt mir sanft die Hände an die Wangen.

All der Frust über die erfolglose Jobsuche der letzten Monate und Jahre steigt in diesem Moment in mir hoch und die ersten Tränen rollen über Alessandros Finger. Sein Gesicht verzerrt sich vor Mitgefühl, als würde es ihm Schmerzen bereiten, mich weinen zu sehen. Beruhigend wischt er mir mit den Daumen über die Wangen.

»Ich schaue dir jetzt schon eine ganze Weile dabei zu, wie du dich abkämpfst und alles versuchst, was du kannst, um einen vermeintlich wichtigen Job für deinen Lebenslauf zu ergattern. Und dabei zu vergessen drohst, worum es dir eigentlich immer ging: ein eigenes Label aufzubauen, um die Modewelt mit deinen Kreationen für alle zu revolutionieren. Gibt es diesen Traum nicht mehr?«

Von Gefühlen überwältigt schüttele ich den Kopf. Dieser Traum existiert nach wie vor tief in mir, begraben unter Ernüchterung und Absagen, sodass er mir für eine Weile unerreichbar vorkam.

Alessandro gibt mir einen aufmunternden Kuss auf die Nasenspitze. »Dann geh da raus und zeig es allen! Wahrscheinlich willst du es einfach nicht wahrhaben, aber selbst dein Ach-so-popeliger-Etsy-Shop läuft wirklich verdammt gut. Scheiß auf die Designer, die dich nicht einstellen wollen. Zieh es selbst auf. Hier. Mit mir. Ich unterstütze dich bei allem, was du brauchst.«

»Du musst das nicht tun«, wispere ich erstickt. Er hat mit seinem eigenen Job weiß Gott genug zu tun.

Ernst erwidert er meinen Blick. »Seit du in mein Leben getreten bist, hast du mich jeden einzelnen Tag bedingungslos unterstützt und mir zur Seite gestanden. In all meinen dunkelsten Stunden, egal wie belastend der Scheiß war, in den ich dich reingezogen habe. Lass mich das Gleiche für dich tun. Bitte.« Als mir auf seine Worte hin weitere Tränen über die Wangen kullern, holt er eine Taschentuchpackung hervor, zieht eins heraus und trocknet behutsam mein Gesicht. »Lass uns das durchziehen.«

Ein zittriges Lächeln huscht über meine tränennassen Lippen. »Du mit mir ein Modelabel gründen?« Mein Kerl ist ein Model, aber ich kann ihn mir einfach nicht mit Schnittmustern und Stoffproben hantierend vorstellen. Geschweige denn an der Nähmaschine.

Lässig zuckt er mit den Schultern. »Du kannst bestimmt einen stillen Teilhaber gebrauchen. Und jemanden, der hier mit Essen und Snacks vorbeischaut, wenn du die Nächte durchmachen musst, weil sie dir deine Designs aus den Händen reißen werden.«

Sein Optimismus … Er könnte für uns beide reichen. Das Wissen, mit dieser Sache nicht allein dazustehen, löst den Ballast in meinem Inneren wie eine Lawine, die sich endlich losreißt und auf Nimmerwiedersehen ins Tal donnert. Mir war gar nicht klar, wie sehr mich meine Jobsituation runtergezogen hat, bis er mit mir hierher in dieses Loft gekommen ist. Und mir die Schlüssel in die Hand drückt.

»Fröhliche Weihnachten, Mause. Du wirst das Business im Sturm erobern.«

Cleo

25. Dezember

Der Weihnachtsmorgen in der Ca' Sartori hat mit einer Hiobsbotschaft begonnen: Die Figur des Christkinds für die Krippe war – zu Margheritas Kummer – partout nicht auffindbar. Stattdessen haben Edoardo und Vito ihr Künstlertum spontan unter Beweis gestellt und einen Ersatz aus zwei Weinkorken gebastelt, die noch vom gestrigen Abendessen herumlagen. Laut Ale sieht das Christkind in diesem Jahr zwar wie ein verschrumpelter Waldgnom aus, aber hey, die schlimmste Krise wurde abgewendet. Und danach ging es direkt zum Geschenkeauspacken. In unseren Pyjamas sind wir wie eine Horde überdrehter Kinder ins Wohnzimmer gestürmt und haben ein episches Chaos aus herumfliegendem Geschenkpapier und wild verstreuten Bändern veranstaltet. Ich kann mich nicht erinnern, schon jemals eine so schöne Bescherung erlebt zu haben. Donatello springt immer wieder kopfüber in den knallbunten Haufen Verpackungsmüll, den wir neben dem Sofa aufgetürmt haben, und ich schaue reihum in strahlende, glückliche Gesichter. Wow, es ist beinahe kitschig.

So erwischen mich Alessandros Eltern eiskalt, als sie mit einer Geschenktüte in der Hand zu mir herüberkommen. »Hier, Liebes, für dich.« Mariella, die ungefähr der liebste Mensch überhaupt ist, drückt mir das Geschenk in die

Hände. Die Lichter des Weihnachtsbaums schimmern auf ihrem makellosen silbrigen Haar, während sie leicht den Kopf neigt und mich anlächelt. Edoardo, der mit einem Arm um ihre Taille danebensteht, zieht ermutigend die Brauen hoch. »Willst du nicht reinschauen?«

»Oh, äh, danke. Ihr hättet doch nicht …« Ich bin etwas überfordert damit, dass die beiden ein Geschenk für mich haben. Klar, wir wussten alle nicht, dass sie vor der Tür stehen würden, weswegen ich im Gegenzug gar nichts für sie haben *kann*, aber trotzdem. Es ist so aufmerksam von ihnen!

Schließlich gebe ich mir einen Ruck und öffne die Tüte. Sie ist ziemlich schwer und ich bete, dass sie keine Unsummen für mich ausgegeben haben als … Ein wenig überrascht erkenne ich, dass die Geschenktasche vollgepackt mit Magazinen ist. Sie sehen alt und abgegriffen aus, die Seiten zum Teil vergilbt und wellig. Ich ziehe eins heraus und mein Atem stockt: Das sind Hefte voller Schnittmuster! Richtig alte Hefte, wie meine Nonna Liliana sie früher hatte! Heute gibt es Hefte dieser Art überhaupt nicht mehr zu kaufen. Gebannt ziehe ich eines nach dem anderen heraus, blättere durch die Seiten und werde mit jedem Moment euphorischer. Das ist ein absoluter Schatz!

Mariella und Edoardo wechseln einen zufriedenen Blick angesichts meiner Reaktion. »Gefallen sie dir? Wir haben sie in einem Antiquariat in München entdeckt und dachten, dass sie vielleicht als Inspiration für deine Arbeit nützlich sein könnten.«

»Gefallen?« Ich springe von meinem Platz auf und falle Alessandros Mutter spontan um den Hals. »Die sind der absolute Wahnsinn! Solche Schnittmuster gibt es heute nicht mehr und … danke! Tausend Dank!«

Fest erwidert Mariella meine Umarmung und sagt leise, nur für mich: »Wir müssen dir danken, Cleo. Du hast unserem Sohn durch eine sehr dunkle Phase seines Lebens geholfen. Ich habe ihn noch nie so glücklich erlebt. Halt an ihm fest, *sì*?«

Ich nicke, die Kehle vor Emotionen zugeschnürt, als Alessandro zu uns kommt, ausgestattet mit meinem Geschenk für ihn: einem Fanschal vom AC Milan, seinem Lieblingsfußballverein, den ich ihm zu seiner eigentlichen Überraschung beigelegt habe – Tickets für das Champions-League-Achtelfinale zwischen dem AC und Knightsbridge United in Mailand im Februar.

»Wenn ich gewusst hätte, dass dich ein paar labbrige Hefte so glücklich machen würden, hätte ich mir den Aufwand mit dem Atelier ja sparen können.«

Über die Schulter seiner Mutter hinweg funkele ich ihn drohend an. »Das sind keine *labbrigen Hefte*, sondern wertvolle Raritäten. Ich glaube, mit dieser Aussage hast du dich schon wieder als Mitgründer von *Cleo-Couture* disqualifiziert.«

Als seine Mutter zurücktritt, nimmt er prompt ihre Stelle ein und zieht mich voller Überschwang an sich, sodass ich beinahe das Gleichgewicht verliere.

»Aber im Ernst, Ale. Das Atelier ist … mehr, als ich mir je erträumt habe.«

Er gibt mir einen Kuss auf die Stirn, während sich seine starken Arme um mich schlingen und mich gegen seine Brust gedrückt halten, an die sich jede weiche Kurve meines Körpers schmiegt, als wären wir füreinander modelliert worden. Nirgends fühle ich mich *richtiger* als in Alessandros Armen. Es war ein langer, mit hartnäckigen Unsicherheiten und Ängsten gespickter Weg für mich, zu dieser Erkenntnis zu kommen. Wirklich und wahrhaftig zu akzeptieren, dass ich es *wert* bin. Die Welt um uns herum auszublenden, die uns immer wieder das Gegenteil entgegenschreit und so unfassbar besessen von Äußerlichkeiten und schönem Schein ist. Doch inzwischen hat es *Klick* gemacht. Bei uns beiden. Wir werden für immer unsere Päckchen mit uns herumtragen, mit Dämonen kämpfen und Ängste durchleben, aber wir sind nicht allein damit. Ich glaube, das ist das schönste Gefühl der Welt. Nicht allein sein zu müssen, sondern einen Partner und dazu eine Familie gefunden zu haben, die durch etwas Dickeres als Blut verbunden ist: Liebe und Freundschaft.

Ich muss über mich selbst und meine schmalzigen Gedanken kichern, woraufhin mir Alessandro grinsend einen Kuss auf die Wange drückt.

»Woran denkst du gerade?«

Die Berührung seiner Lippen lässt ein warmes Schaudern durch meinen Körper rieseln und ich schmiege mein Gesicht an die Kuhle zwischen seiner Schulter und dem Hals.

»An dich und mich und wie unfassbar schön jeder einzelne Faden ist, aus dem wir unser Leben weben.«

Das Weihnachtsessen artet, wie nicht anders zu erwarten, in ein chaotisches Gelage epischen Ausmaßes aus. Die Küche platzt aus allen Nähten, nachdem zehn Personen dreizehn Gerichte gekocht haben und sich zusammen mit Margherita um den überladenen Esstisch drängen. Mein Kaiserschmarren ist überraschend luftig geworden, wenn auch an einigen

Stellen etwas angekohlt, was Alessandro jedoch stur als *Röst-arömchen* bezeichnet. Ich liebe ihn direkt noch ein Quantum mehr, als ich ihn dabei beobachte, wie er sich als Einziger stoisch eine Riesenportion davon reinzieht und so tut, als sei es das köstlichste Gericht, das er je probiert hat.

Es ist etwa fünfzehn Uhr, als wir alle stöhnend und uns die Bäuche haltend in unseren Stühlen zurücksinken, einig darüber, nie wieder auch nur einen Happen Essen hinunterbringen zu können. Jetzt legt sich eine schläfrige Schwere über unsere Runde und ich fühle mich wirklich bereit für ein Nickerchen, als sich Giuseppe mit erstaunlicher Entschlossenheit von seinem Sitz hochstemmt.

»*Allora Ragazzi*, das ist der perfekte Zeitpunkt für einen Spaziergang, bevor ihr alle einschlaft.«

Orlando quittiert seine Aussage prompt mit einem lang gezogenen Gähnen. »Es nennt sich *Futterkoma*, Pep. Der Körper muss ruhen und …«

»Papperlapapp«, fällt ihm dieser ins Wort. »Mit ein bisschen Bewegung werdet ihr euch alle direkt besser fühlen, das regt die Verdauung an. Und schaut mal, die Sonne kommt raus!«

Automatisch drehen wir die Köpfe in Richtung des Fensters, auf das er zeigt, und tatsächlich: Das trübe, verschneite Grau der letzten Tage ist kühlem goldenen Licht gewichen, das die Schneedecke funkeln lässt. Obwohl ich gerade eben noch nichts lieber wollte, als mich auf dem nächstbesten Sofa zusammenzurollen, packt mich plötzlich Aufregung. Venedig war gestern schon so schön, ich kann mir gar nicht vorstellen, wie spektakulär es bei klarerem Wetter sein muss.

»Ich bin dabei!« Enthusiastisch springe ich auf, wobei mir der leidende Blick nicht entgeht, den Ale zu mir hochwirft. Jep, er wäre am liebsten weiter Team *Couchpotato*.

Nachdem ich den Anfang gemacht habe, stehen auch Sofia, Luca und Mirella auf und irgendwie schaffen wir es, die anderen ebenfalls zu einem Spaziergang zu überreden. Wir finden sogar eine Lösung für Margherita und ihren verstauchten Knöchel: Sofia erinnert sich daran, dass auf dem Dachboden noch ein faltbarer Rollstuhl lagert, den einst ihr Nonno Alberto benutzt hat, als es ihm gesundheitlich immer schlechter ging. Margherita scheint zunächst nicht wirklich angetan von der Vorstellung, den Stuhl zu benutzen, will aber auch nicht alleine zurückbleiben und lässt sich schließlich dick eingepackt darin nieder – inklusive eines enormen schwarzen Schlapphuts und einer Sonnenbrille. Nachdem Alessandro sie vorsichtig über die Schwelle nach draußen geschoben hat, bemerkt Sofia: »Das ist ein wirklich spannender Look, Nonna. Du siehst aus wie eine reiche Ehefrau, die gerade ein Lifting hatte und jetzt beim Rausgehen ihr Gesicht versteckt, damit niemand die frischen Schwellungen sieht.«

Trotz der übergroßen dunklen Brillengläser weiß ich, dass Margherita sie gereizt anfunkelt. »Nicht so laut, Sofia! Ich will nicht, dass mich die Nachbarn erkennen. Sie werden mich für eine alte Schachtel halten.«

Luca, der Donatellos Leine hält, lässt ein ersticktes Prusten hören. »Es tut mir ja sehr leid, Margherita, aber da du von uns allen umzingelt bist, wirst du wenig Erfolg damit haben, deine Identität zu verschleiern.«

»Außerdem bist du verletzt«, wirft Orlando beschwichtigend ein. »Und absolut keine alte Schachtel. Nutz es eher als Chance, dir eine Runde Mitleid von allen abzuholen.«

Margherita setzt zu einem Protest an – auf Mitleid ist sie, wie ich sie kenne, genauso wenig scharf – aber alle Unterhaltungen ringsum kommen zum Erliegen, als wir uns so richtig umschauen. Die Sonne setzt schon dazu an, hinter den hohen Hausdächern zu verschwinden, für den Moment erhellt sie jedoch noch den wahrscheinlich schönsten Anblick, den ich je gesehen habe: Der Kanal vor der Ca' Sartori ist tiefgefroren. Das sonst immer so lebendige, in trägen Wellen plätschernde Wasser ist zu tiefblauem Eis erstarrt. Durchzogen von verästelten Frostlinien und Luftblasen, die auf ihrem Weg nach oben erstarrt sind.

»Ich hätte echt nicht gedacht, dass so was möglich sein könnte«, sage ich voller Ehrfurcht. Die anderen schütteln beipflichtend die Köpfe und Giuseppe brummt: »Es ist wirklich selten, dass die Kanäle komplett zufrieren. Nicht öfter als zwei Dutzend Mal in den letzten tausend Jahren. Wir haben unglaubliches Glück, das hier gerade zu erleben.«

Wir laufen durch den inzwischen platt gedrückten Schnee auf der Fondamenta los, aber es hält uns gerade mal bis zur nächsten Weggabelung auf der Straße. Denn so ziemlich alle, die uns begegnen, sind auf den gefrorenen Kanälen unterwegs und ich meine … wenn sich *diese* Chance schon mal bietet, dann müssen wir sie nutzen, nicht wahr? Und das Eis kann schließlich auch nicht rutschiger sein als die ungestreuten Gehwege, auf denen Ale mit dem Rollstuhl seine liebe Mühe hat.

»Ist das wirklich sicher?«, ruft uns Margherita ängstlich hinterher, als wir einer nach dem anderen über ein paar Stufen an der Mole auf den Kanal hinuntersteigen. Und wow … das ist einfach ein irres Gefühl. Das Eis unter meinen Füßen fühlt sich uneben an, keine perfekt glatte Oberfläche, wie es sie in Eishallen gibt, was es jedoch leichter macht, darauf zu gehen.

Einer unserer Nachbarn von gegenüber schlittert an uns

vorbei und tut Margheritas Einwand mit einer Handbewegung ab. »Die Kommune hat das Betreten der Eisflächen heute Morgen offiziell als sicher erklärt. Selbst der Canalazzo ist freigegeben.«

»Bist du dir wirklich sicher, Aldo?«, ruft ihm Margherita hinterher, wobei sie ihre Stimme verstellt. Mir entschlüpft ein Lachen. Denkt sie wirklich, dadurch nicht erkannt zu werden?

»Keine Sorge, Margherita, die Puccis waren sogar schon mit ihrem Zwillingskinderwagen auf dem Eis. *Tutto sicuro.*« Damit verschwindet Aldo um die nächste Ecke und bekommt so nicht mehr mit, wie ich in haltloses Gelächter ausbreche.

»Na los, Nonna!« Mit Orlandos Hilfe bugsiert Alessandro nun auch die peinlich berührte Margherita die Stufen hinunter, um sie über das Eis schieben zu können. Sofia hat bereits ihr Handy gezückt, um alles um uns herum festzuhalten, und Livia wirft sich neben mir in Pose, als die Kamera in unsere Richtung schwenkt. Ich glaube, das Strahlen auf unseren Gesichtern ist bis zur ISS sichtbar.

Luca tritt neben mich und schaut sich mit offenem Mund um. »Es ist so verrückt, hier zu *stehen*, nachdem ich so oft mit der Gondel auf dem Wasser unterwegs war.« Kopfschüttelnd hakt er sich bei Livia unter, die ihm etwas ins Ohr flüstert, das ihn rot anlaufen lässt, ehe sie uns allen voran losmarschieren. Mein Herz wird wie jedes Mal ein wenig weich, wenn ich die beiden zusammen sehe und beobachten kann, wie lächerlich verliebt sie sind.

Ich warte, bis Ale mit Margherita im Rollstuhl aufgeschlossen hat. Donatello thront in seiner Dackel-Daunenjacke inzwischen auf ihrem Schoß und sieht deutlich zufriedener darüber aus, gefahren zu werden, als sie. Aber es ist überdeutlich, wie sich ihre zunächst noch verkniffene Miene hinter der Sonnenbrille mit jedem Meter, den wir zurücklegen, weiter aufhellt. Niemand könnte sich diesem einmaligen Zauber aus Eis und Schnee entziehen.

Plaudernd und lachend, die Augen vor Faszination leuchtend, spazieren wir über das Kanalnetz von Venedig. Vorbei an festgefrorenen Booten und Masten und unter Brücken hindurch, was teilweise gar nicht so leicht ist, weil sie so niedrig und mit Eiszapfen gespickt sind. Vereiste Weihnachtsbeleuchtung funkelt über unseren Köpfen und Schneepartikel tanzen wie Diamantsplitter in der eisigen Luft.

Wir verlassen den Kanal schließlich an der Ponte Cappello, die sich direkt an der Rückseite des Markusdoms befindet. Als wir um die Ecke des Doms biegen, erwartet uns bereits der hell erleuchtete Weihnachtsbaum auf der Piazza San Marco. Falls überhaupt möglich werden meine Augen noch größer. Wir sind definitiv nicht die Einzigen, die das ungewöhnliche Frostwetter nach draußen gezogen hat, und aus allen Richtungen höre ich bewundernde Ausrufe, Kinderlachen und das Klicken von Kameras.

Inzwischen schiebt Edoardo den Rollstuhl seiner Mutter, sodass Alessandro mit einem Arm um meine Schulter neben mir laufen kann. Unser Grüppchen hat es bis zur Hälfte des Platzes geschafft, als von links plötzlich Rufe laut werden. Ich drehe den Kopf in Richtung des Campaniles, wo ich ein Grüppchen Menschen sehe, die uns armefuchtelnd zuwinken und unsere Namen rufen.

»Ciao ragazzi!«, ruft uns Arturo zu, als wir auf ihn zulaufen. Er steht zusammen mit seiner Freundin Sabrina und zwei Pärchen mittleren Alters, die ich für Familienmitglieder

halte, hinter einem improvisierten Tresen aus gestapelten Weinkisten. Darauf thronen zwei riesige Thermobehälter mit Zapfhähnen und ein wackeliger Turm transparenter Plastikbecher, die er in seinem Gym benutzt, um seinen Kunden Elektrolytdrinks und Ähnliches anzubieten.

»Buon Natale!« Wir begrüßen uns reihum mit Wangenküsschen, ehe Luca sich neugierig vorbeugt. »Was macht ihr denn hier?«

Arturo grinst, als wäre er das Christkind höchstpersönlich, das seinen Schäfchen das beste Geschenk überhaupt macht. »Wir haben spontan beschlossen, gratis Glühwein auszuschenken. Das Spezialrezept meiner Mamma mit Lambrusco, Orangen und Zimt.«

Die Frau neben ihm, die ich für seine Mutter halte, kichert mit geröteten Wangen und es sieht so aus, als hätte sie selbst schon den ein oder anderen Becher ihres *Vin brulé* intus. »Die *Carabinieri* sind natürlich sofort auf uns aufmerksam geworden, aber sie drücken ein Auge zu, solange wir kein Geld verlangen.«

Ihr Sohn schnaubt belustigt. »Dass sie uns nicht direkt des Platzes verwiesen haben, könnte aber auch daran liegen, dass du ihnen zwei volle Becher in die Hand gedrückt hast. Du weißt, dass sich so was Bestechung von Amtspersonen nennt.«

Die beiden kabbeln sich gut gelaunt weiter, während ein Mann, der sich als Arturos Onkel Daniele vorgestellt hat (der Vermieter meines zukünftigen, wunderschönen Ateliers), dampfend heiße Becher an uns alle verteilt. Angelockt von der Aussicht auf ein heißes Getränk scharen sich immer mehr Passanten um den Stand und es kommt richtig Weihnachtsmarktstimmung auf. Und das in Venedig. Wie verrückt.

Ein aufgebrachter Fluch lässt mich aufmerken und mein Blick huscht zu Sabrina, die sich gerade schimpfend einen ihrer Handschuhe herunterzieht, der triefend nass aussieht.

»Ich hab dir doch gesagt, dass du das Spülen der Becher vergessen kannst, wenn du die Handschuhe nicht ausziehst, Sasa …« Arturos Stimme rückt in den Hintergrund, als uns allen gleichzeitig ein blendendes Funkeln an Sabrinas Ringfinger auffällt. Inzwischen begleite ich Sofia und Livia häufig zu Sabrinas Sportkursen im Gym und auch abseits der Arbeit habe ich sie nie mit so auffälligem Schmuck gesehen. Das kann doch nur …

Sofia lässt ein aufgeregtes Kieksen hören. »Ist das …? Nicht euer Ernst!« Mit weit aufgerissenen Augen lässt sie den Blick zwischen Sabrina und Arturo hin und her schnellen.

Betreten reibt Arturo über sein Kinn, während sich gleichzeitig ein verstohlenes Grinsen auf seine Lippen schleicht. »Ich hab sie heute Morgen gefragt.«

»Wieso sagt ihr denn nichts?« Sofias Stimme schwillt vor Empörung an.

Entschuldigend zuckt Sabrina mit den Schultern. »Wir wollten sehen, wie lange ihr braucht, um es herauszufinden.«

Livia schnappt sich prompt ihre Hand und begutachtet den Verlobungsring mit Kennerblick. »Vintage?«

»Ein Erbstück aus Arturos Familie«, erklärt Sabrina, die jeden Moment vor Glück und Stolz zu platzen scheint.

Livia nickt anerkennend und wirft dann Luca einen kurzen Blick über die Schulter zu. »Nur damit du's weißt: Mein Stein muss größer sein als ihrer.«

Er lacht in sich hinein und umfasst ihren Nacken mit der Hand, um sie zu sich heranzuziehen. »Eines Tages bekommst du einen Ring von mir mit einem Diamanten, der so groß ist, dass du deinen Arm über den Boden schleifen musst.« Sie wirkt zufrieden und während ringsum ein aufgeregter Kanon von Glückwünschen und bewundernden Ausrufen über den Ring laut wird, zieht mich Alessandro enger an sich. Mein Rücken schmiegt sich eng an seine Brust und er stützt das Kinn auf meine Schulter, wodurch sein heißer Atem über meine Wange streicht.

»Welche Wünsche hast du für einen Ring?«

Ein Gefühl, warm und euphorisch, rauscht durch meine Adern und bringt mein Herz zum Vibrieren. Wir haben noch nicht darüber gesprochen, ob wir irgendwann heiraten werden. Momentan kann ich mir das noch nicht wirklich für uns vorstellen, doch mir ist klar, dass ich für immer mit diesem Mann zusammen sein will. Ein Ring am Finger oder nicht, solange er bei mir ist. Und obwohl ich weiß, dass es ihm genauso geht, verwandelt es mein Inneres in flüssiges Wachs, wenn ich ihn so über unsere Zukunft sprechen höre. Als wäre es einzig eine Frage der Zeit, bis er vor mir auf die Knie geht. Als wäre er schon jetzt absolut bereit für ein *Für immer* mit mir.

Ich drehe leicht den Kopf, um ihm zuflüstern zu können: »Ich fänd's super, wenn wir es irgendwie hinkriegen könnten, Livia zu übertrumpfen.«

Alessandro lacht tief und kehlig und drückt mir einen Kuss auf den Unterkiefer. »Das schaffen wir.« Sein Arm schlingt sich noch ein wenig fester um meine Taille und ich spüre den köstlichen Druck seines Griffs selbst durch die dicken Schichten meiner Kleidung. »Aber eins kann ich dir versprechen: Ich werde nicht zehn Jahre lang warten wie Arturo, dieser Schisser.«

Das hat er laut genug gesagt, damit sein Kumpel es hört,

dessen Blick prompt in unsere Richtung schießt. »Ich wollte sie schon mit fünfzehn heiraten, nur damit das klar ist!«

Gelächter wird laut, alle reden wild durcheinander und in diesem Moment weiß ich es einfach: Das hier ist es, worauf ich mein Leben lang gewartet habe. Diese Menschen um mich, die mich mit vor Kälte roten Gesichtern umgeben und zu meiner Familie geworden sind. Auf die ich mich verlassen kann, egal was kommt, und die gemeinsam ein Gewebe ergeben, das stark genug ist, um jeder Belastung standzuhalten. Ich weiß es.

Mit jeder meiner Fasern. Jedem Blick. Und all unseren Worten.

KYRA GROH

Alles, was sie mir bedeutet

Was bisher geschah …

Polly aus *Alles, was du von mir weißt* (Band 2 der *Alles*-Trilogie) ist eine ehrgeizige Jurastudentin, die für ihr Studium unbedingt von zu Hause ausziehen will. Der Hauptgrund dafür ist ihre Mutter, die ihr ständig das Gefühl gibt, wegen ihrer Plus-Size-Figur nicht gut genug zu sein. Doch Polly hat ausreichend Selbstbewusstsein, um über solchen Anmerkungen zu stehen – zumindest oberflächlich. In Wahrheit hat sie einen Schutzpanzer aus Humor um sich errichtet.

Als sie zum Beginn ihres Studiums noch immer keine Wohnung gefunden hat, quartiert ihre beste Freundin Anna sie kurzerhand bei ihrem Bruder Jonas ein. Jonas ist supercharmant und attraktiv – und damit exakt der Typ Mann, von dem Polly die Finger lässt. Denn wie ihr fieser Ex-Freund geht Jonas leidenschaftlich gern zum Sport und achtet auf seinen Körper. Das hat er von seinen Eltern in die Wiege gelegt bekommen, die ein erfolgreiches Fitnessunternehmen führen.

Für Polly steht fest: Zwischen Jonas und ihr wird nie etwas passieren. Doch leichter gesagt als getan. Mit jedem gemeinsamen Tag in der WG wird es schwieriger für Polly, das Bauchkribbeln zu ignorieren. Allerdings scheint Jonas noch an seiner Ex zu hängen und geht außerdem auf Dates mit anderen – genau wie Polly. Kurz vor Weihnachten fahren die Gefühle der beiden dann Achterbahn …

Anmerkung: Wer Pollys Geschichte gelesen hat, weiß, dass Jonas eine Vorgeschichte mit einer Essstörung hat, die er auch in dieser Kurzgeschichte anschneidet.

Beachtet daher bitte diese Content Note für die Themen Essstörung und Sportsucht.

Passt auf euch auf!

Die Flasche

Köln, 15. Dezember
Asia-Supermarkt

Die Mitarbeiterin des Asia-Supermarkts reicht mir ungefähr bis zum Ellbogen. Ich frage sie jetzt zum zweiten Mal, ob sie nicht noch eine größere Flasche haben, doch sie dreht nur die in meinen Händen um und deutet vehement auf die Mengenangabe auf dem hinteren Etikett. »Siebenhundertfünfzig«, sagt sie.

»Ich weiß. Aber die haben wir schon ... Ich bräuchte eine größere.«

»Sie haben schon eine Siebenhundertfünfzig-Milliliter-Flasche Sriracha und wollen noch mehr?!«

Ich weiß, dass das nach einer exzessiven Menge an Chilisoße für einen Privathaushalt klingt, habe aber keine Ahnung, wie ich ihr auf die Schnelle erklären soll, dass ich unbedingt noch mehr brauche. Weil ein Dreiviertelliter eben nicht genügt. Weil eigentlich nichts genug ist für Polly. Nicht nur, weil sie der weltgrößte Fan thailändischer Würzsaucen ist, sondern weil ... weil sie mehr verdient als den Standard. Immer.

»Es soll ein Weihnachtsgeschenk sein.«

Nach diesen Worten starrt die Frau mich an, als wäre ich von allen guten Geistern verlassen. Einschließlich die der vergangenen, gegenwärtigen und zukünftigen Weihnacht.

»Sie machen ein Sriracha-Weihnachtsgeschenk?«

»Es ist ein Insider-Joke.« Weil sie mich daraufhin jedoch noch immer fragend ansieht, erkläre ich es anders. »Meine Mitbewohnerin liebt diese Soße und ich will ihr ein witziges Geschenk machen. Deswegen reicht die normal große Flasche nicht aus.«

»Die ist nicht normal groß!« Sie greift in das Regal hinter sich, das bis unter die Decke gefüllt ist mit asiatischen Dips und Pasten, und zieht die handelsüblichen zweihundert Milliliter heraus. »Normal groß – sehr groß.« Zum Vergleich hält sie die Flasche gegen das Riesending in meiner Hand.

Ich unterdrücke einen Seufzer. Die Verkäuferin kann schließlich nichts dafür, dass ich Polly nicht einfach ein normales Geschenk machen kann. Eine Aktentasche für ihren neuen Job oder eine von diesen teuren Kerzen, die sie anzündet, wenn sie zur Ruhe kommen will. All das wäre zu viel und gleichzeitig nicht genug. Seit Wochen verzichte ich darauf, ihr Frühstück zu machen, aus Angst, sie könne die tobende Eifersucht bemerken, die ich empfinde, seit sie diesen Jura-Hampelmann aus ihrer Ersti-Woche gedatet hat. Da kann ich ihr jetzt nicht einfach ein *richtiges*, aufmerksames Weihnachtsgeschenk schenken. Es wäre verräterisch. Ich könnte es ihr nicht überreichen, ohne mir anmerken zu lassen, dass ich ihr weit mehr geben will als ein Geschenk. Dass ich seit Wochen ... dass ich ...

»Ja ... ja, ich weiß, diese Flasche ist schon wirklich sehr ... Egal. Ich hatte nur gehofft, es gäbe noch größere. Weil meine Mitbewohnerin es lustig finden würde.« Und wenn sie es lustig findet, lacht sie. Und Polly zum Lachen zu bringen, ist das eigentliche Geschenk. Das, das ich mir selbst damit machen würde. Denn normalerweise ist sie diejenige, die andere zum Lachen bringt. Den Spieß umzudrehen, wäre wie der Gewinn einer gottverdammten Goldmedaille.

»Wir haben auch richtige Geschenke.« Sie mustert mich abschätzig. Unverhohlen. Von oben bis unten. »An der Kasse. Schöne Ketten zum Beispiel. Frauen wollen keine Sriracha zu Weihnachten.« Und mit einer besonders judgy Miene ergänzt sie: »Nur als Tipp von mir.«

Ich muss lachen und beschließe, die siebenhundertfünfzig Milliliter dennoch zu kaufen. Auch wenn sie meinen Witz wortwörtlich nur halb so gut transportiert wie die Eins-Komma-fünf-Liter-Flasche, die es laut Internet ebenfalls geben soll. An der Kasse finde ich dann immerhin noch die perfekte Verpackung dafür – eine von diesen Geschenktüten, die eigentlich für Weine vorgesehen ist und auf der in verschiedenen europäischen Sprachen Weihnachtswünsche aufgedruckt sind. Polly wird sich totlachen über *Feliz Navidad* in Comic Sans. Und ich … ich muss schon beim Gedanken an ihr Strahlen selbstgefällig grinsen.

Ich kann mich an den exakten Moment erinnern, in dem ich mich in Polly verliebt habe.

Damals waren wir noch keine Kumpels. Sie war noch nicht meine Mitbewohnerin. Sie war einfach nur die beste Freundin meiner Schwester, die mich auf ihrem Abiball im allerbesten Sinne umgehauen hat. Aber an diesem Abend vor gut sechs Monaten ist sie von einer Person, die ich jahrelang aus dem Augenwinkel beobachtet habe, zu jemandem geworden, der permanent in meinem Fokus steht. Plötzlich war mir klar, wieso sie stets am Rande meines Sichtfelds stattgefunden hat. Wieso ich dringend etwas aus dem Erdgeschoss benötigt habe, wann immer ich ihr Lachen an der Eingangstür meines Elternhauses gehört habe. Wieso ich das Gespräch mit ihr gesucht habe, als sie auf Annas dreizehntem Geburtstag das missmutigste Gesicht gezogen hat, das ich je gesehen habe. Wieso ich meine kleine Schwester und ihre Freundinnen freiwillig von Geburtstagspartys abgeholt habe, sobald ich achtzehn war. Ja, plötzlich war mir selbst klar, wieso ich an genau diesem Ballabend gesagt habe, sie solle sich mal bei mir melden, wenn sie in Köln wohnt. Ich hab's erst gecheckt, als sie einer Verabredung zugestimmt hat. Und ich mein hohles Grinsen darauf kein Stück mehr kontrollieren konnte.

Du weißt, du bist komplett am Arsch, wenn du nicht mehr aufhören kannst zu strahlen, nur weil sie bereit ist, mit dir zum Libanesen zu gehen.

Und wir sind nicht nur zum Libanesen gegangen. Wir haben viel mehr getan als das. Sie ist in das freie Zimmer in meiner WG eingezogen. Fast zwei Monate ist das inzwischen her. Zu sagen, dass das die beste Entscheidung war, die meine kleine Schwester mir je *aufgezwungen* hat, wäre eine grandiose Untertreibung. Genauso wie das Wort aufgezwungen in diesem Kontext. Natürlich wollte ich, dass Polly bei mir einzieht. Aber gleichzeitig wollte ich es auch nicht, weil zusammenziehen schon beschissen genug ist, wenn man ein Paar ist. Diese Erfahrung musste ich auf die harte Tour machen, als meine Ex Isabella beschlossen hat, dass der passende Moment, um sich von mir zu trennen, der Tag der fucking Schlüsselübergabe zu unserer ersten gemeinsamen Wohnung wäre.

Das ist vielleicht sowieso das Krasseste am Verliebtsein: Der größte Heartbreak deines Lebens erscheint dir plötzlich wie Schicksal. Denn natürlich musste Isabella mich am Tag der Schüsselübergabe sitzen lassen. Sonst hätte ich nie die Wohnung im Belgischen Viertel gefunden und auch nie ein Zimmer frei gehabt, in das Polly hätte einziehen können.

Andererseits wäre auch vieles einfacher, wenn ich hier allein leben würde. Klar, ich würde wahrscheinlich vereinsamen, siebzehn Kaffee am Tag trinken und vor lauter Koffein-High unentwegt Klimmzüge an der Stange des Duschvorhangs machen. Aber immerhin müsste ich nicht dabei zusehen, wie Polly sich mit anderen Kerlen trifft. Ich müsste mein Lächeln nicht aufrechterhalten, wenn sie mir rät, mich mit Frauen zu verabreden. Müsste es nicht ertragen, dass sie mir sogar über die Schulter schaut, um in der Tinder-App ein passendes Match für mich zu finden. Obwohl ich genau weiß, dass es das passende Match dort nicht für mich gibt. Weil die Einzige, die ich will, gerade einmal ein Zimmer weiter wohnt.

Ohne Polly wäre es leichter, morgens in die Küche zu gehen. Weil ich mich nicht mehr darauf vorbereiten müsste, sie dort zu sehen. Wie sie gegen die Arbeitsplatte lehnt, die Brille ein bisschen zu tief auf der Nase und einen Teelöffel verkehrt herum im Mund, von dem sie Marmelade oder Erdnussbutter oder die halb aufgelösten Reste des Zuckers lutscht, den sie heimlich in ihren Cappuccino gibt, wenn sie glaubt, ich bemerke es nicht.

Aber ohne Polly wäre es auch sinnlos, morgens in die Küche zu gehen. Es gäbe keine Reste von zementartigem Kartoffelbrei aus der Tüte auf dem Herd. Keinen Lippenstiftabdruck auf den Keramiktassen. Und nicht besagten Teelöffel, den sie jeden Tag so auf der Spüle ablegt, dass sich der Stiel auf dem Abtropfbereich befindet und die Mulde über dem Spülbecken schwebt – für den Fall, dass sie ihn noch einmal braucht. Für den Fall, dass sie mich noch ein zweites Mal damit foltern will, ihn viel zu langsam und viel zu genüsslich zwischen ihre Lippen zu schieben und daran zu lecken.

Es ist verrückt, dass ich das weiß. Denn Polly merkt nicht einmal, dass sie das tut. Sie merkt auch nicht, dass ich den Löffel jeden Morgen in die Spülmaschine räume. Weil sein Anblick mich an ihren Mund erinnert. Und an die Süße, die ich nur allzu gern auf ihrer Zunge schmecken würde.

Und deshalb sind wir jetzt hier. Neun Tage vor Weihnachten. Ich klappere Asia-Supermärkte nach einem Geschenk für sie ab und muss parallel überlegen, wie ich dem armen Mädel, mit dem ich gestern den Abend verbracht habe, den Laufpass gebe. Lisa habe ich vor ein paar Wochen direkt vor Pollys Nase nach rechts geswipet, um ihr – und mir – zu beweisen, dass ich andere Frauen in Erwägung ziehen kann, während das schlagfertigste, eindrucksvollste und schönste Exemplar von ihnen mit mir unter einem Dach wohnt. Ein Exemplar, das keinerlei Anstalten macht, meine Annäherungsversuche zu erwidern. Wir saßen an diesem Abend zusammen auf dem Dach, verdammt. Wir haben uns unter meine Decke gekuschelt, über das Leben philosophiert und heißen Kakao getrunken. Meine Hand lag auf ihrem Oberschenkel, die Stimmung war perfekt. Ja, selbst der sonst so versmogte Nachthimmel über Köln hat mitgespielt. Da waren Sterne! Überall Sterne. Und Polly? Die hat gescherzt, dass ich an diesem Ort unbedingt andere Frauen verführen solle. Aber gestern – mit Lisa –, da habe ich mir keine Sekunde gewünscht, sie auf dieses Dach mitzunehmen. Ich wollte einfach nur wieder mit Polly dort oben sein.

Genau deshalb kann ich ihr keine Tasche und auch keine Kerze schenken. Ich schenke ihr einen Scherz. Einen Insider unter Freunden. Kumpels. Etwas, das keine Gegenleistung erfordert, keine Erwartungen schürt und garantiert niemals romantisch ausgelegt werden könnte. Weil ich mich sonst vor meiner Mitbewohnerin komplett zum Horst machen würde. Und das will ich nicht. Weil sie meine Mitbewohnerin bleiben soll. Weil sie *bei mir* bleiben soll. Auch wenn sie es nur als gute Freundin tut. Es ist besser, sie auf diese Weise bei mir zu haben und mir weiterhin Hoffnungen zu machen, dass sie irgendwann erkennt, wie verdammt gut wir miteinander wären, als ... als sie gehen zu lassen.

Der Geruch von Verkokeltem ist so stark, dass ich ihn schon beim Aufschließen der Wohnungstür riechen kann. Eine Mischung aus Amüsiertheit und Panik breitet sich in mir aus, die auf emotional dezent überfordernde Weise mit den Schmetterlingen in meinem Bauch kollidiert. Dass der Ofen an ist, muss bedeuten, dass Polly von ihrem Nebenjob in der Anwaltskanzlei zurück ist. Und dass sie wieder einmal die Tatsache ignoriert, keinen einzigen kulinarisch begabten Knochen im Leib zu tragen. Am liebsten würde ich ihr anbieten, jede Mahlzeit für sie zu kochen, jeden Kaffee für sie zuzubereiten, ihr selbst das Wasser für den Tee zu erhitzen, den sie nur dann macht, wenn ihre Freundin Anouk zu Besuch ist. Aber Polly würde es niemals zulassen, bedient zu werden. Sie würde mich währenddessen von oben bis unten aus dem Augenwinkel abscannen, so lange, bis sich meine Haut unter ihrem Blick papierdünn anfühlen und sie mir den frechsten Spruch der Welt drücken würde. Ich würde es jedoch überhaupt nicht als Dienstleistung empfinden, sie zu verwöhnen. Im Gegenteil. Ich habe ständig Visionen davon, auf welche erdenkliche Weise ich sie noch verwöhnen könnte.

Bevor ich die Tür öffne, versuche ich die Welle aus Erregung abzuschütteln, die dieser Gedanke angespült hat. Als ich eintrete, stelle ich mir jedoch noch immer vor, wie gut sich meine Hand auf ihrem Oberschenkel angefühlt hat. Wie einfach es gewesen wäre, sie nach oben wandern zu lassen. Wie gut es sich erst anfühlen würde, wenn sie ihre Beine um meine Hüften schlingen würde ...

»Was machst du denn schon hier?« Pollys Schrei ist ungewohnt spitz. Ich hänge Jacke und Sporttasche neben der Eingangstür auf und verstecke meine Einkaufstasche hinter dem Rücken. Ich weiß noch nicht genau, wann ich ihr das Geschenk übergeben will, aber jetzt ist definitiv nicht der richtige Moment. Also muss ich die hässliche Geschenktüte, die mittelgroße Flasche Sriracha sowie die mit eins Komma fünf Litern, die ich im vierten Asia-Markt endlich gefunden habe, unbemerkt in mein Zimmer schmuggeln.

»Ich wollte verhindern, dass du die Bude abfackelst.« Mit einem Schmunzeln schiebe ich mich rückwärts in Richtung meiner Zimmertür.

»Sehr witzig. Ich hab noch gar nichts gemacht, ich heize erst den Ofen vor.« Ich kann nur ihren Rücken sehen, weil sie sich nach unten gebeugt hat, vermutlich, um hinter die Glasscheibe zu spähen.

»Und was willst du darin machen? Gold schmieden?«

»Plätzchen backen.« Sie taucht hinter der Kücheninsel auf. Die Brille ist herrlich beschlagen von der Hitze, ihr Pony ist in der Mitte gescheitelt und steht auf jeder Seite in eine andere Richtung ab. Eine Wärme breitet sich in mir aus, die rein gar nichts mit den Höllentemperaturen zu tun hat, auf die Polly gerade den Ofen vorheizt. Es ist nicht einmal Erregung. Es ist ... es ist einfach sie.

»Wo ist dein Teig?« Ich schlucke heftig.

»Noch in der Fertigpackung. Für wen hältst du mich?«

Ich lache laut auf. Für wen ich sie halte? Darauf will sie keine Antwort. »Ich bin mir ziemlich sicher, der Ofen ist zu heiß für Plätzchen.«

»Gestern hast du mir Kartoffelpüree gemansplaint, jetzt also die Benutzung von Küchengeräten.«

»Ist das nicht ziemlich emanzipiert von mir? Ein weniger moderner Mann würde davon ausgehen, dass du nichts anderes kannst als Püree kochen und Küchengeräte bedienen.«

»Alles klar, Jonas, du stehst wirklich an der vordersten Front der Frauenrechte.«

Polly kommt um die Kochinsel herum auf mich zu und mein Herz macht einen Satz. Sie sieht umwerfend aus. Auch mit beschlagener Brille und abstehendem Pony. Sie trägt eng anliegende schwarze Jeans und einen hellen Blazer, der offen steht und uneingeschränkte Sicht auf ihr Dekolleté gibt. Heilige Scheiße ... Ihr Top könnte sich wirklich mal ein bisschen mehr mit mir solidarisieren. Wie soll ich in ihr je nur eine Mitbewohnerin und einen Kumpel sehen, wenn sie lustig, charmant *und* verboten sexy ist?

Ich mache intuitiv einen Schritt von ihr weg und gerate urplötzlich ins Straucheln. Die Ecke des Wohnzimmerteppichs wird mir zum Verhängnis und ich schaffe es gerade so, mich zu fangen, bevor der Anblick von Pollys Ausschnitt mich vollends umwirft.

»Sag mal, bist du besoffen?«

»Ich ... Nee ...« Was soll ich darauf antworten? Dass ich nie so richtig über meinen Kalorien-dürfen-nicht-getrunken-werden-Grundsatz hinweggekommen bin und ihn beinahe ausschließlich für Cappuccini, kaum jemals für andere Getränke oder gar Alkohol breche? Es sei denn, Polly sucht sich für unseren Abend auf dem Dach Chocomel aus. Dann geht es. Dann geht alles. »Wieso zerstörst du eigentlich schon wieder meine Küche?«, frage ich daher zur Ablenkung.

»Ah, jetzt ist es also deine Küche?« Sie kommt direkt auf mich zu, ist mir so nah, dass ich ihren Duft riechen kann. Dieser leichte Geruch von Kokosmilch ... Ihr Shampoo, das ich mir jedes Mal unter die Nase halte, wenn ich in der Dusche stehe. Wieso werde ich scharf, wenn ich ihr Shampoo rieche?

Simple Konditionierung, rezitiert mein Gehirn das eingerostete Wissen aus dem Bio-Grundkurs. *Wir schnuppern an ihrem Shampoo unter der Dusche und holen uns dann einen runter. Jetzt riechen wir es und werden geil, ist doch ganz einfach.*

Ja. Ganz einfach. Nicht.

Ich stolpere um das Sofa herum, bis ich meine Zimmertür erreiche. »Na, ich bin derjenige, der dann wieder zementartigen Kartoffelbrei aus dem Topf kratzt.«

»Aus *deinem* Topf, meinst du sicher.«

»Technisch gesehen ist es wirklich mein Topf.« Was tun wir hier? Haben wir einen Streit? Wieso klingen wir wie ein altes Ehepaar? Und wieso funkeln Pollys Augen so bedrohlich, als wäre ihr das hier ernst?

»Was versteckst du da?« Sie versucht, einen Blick hinter mich zu erhaschen.

»Ein Geschenk«, erkläre ich ehrlich.

»Für wen?«

»Das verrate ich dir nicht.«

»Für Lisa, 20?«

»Vielleicht.« Gott, die Lüge fühlt sich bitter auf meiner Zunge an. Lisa, 20 war ein absolut nettes Mädchen. Sie hat lediglich ein paarmal zu oft wiederholt, dass ich ihrem Lieblingssänger Shawn Irgendwas ähnlichsähe.

Polly bleibt mitten in der Bewegung stehen und starrt mich an. Mein sowieso schon übermäßig beanspruchtes Herz dreht nun regelrecht durch. Sie ist weniger als eine Armlänge von mir entfernt. Kokoshaare, Dekolleté, von der Ofenhitze gerötete Wangen. Ihr wunderschöner Hals ist so nah, dass ich mich nur nach vorn beugen müsste, um die Haut mit meinen Lippen abzufahren. Ich bin so gefangen in dieser ungeplanten Fantasie, dass ich zu spät bemerke, wie ihr Arm nach vorn schnellt. Polly fasst um mich herum, greift nach meiner Hand und versucht, mir die Einkaufstüte zu entreißen. Ich winde mich, bis ich gegen meine Zimmertür stoße, doch Polly folgt mir. Sie beginnt zu lachen und zu sticheln, täuscht zum Spaß links an, führt dann aber ein Manöver nach rechts aus. Ich kann nicht anders. Ich lache mit ihr. Weil Pollys Lachen nun mal der Hauptgewinn ist. Selbst dann, wenn mein Körper danach schreit, diese Kabbelei an einen anderen Ort zu verlegen. In mein Bett zum Beispiel …

Bei ihrem nächsten Angriffsversuch prallt ihr Oberkörper gegen meinen. Ich spüre die Rundung ihrer Brust und stoße mit meinem Bein gegen etwas, das sich verdächtig nach ihrem Schoß anfühlt. Die Hitze in mir wird so stark, dass Polly ihre Plätzchen gleich auf meinem Bauch backen kann.

»Sei nicht so neugierig.« Ich versuche, diesen Satz wie einen Scherz klingen zu lassen. Aber ein Schritt zur Seite – weg von ihr – verrät mich. Ich muss das hier beenden. Zu meiner Sicherheit. Und zu ihrer. Seit wir auf meiner Einweihungsparty in genau dieser Wohnung im Oktober miteinander getanzt haben, suche ich unentwegt ihre Nähe. Dabei weiß ich, dass ich sie meiden muss. Aber seit mir klar ist, dass sie lieber mit einem Typen wie diesem Konrad zusammen wäre, ist es unerträglich. Wie kann man jemanden so sehr wollen und gleichzeitig von sich stoßen? Mein Gehirn will sich darauf wieder mit seinem lückenhaften Biologiewissen zu Wort melden, doch ich würge es ab.

Hastig öffne ich meine Zimmertür, trete ein und beeile mich zu sagen: »Ich ... ähm ... Viel Spaß noch beim Backen.«

Der Moment im Auto

Lansberg an der Wupper, 24. Dezember
Haus der Mühlfords

Ich umklammere den Schaltknüppel meines Autos so fest, dass sich die Beschriftung der Gänge wahrscheinlich als Negativabdruck in meine Handfläche eingräbt. Als ich Polly vor ein paar Tagen angeboten habe, sie an Heiligabend mit in die alte Heimat zu nehmen, hätte ich nie gedacht, dass die Stille zwischen uns so drückend werden würde. Es ist kaum eine halbe Stunde Fahrt von Köln nach Lansberg, doch sie zieht sich ins Unendliche. Es kommt mir vor, als wolle Polly nicht hier sein. Nicht neben mir. Sie schaut permanent auf die Uhr am Armaturenbrett und dreht das Gejaule von Michael Bublé alle hundert Meter lauter oder leiser, vermutlich um in diesem unerträglichen Schweigen wenigstens etwas zu tun zu haben.

Ich konnte Stille noch nie gut ertragen. Ich bin in einer Familie groß geworden, in der gute Laune die Voreinstellung war. Bei uns gab es immer etwas zu bereden, immer etwas zu lachen. Und wenn es nicht echt war, dann zumindest höflich-fake. Ich liebe meine Familie – wirklich. Auf unangenehme Situationen wie diese hat sie mich allerdings nicht vorbereitet. Menschen wie Polly spielen schlicht und ergreifend nicht mit, wenn du ihre bedrückte Stimmung mit einem gekünstelten Lachen aufheitern willst. Polly wird dann sarkastisch oder so zynisch, dass es fast brutal wirkt. Doch das liebe ich an ihr. Sie hält mir auf eine Weise den Spiegel vor, die mir gar keine andere Möglichkeit lässt, als an ihr zu wachsen.

Als ich es nicht mehr ertrage, beginne ich ein oberflächliches Gespräch über die Geschenke, die wir unseren Familien machen, über festliche Traditionen und das Ausbleiben von Schnee. Aber obwohl Polly wie gewohnt auf mich eingeht, hier einen Witz macht und da den Dialog weiterbringt, weiß ich, dass etwas nicht normal ist. Sie hat kein Wort über meinen abgrundtief hässlichen Christmas Sweater verloren, den meine Mutter für ein Familienfoto gekauft hat. Die Polly, die ich kenne, hätte es sich nie entgehen lassen, mich für einen roten Norweger-Pullover auszulachen, auf dem sich die Motive von Schneeflocken mit der Kehrseite von fetten Rentieren abwechseln.

Etwas ist faul.

Sie ist distanziert seit unserem seltsamen Zusammenstoß im Wohnzimmer. Aber es war auch schon davor irgendwie anders zwischen uns. Vielleicht seit sie diesen Konrad getroffen hat. Vielleicht weil ich an diesem Abend halb nackt durch die Wohnung gelaufen bin, obwohl er bereits da war. Vielleicht weil ich wollte, dass sie bei diesem Date an mich denkt statt an ihn. Vielleicht weil sie den Move, mit frischem Pump vom Oberkörpertraining vor ihr herumzustolzieren, genauso peinlich fand, wie es mir rückblickend war.

Vielleicht liegt die verkrampfte Stimmung zwischen uns aber auch daran, dass sie mich gesehen hat. Neulich. Als ich dieses alte Urlaubsfoto von Isabella und mir betrachtet habe. Sie und ich auf dem Hoch unserer Liebe, ich auf dem Hoch meiner Sportsucht. Zu dieser Zeit habe ich kaum genug

Kalorien zu mir genommen, um einen Zehnjährigen bei Kräften zu halten. Geschweige denn jemanden, der drei Stunden am Tag im Gym verbringt. Auf diesem Foto sehe ich aus wie ein Kerl aus einer Unterwäschewerbung. Nur dass es bei Unterwäschewerbung keinen Disclaimer gibt, *wieso* dieser Kerl so aussieht. Es gibt keine Warnhinweise wie auf Kippenpackungen: *Dieser Typ macht täglich eine Stunde Cardio. Dieser Typ hat vor dem Shooting zwei Tage nichts getrunken. Dieser Typ ist so hungrig, dass er keinen Bock auf Sex mehr hat.*

Ich weiß, wie scheiße das alles war. Dieses Leben. Dieser Körper. Selbst dieser Urlaub mit Isa. Ich weiß, wie hoch der Preis war. Und trotzdem steckt da noch dieser letzte Rest der Krankheit in mir, der in verletzlichen Momenten herauskommt und mir einzureden versucht, dass doch alles gar nicht so schlecht war. Dass es doch bloß ein bisschen Hunger, bloß ein bisschen Sport, bloß ein bisschen Brainfuck waren.

Dabei weiß ich auch, dass es nicht stimmt. Und dass Polly die Allerletzte wäre, die mich an meinem Körperfettgehalt messen würde. Mal davon abgesehen, dass sie meinen Körper gar nicht auf diese Weise will … Egal wie sehr ich ihren auf *genau* diese Weise will.

Ich bin erleichtert, als wir die Ortseinfahrt von Lansberg erreichen und sich das Ende dieser Fahrt ankündigt. Ich werde Polly absetzen, ihr das Geschenk geben und sie dann erst einmal eine Woche nicht sehen, weil ich zwischen den Jahren in den Skiurlaub fahre. Vielleicht ist das gut für uns … Für unsere Freundschaft. Und vielleicht ist es auch gut für mich. Ein Tapetenwechsel. Bergluft. Abende mit Freunden auf einer kaminbeheizten Hütte. Dabei *muss* man doch einfach auf andere Gedanken kommen. Oder?

»Wir wohnen im Westring«, sagt Polly plötzlich so laut, dass selbst Michael Bublé einen Moment verstummt zu sein scheint.

»Ja, ich weiß«, sage ich und muss grinsen. Weil ich verfickt noch mal immer grinsen muss, wenn es um sie geht. »Ich habe Anna letztes Jahr von deinem achtzehnten Geburtstag abgeholt, erinnerst du dich nicht?«

»Nein … Wieso bist du nicht reingekommen und hast mit mir auf meine Volljährigkeit angestoßen?« *Weil ich der Bruder deiner besten Freundin bin, der eine Schwäche für dich hat, aber in einer Beziehung mit einer anderen war.*

Ich lache über meine eigenen schwachsinnigen Gedanken. »Tja. Wenn ich das wüsste.« Die Lüge kommt mir zunächst leicht über die Lippen. Bis mein Blick zu ihr hinübergleitet. Die Straßen sind wie ausgestorben und stockfinster, mit Ausnahme der Lichtkegel, welche die Laternen alle hundert Meter auf den Gehweg werfen. Ganz Lansberg ist wahrscheinlich schon zu Hause, futtert Kartoffelsalat oder zieht sich für den Gottesdienst die frisch polierten Schuhe an. Nur wir sind noch hier draußen, zu zweit im Auto, der Duft ihres Shampoos überall.

Es geschähe mir recht, das Auto jetzt gegen eine der Laternen zu setzen, weil ich nicht aufhören kann, Polly anzustarren. Sie trägt heute ausnahmsweise Kontaktlinsen, ihre Augen sind groß und rund und schwarz geschminkt, ihre Lippen leicht geöffnet und so schön, dass meine Hand auf dem Schaltknüppel zu brennen beginnt. Ihr Knie ist nur wenige Zentimeter entfernt. Ich könnte meine Hand darauflegen. Die Fronten klären. Es wäre ganz leicht! Mein Kumpel Adem hat mal gesagt, er verstünde nicht, wie man überhaupt in die sogenannte Friendzone geraten könne. Man müsse die

Frau bloß zu sich ziehen, sie küssen und schon gäbe es keine Zone mehr. Das Problem daran ist nur, dass Adem wohl noch nie eine Polly in seinem Leben hatte. Eine Frau, mit der man lieber bloß befreundet ist, als sie zu verlieren. Eine, die das Leid wert ist. Der man bis ans Lebensende dabei zusehen würde, wie sie jemand anderen küsst, weil die Hoffnung, irgendwann selbst dieser Jemand zu sein – egal wie klein sie ist –, niemals null sein kann.

»Polly, ich ...«

»Hier musst du rein.« Sie streckt den Arm in Richtung der nächsten Abbiegung aus und sieht demonstrativ aus dem Fenster.

Fuck. Sie weiß es. Sie weiß, dass ich in sie verknallt bin, weiß, was ich sagen wollte, aber sie will es nicht hören.

Als ich das Auto vor ihrem Haus parke, ist mein Magen voll von Unsicherheit und Versagensängsten. Doch irgendwie müssen wir das jetzt noch über die Bühne bringen. Den Abschied. Das Geschenk …

»Okay«, sage ich im selben Moment, in dem Polly nach dem Griff der Autotür greift. »Warte kurz.« Reflexartig berühre ich sie am Arm.

Es ist nur ein albernes Witzgeschenk, rede ich mir ein, um meinen rasenden Puls zu beruhigen. *Es ist ein Scherz unter Freunden, es ist keine Liebeserklärung, es ist …* »Ich hab noch was für dich.«

»Was? Hey!« Polly streckt einen bedrohlich erhobenen Zeigefinger nach mir aus. Ihre echauffierte Miene ist so niedlich, dass ich trotz meines Marathon-Pulses lächeln muss. »Ich wusste nicht, dass wir …«

»Ach, red keinen Blödsinn, Pollyschmolly.« *Witzgeschenk, Scherz unter Freunden, keine Liebeserklärung …* Ich greife nach der Tüte und überreiche sie ihr. Als sie das Muster bemerkt, zieht sie eine irritierte, beinahe angewiderte Schnute. Es ist genau die Reaktion, die ich mir erhofft habe. »Du hast vor ein paar Wochen mal gesagt, wie hässlich Wandtattoos sind, auf denen in verschiedenen Sprachen *Kaffee* steht.« Ich deute lächelnd zu der Geschenktüte. »Das hat mich daran erinnert.«

Sie zeigt keine Regung.

»Du musst es aufmachen.« Ich weiß, dass sie gleich laut loslachen wird. Dieser Gedanke erfüllt mich mit so großer Freude wie das sprichwörtliche Kind an Weihnachten.

Polly greift mit verengten Lidern und geöffneten glänzenden Lippen in die Verpackung und zieht die riesige Pulle Sriracha heraus.

»Das ... Das ist ...«

Okay, das ist nicht das Lachen, das ich mir ausgemalt habe. Sie wirkt ... überfordert, erstaunt und komplett um Worte verlegen. Ob sie sich doch mehr über die Kerze gefreut hätte? Über etwas Originelleres? Etwas Teureres?

»Frohe Weihnachten, Mitbewohnerin.« Ich bemühe mich um einen fröhlichen, sorglosen Ton. Um einen, der sagt: *Ich habe keine Gefühle für dich und bin dafür auch nur in vier verschiedenen Asia-Supermärkten gewesen.* »Und Feliz Navidad. Und Merry Christmas. Keine Chance, dass ich das Französische richtig ausspreche.«

»Frohe Weihnachten«, sagt Polly leise und bedacht – und völlig untypisch für sie. Ich überlege noch, ob ich etwas Dummes gemacht habe, als ich auf einmal ihre Hand auf meinem Oberschenkel spüre. Elektrizität schießt durch mich hindurch. Sie breitet sich von der Stelle, an der sie mich durch den Stoff meiner Jeans hindurch berührt, stoßartig aus.

Wird zu dem Epizentrum eines regelrechten Erdbebens aus Erregung, das bis in den letzten Winkel meines Körpers vordringt und alles mit sich reißt.

Sie beugt sich zu mir vor.

Ich sehe ihre leicht geöffneten Lippen, ihre langen Wimpern, die gegen die Augenbrauen stoßen. Da ist ihr Duft und ihre Präsenz und der unstillbare Drang, sie zu küssen ...

Ich muss handeln.

Sie will sich nur für das Geschenk bedanken. Ein Geschenk, über das sie nicht einmal lachen musste. Ich werde sie umarmen, mich verabschieden und dann in den einwöchigen Polly-Entzug aufbrechen, den ich unbedingt brauche, wenn ich je wieder klar denken will.

Ich breite die Arme aus und lege sie um sie. Meine Fingerspitzen wollen sie packen, an mich ziehen, sich tief in ihr vergraben und ihr die Kleider vom Leib reißen. Als ihr Atem auf meinen Hals trifft und über die Kante meines Kiefers streift, glaube ich, den Verstand und die Beherrschung zu verlieren. Aber ich schotte mich ab, konzentriere mich einzig auf das Wort *Kumpel*, das aus ihrem Mund immer so natürlich und bewusst klingt.

Als ihre Lippen plötzlich an meinem Kinn sind, erstarre ich. Ich mache mich bereit, es wegzulachen, genau wie Polly es tun würde. Rasend schnell gehe ich in Gedanken alle möglichen Reaktionen durch: ein gekichertes »Huch«? Ein sarkastischer Spruch? Oder doch die Adem-Methode? Ein Kuss, der ein für alle Mal klärt, dass ich ihr nicht nur Kaffee ans Bett bringen, sondern neben ihr darin aufwachen möchte. Dass ich nicht nur vor dem Badezimmer warten will, bis sie fertig geduscht hat, sondern derjenige sein möchte, der ihren Körper einseift. Dass ich meine Hände nicht mehr nur betont beiläufig auf ihr Bein legen will, sondern ihre Schenkel links und rechts von meinen brauche.

Ich falle in eine Art Starre. Jede Reaktion, zu der ich jetzt noch fähig bin, würde dazu führen, dass ich mir im Januar eine neue Mitbewohnerin suchen muss. Ich werde so handlungsunfähig, dass ich ihre Lippen auf meinem Mund kaum mehr spüre. Meine Hände auf ihrem Rücken sind steif. Michael Bublé besingt unberührt weiße Weihnacht. Der Motor meines Autos knattert noch.

Und dann ist Polly auf einmal weg.

Die blaue Schatulle

Kitzbühel, 31. Dezember
Skihütte

Mein Handy kam mir noch nie so sinnlos vor wie in den vergangenen fünf Tagen seit unserer Ankunft in den Bergen. Tagsüber liegt es untätig in der Tasche meiner Snowboardjacke, bimmelt dann und wann, wenn die anderen, mit denen ich hier bin, Standorte teilen, um sich zum ersten Bier des Tages auf einer Hütte zu verabreden, oder wenn meine Mutter das hundertste Foto von Weihnachten in die Familiengruppe schickt. Die Bilder von uns im einheitlichen Rentierpullover erinnern mich daran, dass Polly nach diesem Moment im Auto einfach abgehauen ist. Sie erinnern mich daran, dass meine Schwester Anna den ganzen Abend lang über Nachrichten gekichert hat, die Polly ihr geschickt hat – ehe in ihrem Freundeskreis Alarmstufe Rot ausgerufen wurde, weil Anouk, die Dritte im Bunde, die Trennung von ihrem langjährigen Freund verkündet hat. Sie erinnern mich daran, wie ich darauf bestanden habe, die angetüdelte, fahruntüchtige Anna zu ihnen zu bringen. Ich brauchte eine Chance, Polly noch einmal zu sehen. Sie zu fragen, ob der Kuss Absicht war. Aber ich bin nicht dazu gekommen.

Annas Freund Fynn hat sie zum Bauernhof von Anouks Eltern gefahren und Polly ist selbst mit dem Auto dorthin gekommen. Ich saß den restlichen Abend mit meinem

Bruder auf der Couch und habe ihm dabei zugesehen, wie er den Weltrekord im Verspeisen von *Wüthrich*-Schnapspralinen aufgestellt hat.

Von Polly kam kein Wort. Keine Nachricht. Nicht an diesem Abend. Nicht am nächsten Tag. Nicht am Tag meiner Abreise und nicht heute.

Die Skihütte in der Nähe vom Kitzbüheler Stadtkern gehört den Großeltern meines alten Kumpels Jörn. Seit ich nach Köln gezogen bin, habe ich nicht mehr viel Kontakt zu den Leuten, mit denen ich zur Schule gegangen bin. Aber Jörn ist ein netter Kerl, daher bin ich eigentlich immer am Start, wenn er einen Trip in die Alpen vorschlägt. Die Hütte ist urig, gemütlich und groß genug, um mit dem gesamten Freundeskreis hier einzufallen. Insgesamt sind wir acht Leute, darunter Jörns Freundin Lana, die seit einer halben Stunde neben mir am Kamin sitzt und durch die Seiten eines Fantasyromans blättert. Ich habe ihr einen Kaffee angeboten, den ich in meiner kleinen transportablen Aeropress zubereitet habe und den wir nun schweigend zusammen trinken.

Ich liege tief in einem Sessel und drehe das Handy in meinem Schoß wieder und wieder um die eigene Achse. Jedes Mal, wenn es mit dem Screen nach oben ausgerichtet ist, leuchtet der Bildschirm auf. Aber da ist ... nichts.

Polly meldet sich nicht. Und ich? Ich habe keine der hundert Nachrichten, die ich seit dem Moment im Auto angefangen habe, abgeschickt. Ich will es nicht noch seltsamer machen, sondern ihr Raum geben. Genug Raum, um sie nicht verlieren zu müssen.

»Das ist ziemlich leckerer Kaffee, danke noch mal.« Lana klappt das Buch mit einem Finger zwischen den Seiten zu und greift nach ihrer Tasse auf dem Couchtisch.

»Kein Problem«, sage ich. »Die Plörre aus der uralten Filtermaschine in der Küche ist ja nicht genießbar.«

»Vielleicht trinkt Jengo ihn deswegen seit unserer Ankunft mit Schuss.« Jengo ist der Typ, den Jörns Kumpel Edi mit angeschleppt hat. Ich kenne ihn lose von früher, mag ihn allerdings nicht besonders. Und das nicht nur, weil er so ziemlich jedem Getränk einen Schuss Alkohol hinzufügt und das auch bei jedem versucht, der nicht schnell genug seine Kaffeetasse abdeckt. Sein gesamtes Auftreten macht deutlich, dass er diesen gemütlichen Trip unter Freunden mit einer Après-Ski-Sauftour verwechselt.

Um das Thema zu wechseln, nicke ich zu dem dunkelgrauen Cover in Lanas Schoß. »Wie ist dein Buch?«

»Spannend.« Lana schlägt sich die Hand vor den Mund, kann ihre roten Wangen damit jedoch nicht ganz verbergen. Trotz ihrer Scham hält sie mir das Cover so hin, dass ich den Titel erkennen kann.

»*Gassen aus Sturm und Rauch?* Sagt mir nichts.«

»Das wundert mich nicht.« Lachend wirft sie den Kopf in den Nacken, sodass ihr rabenschwarzes Haar flattert. »Jörn nennt es immer meinen kleinen Fantasy-Porno.«

Ich schürze die Lippen und nicke anerkennend. »Genau die richtige Lektüre für einen romantischen Abend am Feuer.«

»Es geht um einen verzweifelten Prinzen, der unsterblich in ein Mädchen verknallt ist, das mit seinem Mord beauftragt wurde.«

»Das klingt nach … Konfliktpotenzial?«

»Aber hallo. Und natürlich müssen sie den Konflikt im Bett austragen.«

Ich lache laut auf, weil Lana über den Inhalt ihres Buches noch rötere Wangen bekommt. Immerhin weiß ich nun, dass meine Situation unglücklicher sein könnte. Ich bin zwar verzweifelt, doch das Mädchen, in das ich verknallt bin, will mich wenigstens nicht um die Ecke bringen. Leider haben wir dadurch auch keinen Konflikt, den wir …

»… du gerade?«

Der Anfang von Lanas Satz ist in meinen wild durcheinanderfunkenden Fantasien untergegangen. Gerade eben gab es in meinem Kopfkino nur noch nackte Haut und verschlungene Körper, die nicht genug voneinander kriegen können – jetzt muss ich irgendwie wieder in dieses Gespräch zurückfinden.

»'tschuldigung, ich war gerade …« *Gedanklich nackt im Bett meiner Mitbewohnerin, die merkwürdige Ähnlichkeit mit einer Fantasy-Assassinin hatte?* Ich mache eine fahrige Handbewegung, um meine Zerstreutheit zu erklären.

Lana lächelt verständnisvoll, tauscht das Buch gegen die Kaffeetasse und macht es sich mit ihr auf dem gegenüberliegenden Sessel bequem. »Ich wollte nur wissen, ob du gerade auf irgendwelche speziellen Nachrichten wartest.« Zur Erklärung nickt sie zu dem Handy in meinem Schoß, das ich noch immer geistesabwesend hin- und herflippe.

»Nein, ich … Das ist nur …« Ich setze mich auf und zupfe ertappt an meiner Jeans herum. Alles fühlt sich plötzlich ein wenig unbequem an. Meine Kleidung wirkt zu eng … *meine Haut* zu eng. Ich habe mit niemandem über meine Gefühle für Polly gesprochen. Adem ist zwar trotz seiner machohaften Art ein guter Gesprächspartner in Liebesdingen, allerdings wohnt er mit dem Freund meiner Schwester zusammen und ist nicht gerade für Diskretion bekannt. Die Info würde schneller bei Anna landen, als ich zusehen könnte. Und es gibt keine Sache der Welt, mit der ich Anna bestechen könnte, damit sie Polly gegenüber den Rand hält. Ich weiß nicht einmal, was Anna von uns halten würde. Von Polly und mir. Sie hat kein Problem damit, dass wir zusammenwohnen. Und wir mögen es beide, dass wir durch die Verbindung von Fynn und Adem nun einen gemeinsamen Freundeskreis haben, aber ... »Ja, vielleicht warte ich unterbewusst auf eine Nachricht.«

»Nicht von deiner Mama, nehme ich an.« Lana linst verschwörerisch über den Tassenrand.

Ich hebe die Mundwinkel zu einem Schmunzeln. »Zufällig nicht.«

»Besteht die Chance, dass du mir erzählst, um wen es geht, oder soll ich aufhören nachzubohren?«

»Um wen?« Ich lache laut. »Wieso weißt du, dass es um eine Person geht?«

Sie kneift ein Auge zusammen und zuckt die Schulter. »Nur so ein Gefühl. Welchen Grund solltest du sonst haben, selbst auf der Skipiste ununterbrochen auf dein Handy zu gucken?«

Ich weiche ihrem Blick aus, spüre jedoch keine Verlegenheit. Das warme Prickeln von Vorfreude macht sich in meinem Bauch bemerkbar, weil ich im Begriff bin, von Polly zu erzählen. Und von Polly zu erzählen, ist das einzige Gefühl, das zumindest annähernd mit dem mithalten kann, in ihrer Nähe zu sein.

»So auffällig, mh?«

»Na ja. *Mir* fällt so was auf. Bestimmt ist meine Lektüre schuld, dass ich überall verknallte Männer zu sehen glaube.«

Vielleicht liegt es daran, dass ich Lana nicht mehr allzu oft treffe, oder daran, dass sie Polly nicht kennt. Aber ich stürze mich regelrecht darauf, ihr alles erzählen zu können. Ich werfe einen Blick hinaus in den Flur, und als ich mir sicher bin, dass die anderen nicht gleich hereinplatzen werden, weihe ich sie ein.

Zunächst hört sie aufmerksam zu und nickt nur, bis sich schließlich ein liebevolles Lächeln auf ihrem Gesicht ausbreitet.

»Ich glaube, sie hat gemerkt, dass ich eifersüchtig war. Seitdem ist alles etwas weird zwischen uns.«

»Eifersüchtig auf diesen Jurastudenten?«

»Ja ... ich meine ... sie hat ihn geküsst. Direkt vor meiner Nase. Und danach hat sie ihn gedatet.« Keine Ahnung, welcher Umstand mir den heftigeren Schmerzensstich verpasst. Jemanden besoffen an Karneval zu küssen, ist das eine – sich danach mit ihm zu verabreden, spricht eine andere, ernstere Sprache.

»Du hättest sie fragen können?«

Ich sehe Lana aus dem Augenwinkel an. »Ob sie auf ihn steht?«

»Oder ob sie auf dich steht?«

»Das tut sie offensichtlich nicht.«

»Weil sie andere trifft?«

»Zum Beispiel.«

»Du triffst ja auch andere und bist trotzdem in sie verliebt.«

»Ja, aber ...« Ehe ich behaupten kann, das sei etwas ganz anderes, schneiden mir ihre vorwurfsvoll hochgezogenen Augenbrauen das Wort ab. Dabei *ist* es etwas anderes. Mein Verhalten war nur eine Reaktion. Nur eine eigennützige, unfaire Konsequenz. »Es ist nicht so leicht, wenn man zusammenwohnt. Dann geht das nicht. Und es geht auch nicht, dass man sich einfach küsst und anschließend abzischt.«

Für einen Moment ist Lana wieder in das therapeutische Nicken verfallen, doch jetzt stockt sie mitten in der Bewegung und schüttelt den Kopf, als wäre ihr ein wichtiges Detail durchgerutscht. »Du meinst, dass sie diesen Juristen geküsst hat?«

»Nein, ich meine, dass sie *mich* geküsst hat.«

Lanas Miene wird zu einem einzigen Fragezeichen. »Polly?«

»Ja.« Mein Herz fühlt sich beim Klang ihres Namens an wie bei einer Fahrt im Freefall-Tower.

»Polly hat dich geküsst?«

»Ja.« Meinem *Ja* ist deutlich anzuhören, dass ich es selbst nicht glauben kann.

»Die Polly, von der du die ganze Zeit erzählst?« Lana setzt die Kaffeetasse ab, zieht die Füße unter den Hintern und beugt sich mit leuchtenden Augen zu mir vor.

Ich hebe die Hand anklagend zu einer Na-welche-denn-sonst?-Geste.

»Du bist komisch zu ihr, seit sie ein Date mit einem anderen Mann hatte, und sie ist komisch zu dir, seit du ein Date mit einer anderen Frau hattest. Du bist verliebt in sie, sie hat dich geküsst und trotzdem fragst du dich noch, ob etwas aus euch werden könnte?« Der fragende Ausdruck in Lanas Gesicht ist einem dicken anklagenden Ausrufezeichen gewichen.

»Es war nur ...« Ich suche zwischen den Erinnerungen an diesen kurzen Moment im Auto nach Worten, finde aber lediglich Sehnsucht, Verlangen und Unsicherheit. »... eine Übersprungshandlung, glaube ich. Es war nicht *die* Art Kuss.«

»Was für Arten von Küssen kennst du denn?« Lana prustet spöttisch los, was gar nicht zu ihrer sonst so sanften Art passt.

»Na ... wir haben uns umarmt. Sie hat sich für das Geschenk bedankt. Michael Bublé hat gesungen. *Es war nicht die Art Kuss!*« Meine noch immer gespreizten Finger fahren durch die Luft, als könne ich auf diese Weise irgendwie Lanas und damit auch meine Hoffnung auslöschen. Denn natürlich will ich, dass es diese Art Kuss war. Aber wieso ist Polly dann ...? Sie hat sich benommen, als hätte sie sich vor sich selbst erschrocken.

»Was für ein Geschenk?«, will Lana wissen.

»Es war ...« Unbehaglich rutsche ich auf der Sitzfläche des alten Ohrensessels herum, wobei die Häkeldecke von Jörns Oma, die auf der Rückenlehne drapiert war, auf meinen Kopf fällt. »... nur so, also ... Ohne Kontext wirkt es ein bisschen seltsam.« Ich fische das Deckchen von meinem ungestylten Haar und knete die in die Jahre gekommene Spitze in den Händen.

»Dann gib mir Kontext.« Lanas dunkelbraune Augen beginnen zu leuchten.

»Es ist nicht das, was du denkst. Kein teurer Schmuck oder so. Ich wollte nicht, dass sie das Gefühl bekommt, ich hätte mir zu viele Gedanken gemacht. Ich habe extra nicht viel Geld ausgegeben.«

Lana rudert mit den Händen, um mich anzuheizen, endlich zum Punkt zu kommen.

»Okay, okay. Also Polly liebt Sriracha, ja? Sie *liebt* den Scheiß. Und wir haben ständig so ... Wir führen ständig kleine Diskussionen deswegen. Wenn ich für sie koche zum Beispiel, dann will sie das ganze Essen noch vor dem Probieren mit Soße überkippen.« Ich blicke auf das Häkeldeckchen und lache verlegen. Da ist Hitze in meinem Bauch, Wärme in meinem Herzen und ein leichter Druck in meinem Kopf, weil sie mir so sehr fehlt. Weil ich das, was zwischen uns steht, körperlich spüren kann. »Und wir haben«, ein leises Schnauben dringt bei der Erinnerung aus meiner Nase, »wir haben diesen Insiderjoke, dass sie selbst French Toast damit essen würde. Einfach nur, um mir eins reinzuwürgen.«

Lana schaut jetzt, als erwarte sie endlich den Höhepunkt der Geschichte.

»Na ja … also habe ich ein paar Asia-Märkte abgeklappert und eine absurd große Flasche von diesem Zeug gefunden. Es war wirklich nur ein Gag. Und das Ganze war in so einer hässlichen Geschenktüte, es war wirklich ... es war wirklich nur ein Geschenk unter Mitbewohnern.«

Mit noch immer leuchtenden Augen beginnt Lana zu nicken. Dann räuspert sie sich, klopft die Kissen ihres Sessels auf und lehnt sich zurück. »Jonas ...« Ein weiteres Nicken. »Was hast du Isabella so geschenkt, als ihr zusammen wart?«

Ich zucke mit den Schultern. »Was man seiner Freundin eben so schenkt. Einmal wollte sie unbedingt so eine silberne Herzkette. Du weißt schon, die, die alle haben. Babyblaue Schatulle.«

»Von Tiffany?«

»Das war's.«

»Und du glaubst, Tiffany-Ketten sind bessere Geschenke als Sriracha-Soße?«

Nun ist es an mir, Lana einen skeptischen Blick zuzuwerfen. »Ist das 'ne Fangfrage?«

»Weißt du *irgendetwas* über Frauen?«

Mein Argwohn über diese Unterhaltung wächst weiter. »Noch eine Fangfrage?«

Mit einem Ruck zerrt Lana das Kissen hinter ihrem Rücken hervor und donnert es mir an die Schläfe. »Wie hohl kann man sein? Du hast ihr das perfekte Geschenk gemacht!« Sie schnaubt kopfschüttelnd.

»Wieso kommt es mir dann so vor, als würdest du mich ausschimpfen?!« Ich werfe das Kissen zu ihr zurück.

»Weil ich genau das tue. Du checkst gar nichts!«

»Dann erklär's mir!«, blaffe ich sie an.

»Du hast dir Gedanken gemacht! Es war witzig und aufmerksam und perfekt. Jeder versteht eine Tiffany-Kette! Aber du hast ihr etwas geschenkt, das nur ihr versteht.«

Lana sieht mich fieberhaft an, als erwarte sie, dass bei mir endlich der Groschen fällt. Und als die Erkenntnis dann bei mir ankommt, fühlt sie sich verzweifelt und unvollständig und roh an.

»Ich glaube, du hast ihr Herz, Jonas.«

Die inneren Werte

Kitzbühel, 31. Dezember

Skihütte

Mir bleibt keine Zeit, Lanas weiblichen Blick auf die Angelegenheit weiter auszuloten. Denn kaum hat sie ihren Satz beendet, kommt Jörn aus dem Obergeschoss in die Stube gepoltert und schmeißt sich mit einem zum Tackle ausgestreckten Ellbogen auf mich. Ich stoße ihn lachend von mir und er stürzt mit einem Grölen zu Boden.

»Was treibt ihr Mäuse?« Jörn rappelt sich auf, krabbelt zu seiner Freundin und küsst sie. »Liest du Jonas deinen Fantasy-Porno vor?«

Lana lächelt in meine Richtung. »So ähnlich.«

»Und?« Jörn zwinkert mir anzüglich zu. »Bist du schon feucht?«

»Ich bin schon gekommen«, antworte ich grinsend.

»Geht schnell, wenn man auf Entzug ist.« Jörn steht auf und geht in Richtung Küche. »Oder schläfst du immer noch mit deiner Ex?« Vielleicht sollte man sich einfach an das ungeschriebene Gesetz toxischer Männlichkeit halten und Freunde, die dich seit der ersten Klasse kennen, nicht in dein Liebesleben einweihen. Sie danken es dir selten mit Diskretion. Dass Isabella und ich nach unserer Trennung noch zwei- oder dreimal ziemlich traurigen Gewohnheitssex hatten, habe ich ihm auf meiner Einweihungsparty Anfang

Oktober erzählt. Weil er wissen wollte, wo sie ist – immerhin hatten wir anfangs wie alle verzweifelten Ex-Paare getönt, wir würden Freunde bleiben wollen –, und das war die einfachste Erklärung dafür, wieso dieser Vorsatz gescheitert war.

»Wer schläft noch mit seiner Ex?« Jengo ist in die Stube getreten. Lüstern und angriffslustig rollt er die Ärmel seines Strickpullovers hoch.

»Ihr seid Schweine.« Lana steht kopfschüttelnd aus dem Sessel auf und folgt Jörn in die Küche. Das Klappern von Geschirr und das leise Summen des offenen Kühlschranks verheißen, dass er mit der Vorbereitung des Abendessens begonnen hat.

»Endlich kommen die schweinischen Themen mal auf den Tisch.« Jengo klopft mir mit gespielt laszivem Blick auf den Oberschenkel und fläzt sich dann in den frei gewordenen Sessel. »Was geht, Jagoda?«

Ich werfe einen beiläufigen letzten Blick auf mein Handy. Eine Nachricht von Anna im Familienchat wird mir auf dem Screen angezeigt. »Nicht viel«, murmele ich, während ich sie öffne.

»Haste deine geile Freundin also nicht mehr?«

Ich ignoriere ihn und lese stattdessen Annas Nachricht. Es ist nur ein knappes *Guten Rutsch euch allen!*, der Gruß wird jedoch begleitet von einem Spiegel-Selfie, das sie im Flur unseres Elternhauses aufgenommen haben muss. Es zeigt vier Personen und einen Hund in dicken Winterjacken. Ja, selbst Eule, der Hund von Anna und Fynn, trägt einen Schutz vor der Kälte. Vorne steht meine Schwester in einem weißen Plüschmantel, daneben ihr Freund, dessen genervten Blick ich erkennen kann, obwohl er sich eine Beanie bis über die Augen gezogen hat. Schräg hinter Anna ist Anouk, die erschöpft wirkt, aber lächelt. Der Grund, wieso sie lächelt, ist offensichtlich. Es ist derselbe, aus dem ich jeden Morgen lächle: Polly. Sie beugt sich mit weit nach hinten weggestrecktem Bein zu Anouk und drückt ihr einen Kuss auf die Wange, der den Abdruck von rotem Lippenstift hinterlassen wird.

Gott, ich liebe es, wenn sie Lippenstift trägt.

Unanständige Träumereien von roten Spuren auf meinem Bauch drängen in meinen Kopf. Sie machen das nervige Gespräch, das Jengo mir aufzuzwingen versucht, noch ätzender. Seine Anwesenheit noch ätzender. Ich will nicht hier sein. Ich will neben ihr auf diesem Foto stehen. Oder an Anouks Stelle sein. Und wenn das alles nicht geht, dann wäre ich jetzt wenigstens gern oben allein auf dem Zimmer oder unter der Dusche mit der Vorstellung von ihren roten Lippen um meinen ...

»Könnt ihr mal helfen?«, ruft Jörn aus der Küche. Ich komme nicht dazu, meine Fantasie zu Ende zu führen. Aber immerhin bleibt es mir auf diese Weise auch erspart, Jengos beschissene Frage nach Isabella beantworten zu müssen. Ich springe auf und komme Jörn und Lana entgegen, nehme ihnen das Raclettegerät ab und trage es zu dem rustikalen Esstisch in der Raumecke. Jemand stellt Musik an. Eine schmalzige Stimme singt *White Christmas*. Dieser verfluchte Michael Bublé. Dieser verfluchte Song. Diese verfluchte Erinnerung an Pollys Kuss.

Hat Lana recht? Wollen Polly und ich exakt das Gleiche und ich hätte mich nur auf sie einlassen müssen?

Eine Stunde später haben wir uns alle um den Esstisch versammelt. Durch die karierten Vorhänge sieht man Berge, schneebedeckte Wipfel und die ein oder andere zu früh abgeschossene Silvesterrakete. Das Gebirge verschluckt ihr Krachen, sodass bloß die bunten Lichter am Himmel erscheinen, als hätte jemand sie einfach angeknipst.

Weinflaschen werden reihum gereicht, kein Glas bleibt leer, die Raclettepfännchen werden in einem beständigen Rhythmus in das Gerät hineingeschoben und wieder herausgenommen. Ich sitze mit überschlagenen Beinen an der Kopfseite des Tisches und spüre förmlich, dass meine Wangenmuskulatur jeden Moment den Geist aufgibt. Während die anderen mit Geschirr klappern und scherzen, begnüge ich mich mit einem stummen Lächeln, hinter dem meine Gedanken rasen. Die letzten Wochen waren hart. Meine Gefühle für Polly sind so verdammt ambivalent. An manchen Tagen machen sie die Welt bunt. So bunt, dass ich die Augen zukneifen muss. Dabei will ich sie am liebsten weit aufreißen, um ja nichts von ihr darin zu verpassen. An anderen nährt meine Sehnsucht nach ihr diesen Teil meiner Psyche, der es sich vor ein paar Jahren in den Kopf gesetzt hat, mich zu quälen. Und die Jahreszeit tut ihr Übriges, mich runterzuziehen.

Weihnachten und Silvester sind krass für jeden, der Essen schon einmal als seinen Feind empfunden hat. Nicht nur, weil es immer und überall in Hülle und Fülle vorhanden zu sein scheint, sondern vor allem, weil es ständig Thema ist. Es geht darum, wie gut oder wie schlecht es ist. Wie du es verzehren, verdauen und anschließend wieder abtrainieren kannst. Alle reden davon, dass du dir an diesen Tagen einmal gönnen darfst, dass Kalorien heute nicht zählen. Und trotzdem betonen sie, dass es reichhaltig, fettig oder massig war, dass nun eine leichte Nachspeise richtig wäre – oder am besten keine. Dass sie nicht mehr können oder gar nicht aufhören wollen. Irgendwer braucht danach immer einen Spaziergang. Oder einen Absacker. Oder eine Diät ab Januar.

Ich versuche, bei diesen Diskussionen auf Durchzug zu schalten. Das muss ich tun, weil ich sonst mit dem Umrechnen beginne. Käsescheiben in Minuten auf dem Laufband. Brot in Kohlenhydratketten. Weingläser in Stunden, während denen mein Körper alles herunterfahren und sich lediglich auf den Abbau von Alkohol konzentrieren wird. Dass es den anderen nicht so zu gehen scheint, ist ein Zeichen dafür, dass sie nie so abgefuckt waren wie ich. Und dafür, wie normal es für uns als Gesellschaft ist, über Essen zu reden, statt es einfach – nun ja – zu *essen*.

Ich stelle mir vor, was Polly dazu sagen würde, dass ich an Silvester mit Freunden ernsthaft über den Nährwert von Käse nachdenke. Dass mich jeder Bissen an dieses alte Foto am Strand erinnert. Mich frage, ob sie meinen Annäherungen nachgegeben hätte, wenn mein Körper noch so aussähe. Dabei weiß ich, dass es ihr nicht egaler sein könnte. Dass körperliche Liebe nicht erreichbarer wird, wenn du weniger wiegst oder mehr Gewicht stemmst. Von emotionaler Liebe ganz zu schweigen.

Ich weiß genau, dass dieses Monster in meinem Kopf es in Wahrheit auf meinen Verstand abgesehen hat. Nicht auf meinen Körperfettgehalt. Isabella hat mir das gesagt. Wieder und wieder. Sie wollte, dass ich mal mit ihrer Mutter darüber spreche, die eine Praxis für Psychotherapie führt. Doch das wäre weird gewesen – erst, weil sie so etwas wie meine

Schwiegermutter in spe war, dann, weil sie genau das *nicht* mehr war. Aber vielleicht brauche ich wirklich jemanden, der mir beibringt, mit all dem umzugehen …

Zwischen Raclette und Nachspeise trennt sich die Gruppe in Raucher und Nichtraucher und Jengo versucht permanent, in der Stube für Partystimmung zu sorgen. Er schaltet den Radiosender ab, auf dem besinnliche Weihnachtsmusik läuft, und verbindet stattdessen sein Handy mit einer Boombox. Der trashige Eurodance, der ohne Vorwarnung daraus hervorhallt, will so gar nicht zu dem Flair der gemütlichen Holzhütte passen.

Gott sei Dank übernimmt Jörn es, ihn anzupampen. »Wir sind hier nicht beim Après-Ski, mach die Scheiße aus!«, ruft er ihm zu, was Jengo jedoch nicht daran hindert, Schnapsgläser auf der Tischplatte aufzureihen und sich ihnen mit einer Tequilaflasche zu nähern. Er scheint beschlossen zu haben, dass wir es hier heute Abend richtig krachen lassen. Gekonnt zieht er den Flaschenhals über die Shotgläser und füllt sie bis zur Eichung. Jengo nimmt eins in jede Hand, quetscht sich neben mich auf die Eckbank und legt mir einen Arm um die Schultern, sodass der beißende Alkoholgeruch direkt in meine Nase steigt.

»Jonas Jagoda, die Legende. Trink mit mir.«

»Danke, Mann, aber ...«

»Nee, nee, nee, Junge, der muss jetzt sein.« Er lockert unsere erzwungene Umarmung und stellt beide Schnapsgläser verheißungsvoll vor uns ab. Dann präsentiert er sie mir mit einer einladenden Handgeste. »Komm schon. Von einem Tequila schrumpft der Bizeps nicht.« Zur Untermalung petzt er mir in den Oberarm.

Jengo würde niemals verstehen, dass ich nur nach dem

Kurzen greife, damit er sich nicht bestätigt fühlt. In seiner Wahrnehmung hat er mich gerade überzeugt, einen draufzumachen, statt immer so diszipliniert zu sein. Aber das ist okay. Das ist besser als die Wahrheit.

Er haut jubelnd auf den Tisch, als ich das leere Schnapsglas wieder abstelle, und umfasst sein eigenes kurzerhand mit dem Mund, wirft den Kopf zurück und befördert den Inhalt auf diesem Weg direkt in seine Kehle. »So und jetzt ... Tacheles, Alter.« Jengo legt seinen linken Arm wieder um meinen Nacken, während er mit der anderen Hand provokativ meine Schulter knetet. Er denkt, mich im Schwitzkasten zu haben, und ich lasse ihn in dem Glauben. »Jetzt sag endlich: Hast du deine Alte noch?«

»Red nicht so über Frauen.« Jörn schiebt sich in diesem Moment über die Eckbank auf den Platz zu meiner Linken.

Jengo lacht laut auf. »Lass gut sein, Lana kann dich gerade eh nicht hören.«

»Es soll Kerle geben, die reden sogar nett über Frauen, wenn gerade keine zugegen sind.« Ich hebe eine Augenbraue und hoffe, er merkt, dass es eine Drohung ist.

»Ja. Ja, ihr habt schon recht, mit Gentlemen-Gehabe kann man bei einigen auch gut landen. Bei Isabella vielleicht?« Mir war klar, dass er den Namen meiner *Alten* in Wahrheit noch ganz genau weiß.

»Du kannst es ja mal versuchen«, sage ich, während ich seine Hand am Mittelfinger packe, sie von meiner Schulter löse und unsere einseitige Umarmung damit beende.

»Also seid ihr ...?« Er versinnbildlicht mit zwei Fingern eine Trennung.

Ich nicke. Es tut schon lange nicht mehr weh, an Isa zu denken. Doch die Vorstellung, dass ein Kerl wie Jengo, der aussieht wie ein Hinterhoffrettchen, aber einen schlechteren Charakter hat, sich Chancen bei ihr ausmalt, ist witzig.

»Jengo, *bitte*, Mann, wenn du Isa anbaggerst, tu mir den Gefallen und filme das.« Jörn nimmt sich feixend eines der Schnapsgläser.

»Wieso?« Jengo setzt eine gekränkte Abwehrhaltung auf. »Weil ich nicht so schön bin wie Jagoda? Ich hab andere Qualitäten, ja?«

»Nee, hast du nicht.« Jörn prustet in das Glas und hebt es dann an, als handele es sich bei dieser Aussage um seinen Trinkspruch. Ich muss ehrlich lachen.

Lana kommt zurück an den Tisch, schmiegt sich an Jörn und rümpft die Nase, als Jengo ihr einen der Schnäpse aufquatschen will.

»Lana, komm, Baby, sag den Jungs, dass Frauen auf innere Werte stehen.«

»Soso. Dann willst du Jonas also Infos über seine Ex abluchsen, weil du auf *ihre* inneren Werte stehst?« Anscheinend hat Lana sehr wohl unsere Unterhaltung mit angehört. Für ihre scharfzüngige Beobachtung würde ich sie zu gern küssen.

»Na ja, komm, das ist was anderes.«

»Wieso ist das was anderes?«, frage ich und spüre Zorn in mir aufsteigen.

»Hey! Bro, lasst uns mal nicht so tun, ja? Es gibt ja wohl 'ne Menge krasser Frauen, die mit hässlichen Typen zusammen sind, weil die ... na ja, Geld haben oder so.«

»Junge, selbst wenn das stimmen würde – *du* hast kein Geld.« Jörn kichert sich ins Fäustchen. Ich hingegen balle meine Fäuste unter dem Tisch, um sie nicht in Jengos unerträglicher Fresse zu versenken.

»Ich sag ja nur – es gibt viele Zehner-Frauen, die mit Zweier-Typen zusammen sind. Aber ich kenn keinen Zehner-Kerl, der zum Beispiel mit ’ner Fetten ins Bett geht.«

»Mit einer *was*?« Lana steht der Schock ins Gesicht geschrieben.

»Na, ’ner dicken Tussi halt.«

Jengo sieht feixend in die Runde, als erwarte er Lacher oder Applaus oder einen anderen Ausdruck der Zustimmung. Doch liefe die 90er-Jahre-Club-Musik im Hintergrund nicht, könnte man eine Stecknadel fallen hören.

»Oh Gott, was redest du denn da?« Lana schüttelt den Kopf. »Bloß weil man mehr wiegt, ist man für dich automatisch ein Mensch mit niedriger Wertung?«

»Jajaja, ich weiß, man soll so was nicht sagen, dann wird man gecancelt. Aber es ist so. Kannst jeden Kerl fragen.«

»Ach ja?« Ich sehe grollend von meinen Fäusten auf. »Dann frag mich.«

»Jagoda, komm. Du bist ’n fitter Typ, du willst doch ’ne Frau, die mit dir mithalten kann. Die sich nicht gehen lässt und so.«

»Ich glaube, wir haben eine sehr unterschiedliche Definition davon, was es bedeutet, sich gehen zu lassen.« Meine Lider flattern, als ich ihn anstarre. Meine Nackenmuskulatur fühlt sich dick und geschwollen an, so fest malme ich mit den Zähnen aufeinander.

»Man darf ja wohl noch Vorlieben haben.« Er lupft wie zur Verteidigung sein Shirt.

»Niemand hat dich nach deinen Vorlieben gefragt«, knurre ich. »Du bist bloß bis zum Rand voll mit dieser Scheiße, die du mit dreizehn auf dem Schulhof aufgeschnappt hast.« Ich stehe auf und drücke ihn förmlich von der Eckbank, sodass er nach hinten stolpert und sich nur im letzten Moment an der Lehne des benachbarten Stuhls festhalten kann. Dann gehe ich mit hämmerndem Puls nach draußen zu den anderen. Ich brauche jetzt frische Luft und mindestens ein Gebirge zwischen Jengo und mir.

Die schönste Bescherung

Köln, 2. Januar

WG

Die Fahrt steckt mir in den Knochen. Irgendwo bei München hat es angefangen zu schneien und der BMW unter mir hat sich angefühlt, als müsse ich seine zwei Tonnen eigenhändig auf der spiegelglatten Autobahn halten. Dabei hat mein Herz in der Brust fast so bedrohlich geschwankt wie die Skibox auf dem Dach des Wagens. Nach Hause zu fahren bedeutet … zu ihr zu fahren. Wieder in der Umgebung zu sein, in der alles nach ihr riecht, alles an sie erinnert. In der ein Teelöffel auf dem Spülbeckenrand nicht mehr nur ein Teelöffel ist, sondern eine Fantasie von ihren Lippen auf meinen. *Shit.*

Jörn, Lana und ich haben heute Früh – nach einem verkaterten Neujahrstag mit unterdurchschnittlicher Stimmung und müden Beinen – gemeinsam den Heimweg angetreten. Ich habe die beiden in Lansberg abgesetzt, mein Ski-Equipment im Keller meines Elternhauses untergebracht und mich dann mit einem noch heftigeren Druck in der Brust in Richtung Köln aufgemacht. Die ganze Zeit habe ich mich gefragt, ob Polly schon in der WG ist oder ob sie bis zum Unistart bei ihrer Mutter bleibt. Meine Schwester war dummerweise nicht zu Hause, sonst hätte ich sie danach gefragt. Ich muss wissen, ob Polly wirklich so ausgelassen war, wie das Silvesterfoto suggeriert hat. Ob sie den Kuss vergessen hat, der seit fast zehn Tagen ununterbrochen in meinem Kopf auf Dauerschleife läuft.

Als ich den Schlüssel ins Schloss stecke, hoffe ich, noch ein paar Tage allein in der Wohnung zu haben. Vielleicht brauche ich das. Vielleicht muss sie sich mal wieder wie *meine* Wohnung anfühlen. Nicht wie *unsere*. Vielleicht muss ein Morgen mal wieder nur ein Morgen, ein Teelöffel nur ein Teelöffel sein.

Ich stoße die Tür auf ... und erstarre.

Aus dem Badezimmer zu meiner Linken höre ich das gedämpfte Rauschen von Wasser. Hinter der Kücheninsel zischt der Kessel der Siebträgermaschine und davor steht ...

»Polly?«

Erst als sie zusammenzuckt und zu mir herumwirbelt, wird mir bewusst, dass ich ihren Namen laut gesagt habe. Er ist aus mir herausgebrochen wie eine Notwendigkeit. Wie eine tiefe Sehnsucht.

Ich bringe nichts anderes fertig, als sie anzustarren. Polly kommt mir vor wie ein weltberühmtes Gemälde, von dem ich mir sicher war, jeden Pinselstrich zu kennen. Doch jetzt, wo ich es wahrhaftig vor mir sehe, erweist sich meine Erinnerung nur als blasses Abziehbild der Realität. Sie ist so echt. So frisch, so absolut sie selbst. Von dem zerwühlten Haarknoten auf ihrem Kopf, aus dem sich der Pony und einige Haarsträhnen gelöst haben, bis zu dem grauen T-Shirt, das über eine Schulter gerutscht ist. Sie hält sich den Ellbogen. Wahrscheinlich ist sie gegen den Kessel gestoßen, obwohl ich ihr schon hundertmal gesagt habe, wie heiß er wird. Doch bevor ich sie fragen kann, ob alles okay ist, sagt sie stockend: »Ich dachte, du kommst erst morgen!«

Ich versuche, mir Lanas Worte ins Gedächtnis zu rufen und an sie zu glauben. Aber plötzlich sehe ich Polly wieder mit dem Juraschnösel auf der Karnevalsparty vor mir. Erinnere mich, wie er ihren Po umfassen und sie an sich ziehen durfte. Dabei sollte man Polly nicht auf diese Art küssen. Sie verdient einen Kuss, der mit einer Hand an ihrer Wange beginnt.

»Äh … ich … entschuldige, ich wusste nicht, dass …« Mein Blut rauscht so schnell durch meine Adern, dass ich meine Reisetaschen abstellen muss, bevor ich die Tür hinter mir schließe.

»Dass was?«, fragt sie mit einer Aggressivität, die ich bereits von ihr kenne. »Dass ich mich noch hertraue?« Das ist Polly im Raubkatzenmodus. So spricht sie nur, wenn sie jemanden schützen will. Und gerade will sie jemanden schützen, dem sie das nicht allzu oft gewährt: sich selbst. Sie will das hier nicht. Sie will nicht, dass wir es wiederholen. Sie will anscheinend nicht einmal drüber reden. Zumindest nicht ohne ihren Schutzwall.

»Polly, ich …«

»Nichts *Polly, ich* … Was soll das? Wenn du mich nicht hier sehen willst, hättest du dich einfach mal melden sollen. Frohes Neues übrigens.«

Ich verstehe überhaupt nichts mehr. *Sie* ist doch davongestürmt, bevor ich reagieren konnte. Bevor ich überhaupt realisiert habe, was passiert ist und was ich fühle. Was *sie* möglicherweise ebenfalls fühlt.

»Du bist einfach aus dem Auto gerannt, als hätte ich dich gebissen.«

Polly reißt Mund und Augen auf und stürmt um die Küchentheke herum. »Ich glaube, es wäre mir wesentlich lieber gewesen, wenn du mich gebissen hättest. Das wäre wenigstens eine Reaktion gewesen!«

»Also geht es um den Kuss?« Mir wird heiß. Ich fühle mich, als stünde mein Kopf in Flammen. Also zerre ich gestresst die Mütze herunter.

»Nein?« Sie funkelt mich zornig an, schafft es jedoch nicht ganz, mit ihren Pupillen Augenkontakt herzustellen. Sie wirkt so leidenschaftlich, dass jetzt sowieso alles egal ist. Am Ende des Abends zieht sie entweder hier aus, weil sie nie mehr mit mir reden will. Oder ... ich ziehe sie aus. Was eindeutig meine bevorzugte Option wäre.

Ich mustere sie und bemerke plötzlich, wie ihre Fassade der stolzen Löwin bröckelt. Sie versucht gegenzusteuern. Strafft ihre Schultern und reckt das Kinn. Aber sie pustet auch in ihren Pony. Knibbelt am Nagel ihres Daumens. Polly – meine Polly – ist tatsächlich unsicher. Und das passt ihr überhaupt nicht.

»Also geht es *nicht* um den Kuss?« Ich gehe einen Schritt auf sie zu. Es ist ein Angebot. Ein Zeichen meiner Bereitschaft, das ich ihr viel früher hätte geben sollen.

»Welcher Kuss, bitte? Das nennst du einen Kuss? Also ich nenne das ...« In diesem Moment verstehe ich endlich, dass der Kuss keine Übersprungshandlung war. Keine freundschaftliche Geste. Kein Weihnachtsgeschenk. Der Kuss war Polly ohne ihre Schutzmauer. Verletzlich. Roh. Wunderschön. »Mir fällt nichts ein, aber ein Kuss war es definitiv nicht.«

Ich kann mir ein Schmunzeln nicht verkneifen. »Bist du etwa um Worte verlegen, Pollyschmolly?«

»Ich bin ... nicht ...« Sie stürmt an mir vorbei. Oder besser: Sie versucht es. Doch ich lasse sie nicht davonkommen.

Nicht bevor wir das geklärt haben. Ich strecke den Arm aus und versperre ihr den Weg zum Badezimmer.

»Ich will jetzt nicht reden.« Genervt schnalzt sie mit der Zunge und sieht mich daraufhin zum ersten Mal direkt an. In ihren Augen lodert ein Feuer. Aber es ist kein wütendes, kein zerstörerisches. Es ist pure Energie. Hitze und Wärme und Kraft.

»Oh, Polly, ich will auch nicht reden.«

Ich sehe, wie ihre Unterlippe vibriert, gebe mich für einen Sekundenbruchteil der Erinnerung an ihre Zunge um den Löffel hin, bevor ich beschließe, endlich zu handeln. Wir ruinieren unser Zusammenleben nun entweder vollständig oder wir machen es perfekt. Aber egal, mit welchem Resultat wir aus diesem Abend herausgehen, es wird beinhalten, dass ich Polly küsse. Mehr als das – wenn sie es ebenfalls will.

Wenn wir untergehen, dann ineinander verschlungen.

Ich führe meine Hand an ihr Gesicht und lasse sie anschließend in ihren Nacken gleiten. Zunächst wirkt sie überrumpelt und steif, doch schon kurz darauf spüre ich, wie Polly mir einen kleinen Teil der Kontrolle überlässt. Anfangs gerade genug, damit ich meine Finger in ihren Haaransatz graben kann, dann immer mehr. Bis ich ihre Taille umschlingen und sie zu mir ziehen darf.

Es kostet mich all meine Beherrschung, mich zu zügeln. Sie langsam zu küssen und ihr den Raum zu geben, den sie an Heiligabend im Auto so urplötzlich gebraucht hat. Meine Lippen gleiten über ihre, mein Mund saugt an ihrem, die Stoppel an meinem Kinn kratzen über ihre Haut und ich will alles, ich will mehr, ich will *sie*.

Ich rieche den Duft ihres Shampoos, fühle die Weichheit ihres Mundes und die Kurve ihres Rückens unter meiner

Hand. Sie muss mir nur ein bisschen mehr geben, ein kleines bisschen, eine einzige ...

Sie schlingt beide Hände um mich, vervollständigt endlich unsere Umarmung und pendelt die Waagschalen unserer beiderseitigen Kontrollsucht genau in der Mitte aus. Keiner von uns führt mehr. Wir sind fünfzig Prozent sie und fünfzig Prozent ich.

Das ist der Moment, in dem ich mich nicht mehr halten kann. Nicht mehr halten *will*. Ich brauche alles von ihr und von diesem Kuss und von ihrem Körper. Wie ferngesteuert greife ich nach ihren Hüften und spüre dabei förmlich, wie das Blut in meinen Schwanz schießt. Es fühlt sich so verdammt gut an, sie berühren zu dürfen. Als dann auch noch ein Stöhnen aus ihrer Kehle ausbricht, kann ich nicht mehr anders. Ich dränge mit der Zunge in ihre geöffneten Lippen, stoße in ihren Mund und schmecke ihren süßen Eigengeschmack.

Fuck, wieso haben wir das nicht schon vor zehn Tagen getan? Oder vor einem Monat? Wir könnten seit Monaten übereinander herfallen und stattdessen waren wir ... Kumpels?

Wir krachen gegen die Badezimmertür, die unter unseren zügellos nacheinander greifenden Körpern aufspringt. Lautes Wasserplätschern holt uns gerade genug in die Realität zurück, dass Polly fluchend und lachend den Hahn der Badewanne abstellen kann. Nicht einmal dabei will ich sie loslassen. Nicht, nachdem es so lange gedauert hat.

»Wieso jetzt?« Sie sieht mir tief in die Augen, was es ein kleines bisschen leichter macht, ihr nicht unentwegt auf die Lippen zu schauen oder sie direkt wieder zu küssen.

»Wieso jetzt was?«

»Wieso küsst du mich jetzt?«

Ich ziehe sie lachend an mich. So eng, dass unsere Oberkörper aneinanderstoßen und mein Lachen zu ihrem wird. »Vielleicht, weil du neulich schneller aus meinem Auto warst, als ich schnallen konnte, was vor sich geht?« Polly sieht verlegen nach unten und gibt so den Blick auf ihren Hals frei. Die weiche Linie zwischen ihrem Nacken und dem Stück freier Schulter hat auf mich eine geradezu blutsaugerische Wirkung. Ich senke meinen Mund auf ihre nackte Haut, küsse sie und frage mich unwillkürlich, wie ich je wieder damit aufhören soll.

»Du hättest aussteigen können. Mir nachgehen können.«

»Das ist mir dann auch klar geworden.« Ich will ihr von meiner Nachhilfestunde bei Lana erzählen. Doch was ich vorhin gesagt habe, stimmt noch immer: Ich will nicht reden. Also stammele ich nur: »Aber ich … Es war verwirrend.«

»Und davor … ich meine … wir …«

Ich muss grinsen. »Ich hatte ja keine Ahnung, dass Rummachen eine Option war.«

»WAS?« Sie haut mir spielerisch mit der Hand auf die Brust. »Wie kann man denn bitte so schwer von Begriff sein?«

Mein Grinsen wird breiter und breiter. Ich komme mir vor, als wäre ich bis zum Platzen mit Glück gefüllt. Zumindest überall dort, wo die in mir wallende Lust noch Raum gelassen hat. »Wer hat mir denn bitte Dates mit anderen Frauen aufgequatscht?«

»Ich wollte ein guter Kumpel sein!« Ein weiterer Schlag trifft meine Brust. Es ist so *fucking* erregend. Ich will, dass sie mir im Bett auf diese Weise auf die Brust schlägt. Jetzt. »Und du hättest ja nicht hingehen müssen.«

Mit einem Ruck umfasse ich ihren Po und schiebe ihr Becken an meines. Sie soll es spüren. Soll spüren, was sie mit mir anstellt. Spüren, dass wirklich kein Zentimeter von mir auf Dates mit anderen gehen will.

»Ich habe jede Sekunde bereut«, hauche ich.

»War sie fies?«

»Sie war nicht du.«

Wir stolpern irgendwie in mein eiskaltes Zimmer, schließen irgendwie das Fenster, das Polly geöffnet haben muss, werden irgendwie meinen Pulli los. Als mein T-Shirt dabei hochrutscht, denke ich nicht an meinen Körper. Nicht an den von heute, nicht an den von vor zwei Jahren. Ich denke nur noch an ihren. Wie sehr ich ihn will. Wie sehr ich *sie* will.

Bloß als Pollys Fingerspitzen zum ersten Mal auf meine Haut treffen, durchzuckt mich die Unsicherheit noch einmal wie eine ferne Erinnerung. Aber sie geht so schnell, wie sie gekommen ist. Und dann bin ich nur noch berauscht.

»Was tun wir?« Polly stößt mit den Kniekehlen gegen das Bett und lässt sich darauf fallen. Ich fühle in mich hinein, als müsse ich erst eine Antwort auf diese Frage finden. Und dabei stelle ich überglücklich fest, dass mein Kopf und mein Körper mir erlauben, das hier einfach zu genießen. Alle anderen Gedanken sind still.

Ich greife nach dem Saum meines Shirts, ziehe es aus und folge ihr auf die Matratze. Polly kippt nach hinten und ich rücke nach. Ich *muss* ihr nahe sein. Es ist, als hätte ich keine andere Wahl. Es ist pure Physik.

»Was immer du willst.« Ich meine jede Silbe. Ich nehme alles, was sie mir zu geben bereit ist. Ganz gleich, was es ist.

»Okay.« Die Erregung in ihrer Stimme macht mich fast wahnsinnig.

»Okay.« Mein Körper ächzt beinahe auf vor Erleichterung, als ich der Anziehungskraft endlich vollständig nachgeben kann und mich auf sie sinken lasse. Wir rasten ineinander ein, Brust an Brust, Bauch an Bauch. Mein Becken fügt sich in ihren Schoß wie das verruchteste Puzzleteil der Welt.

Ich will nicht wirken wie ein aufgeregter Mittelschüler. Doch sobald mein Schwanz auf diese feste Erhöhung zwischen ihren Beinen trifft, die ihr Schambein sein muss, werde ich so scharf, dass ich alle Gedankenexperimente aus Teenagerzeiten anwenden muss, um nicht sofort zu kommen. Dabei hilft es nicht, dass mein Mund ganz andere Pläne hat. Er kann nicht aufhören, Pollys Hals zu küssen. Wieder und wieder und wieder. Bis sie den Spieß umdreht. Ihre Lippen streifen mit einem Mal meinen Kehlkopf, was ein so tiefes Stöhnen in mir freisetzt, dass ich vor Verlegenheit lachen muss.

»Entschuldigung, ich … ich bin ein Hals-Typ.«

»Ist mir aufgefallen.« Polly streichelt mir über die Wange und sieht mich auf eine Weise an, die mir vollkommen neu ist. »Was für ein Typ bist du noch?«

Ich will ihr sagen, dass ich alles an ihr mag. Dass jedes Detail von ihr meinen Kopf und mein Herz auf Trab hält. Ich versuche es, aber keines meiner geflüsterten Worte fühlt sich aussagekräftig genug an. Nicht wenn meine Hände es ihr genauso gut zeigen können.

Ich fahre unter ihren Pullover, halte jedoch inne, als sie zusammenzuckt. Ich kenne dieses Zucken. Es ist die gelernte Angst, jemand könnte von unserem Aussehen enttäuscht sein. Dabei könnte nichts an Polly mich enttäuschen. Alles ist bloß noch schöner, als ich es mir vorgestellt habe.

Ich dränge mich näher an sie, beweise ihr, wie sehr ich sie will. Und dann ... fällt einfach alles von uns ab. Polly fährt meinen Oberkörper hinab bis zum Bund meiner Sweatpants, legt ihre Hand über dem Stoff um mich und beginnt, mich zu streicheln.

Oh fuck ... Ein Teil von mir will diese Worte stöhnen. Heraus kommt allerdings nur ein kehliger Laut. Gott, ich brauche mehr. Mehr Haut. Mehr *Polly*. Ich reiße ihr das Shirt über den Kopf. Küsse ihren Hals, ihr Schlüsselbein, ihre harten Nippel durch den BH. *Fuuuck.*

»Ich habe keine Kondome.« Pollys Stimme reißt mich aus meinem Rausch. Ich blicke irritiert zu ihr auf, vollkommen überwältigt von der Verheißung, die ihr Wunsch nach Kondomen mit sich bringt. Doch als ich ihren Gesichtsausdruck sehe, muss ich trotz meiner Begierde lachen. Polly ist sonst immer so gut vorbereitet, dass sie über dieses Versäumnis fast ein wenig panisch wirkt.

»Na, dann musst du wohl so vorgehen, wie man es in jeder guten WG tut.«

Sie setzt sich auf. »Und das wäre?«

Mit einem Schmunzeln recke ich das Kinn in Richtung Nachttisch. »Du klaust welche aus dem Zimmer deines Mitbewohners.«

»Puh! Gut zu wissen.« Ein selbstsicheres Lächeln breitet sich auf ihren Lippen aus. »Für all die nächsten Male.« Da ist sie ja wieder, meine Polly. Und ihr Lachen ist wie immer das größte Geschenk.

Plötzlich verändert sich nicht nur unsere Stimmung, sondern auch unser Rhythmus. Wir ziehen uns im gleichen Tempo die Jogginghosen aus, berühren uns über der Unterwäsche, reizen einander so sehr, dass auch der letzte Stoff feucht und eng und überflüssig wird. Unser Stöhnen verfällt in eine Art Melodie, die auch nicht von der Decke gedämpft wird, die Polly über uns ausbreitet. Ich komme nur noch einmal aus dem Takt. Und zwar, als Polly quälend langsam über meinen unteren Bauch streichelt. Unsicherheit will sich in mir breitmachen. Als ihre Finger sich jedoch einen Weg in meine Boxershorts suchen und mich erstmals ungeschützt umfassen, gewinnt die Lust. Nichts ist mehr zwischen uns.

»Oh Gott.« Ich keuche in ihren Mund. Ersticke meinen Ausruf mit einem Kuss, der immer intensiver und schneller wird, weil auch Pollys Hand immer intensiver und schneller wird. Es kostet mich jegliche Beherrschung, sie nicht einfach weitermachen zu lassen. Aber ich will nicht in ihre Hand kommen. Ich will ihr mehr geben als das.

Ich bringe sie zum Stoppen und Polly versteht. Sie fischt ein Kondom aus der Schublade, doch vorher muss ich ... Ich ziehe ihre Unterwäsche nach unten und beginne, sie zu streicheln. Dort, genau dort, wo ich gleich in ihr sein werde. Ich in ihr, sie um mich, wir ... zusammen. *Oh Shit!*

Sie fühlt sich so unfassbar gut an. Warm und feucht, geschmeidig und fest. Ihre Schenkel zucken zum Kreisen meiner Finger, ihre Mitte bäumt sich auf, rollt sich gegen meine Handfläche wie eine Katze, die die Berührung genießt. Ihr Keuchen wird zu meinem Grinsen und schließlich zu unserem Stöhnen. Das hier ist perfekt. Das hier ist richtig.

Ich halte für einen Moment inne. Gerade lange genug, um mir mit zittrigen Fingern das Kondom überzuziehen. Ich weiß nicht, ob das Zittern meiner Nervosität geschuldet ist, meiner Vorfreude oder meiner Erregung. Die Wahrheit liegt vermutlich irgendwo in der Schnittmenge dieser drei Emotionen. Im Venn-Diagramm meiner positiven Gefühle ist Polly schon lange der Punkt, der alles miteinander verbindet. Aus diesem Grund war es so leicht, mit ihr zusammenzuleben. Aus diesem Grund habe ich mich bei ihr immer ein bisschen mehr wie ich selbst gefühlt. Aus diesem Grund war lachen mit ihr stets ein wenig leichter als mit jeder anderen Person auf dieser Welt.

»Okay?«

Polly nickt. In ihren halb geschlossenen Augen liegt ein lustvolles Funkeln. Eine Begierde, die aufleuchtet und in einem bunten, tonlosen Feuerwerk explodiert, als ich in sie eindringe und mich in ihr zu bewegen beginne.

Ich dachte, es wäre der größte Gewinn, sie zum Lachen zu bringen. Oh Gott, wie falsch ich lag. Denn das hier – dieser Ausdruck auf ihrem Gesicht, während ich auf diese Weise mit ihr zusammen sein darf –, das ist der Hauptgewinn.

»Was zum Teufel *ist* das?«

»Entschuldigung?« Ich blicke gespielt empört in den Cappuccino, mit dem ich Polly gerade aufwecken wollte. Doch während ich in Boxershorts frierend an der Kaffeemaschine gestanden habe, ist sie bereits aufgewacht und hat die gesamte Decke an sich gerissen. »So wird das jetzt also? Jetzt, wo Rummachen mehr als nur eine Option ist?«

Ich lege mich ins Bett neben sie, küsse ihre Schläfe, sauge ihren Duft und den der zurückliegenden Nacht ein.

Sie schenkt mir einen schiefen Seitenblick. »Ich meine: Was ist das da oben drauf?«

»Sei mal nicht so frech, das ist ein astreines Latte-Art-Herz!«

»AUF dem Herz, Jonas.«

»Das ist so ein komischer Weihnachtssirup. Für die Stimmung, dachte ich.«

»Weihnachtssirup?« Polly schielt in die Tasse und dann sehr unverhohlen über meinen nackten Bauch in mein Gesicht. »Wer bist du und was hast du mit meinem Kaffee-Snob von einem Mitbewohner gemacht?«

»Die Frage ist wohl eher«, ich beobachte fasziniert und begierig, wie der Milchschaum beim Trinken ihre Lippen benetzt. »Was hast *du* mit deinem Mitbewohner gemacht?«

Polly lächelt verlegen. Pollyschmolly, verlegen. Ich fasse es nicht.

»Ich muss leider gleich zu meiner Lerngruppe«, erkläre ich wehmütig und krieche noch ein letztes Mal zu ihr unter die Decke. »Ich will nicht. Aber ich hab vor Weihnachten die Notizen einer Kommilitonin eingesteckt.«

»Ich lasse dich gehen.« Polly nickt gönnerhaft. »Betrachte es als mein verspätetes Weihnachtsgeschenk.«

»Oh ... und ich dachte, das hätte ich gestern Nacht gekriegt?«

»Ach das ... nein ... das war nur eine normale Gefälligkeit unter Mitbewohnern.«

»Soso«, ich küsse mich langsam von ihrer Nasenspitze zu dem Schaum auf ihrer Oberlippe. »Ich finde, wir sind verdammt gute Mitbewohner.«

»Ja.« Polly tut so, als müsse sie erst abwägen. »Ja, schon.«

Ich lache. Es ist das leichte Lachen. Das, das sich nie wie eine Lüge anfühlt.

»Bis heute Abend.«

»Okay. Ich bin zu Hause.«

Zu Hause.

Ich muss schmunzeln. Denn das ist sie wirklich. Sie ist mein Zuhause. Und meine schönste Bescherung. Mein Weihnachten und mein Silvesterfeuerwerk.

ALEXANDRA FLINT

Kein Leuchten zu hell

Die Sache mit den Bescherungen

Elisa

25. Dezember

»Eine Runde heiße Schokolade mit extra viel Sahne und selbst gemachtem Lebkuchensirup«, verkündete Lou in ihrem hellen Singsang und stellte das runde Rentiertablett schwungvoll in unsere Mitte.

Wir hatten es uns im Wohnzimmer von Idas Familie gemütlich gemacht – zwischen unzähligen Decken und Kissen. Im Kamin knisterte ein helles Feuer, alles war in den goldenen Schein des überdimensionalen Weihnachtsbaums und der unzähligen kleinen Lampen gehüllt und im Hintergrund lief leise Christmas Rock Volume *Drölftausend*. Ein bisschen war es so, als wären wir in der Zeit zurückgereist. Früher war es Tradition gewesen, den ersten Weihnachtstag reihum bei einer *E.M.I.L.*-Familie zu verbringen. Mit allen zusammen, Geschwistern, Eltern, Großeltern, das ganze Programm, inklusive mehr Essen, als eine Rugby-Mannschaft verschlingen konnte. Und natürlich Geschenken. Nach diesem Jahr wieder gemeinsam Weihnachten zu feiern, fühlte sich wie damals an und gleichzeitig war es etwas vollkommen Neues. Schöner, voller, bunter.

Denn wir waren nicht mehr nur vier Freundinnen, sondern

seit dem Sommer zu fünft, eben *E.M.I.L.*[2]: Elisa (aka ich), Malia, Ida, Leni und Lou.

Leni hatte im Frühjahr für ordentlich Trubel gesorgt, denn ihre alte Liebe Raffael Nielsen war nach fünf Jahren zurück auf die Insel gekommen, um das Familienhotel zu übernehmen. Da war Herzschmerz natürlich vorprogrammiert gewesen, aber letztlich hatten Leni und Rafe wieder zueinandergefunden.

Lou war im Sommer dazugestoßen, als sie ihre Schwester hier besucht hatte, und im Herbst dann mit Idas Bruder Kai für eine Kooperation auf Reisen gegangen. Die beiden waren Travelinfluencer – ja, so etwas gab es wirklich – und hatten auf der Tour irgendwie auch die Liebe gefunden.

Malia pendelte seit dem Sommer zwischen Sylt und München hin und her, wo sie nun Tiermedizin studierte und damit ihrer großen Leidenschaft folgte.

Ida war unser Wissenschaftsgenie und hatte von Anfang an gewusst, dass ihr Herz für Biologie und Chemie schlug. Und für ihre manchmal sehr chaotische Großfamilie, weshalb Idas Wahl auf eine Uni in Hamburg gefallen war.

Und dann gab es da noch mich: Nachdem ich in Australien mein Medizinstudium an die Wand gefahren hatte, war ich zurück nach Sylt gezogen und … direkt Jonah Falk in die Arme gelaufen. Seinerzeit inselbekannter Bad Boy und mittlerweile Kitesurf-Lehrer – ohne den ich mir mein Leben nicht mehr ausmalen konnte. Oder wollte.

So ereignisreich dieses Jahr auch gewesen war, es hatte uns schließlich alle hierhergebracht. Gemeinsam zusammen bei Idas Großfamilie, weil sie schlichtweg den meisten Platz in ihrem Zuhause bot. Für alle Freunde, unsere Familien und für Lenis Hund, der zwischen den mittlerweile ausgepackten

Geschenken in dem Weihnachtswunderland lag, das wir in den letzten Tagen in diese vier Wände gebracht hatten. Bei dem Gedanken an unsere Schmückaktion musste ich breit grinsen. Rafe, Jonah und Kai hatten direkt Reißaus genommen, als wir die Kisten angeschleppt hatten. Nur Rafes Cousin Noel war sofort *all in* gewesen. Aber Noel war auch einfach cool.

»Das duftet himmlisch.« Lenis Augen wurden tellergroß, ehe sie auf der Decken-Kissen-Wolke näher an die Schoki rutschte, als würde sie wie magisch von dem Zuckerschock angezogen werden. »Bis eben war ich mir sicher, es würde nach der Essenseskalation nichts mehr reinpassen, aber jetzt …«

Ich prustete leise und nahm dankend eine der bunten Tassen entgegen. »Das sind zwei Paar Schuhe: ein Magen für das Normale und der andere für Nachtisch.«

»Ganz richtig und wir sollten auf Elisas Worte hören, schließlich hat sie Medizin studiert und – *au!*« Ida rieb sich über die Stelle, an der ich ihr einen leichten Klaps gegen den Arm gegeben hatte. »Was denn?«

»Das waren nicht mal zwei Semester.«

»Medizin hin oder her, wir werden hier heute ohnehin alle rausrollen und dabei haben wir den Gebäck- und Plätzchengang noch nicht einmal erreicht«, meinte Malia und bedachte uns der Reihe nach mit einem bedeutungsschweren Blick. Als wäre das eine gesetzte Tatsache, an der es nichts mehr zu rütteln gab. Wo sie auch irgendwo recht hatte. Lenis Großmutter Edda, der das Leuchtturmcafé *Flaschenpost* gehörte, hatte mit ihrer Enkelin eine wahre Keks-Schlacht veranstaltet und das Ergebnis wartete in Form von mehreren Dosen und Etageren in der Küche. »Denkt an meine Worte.«

Mit einem gespielt ernsten Nicken stimmte ihr Leni zu und griff ihrerseits nach einem der Becher, auf dem zwei Schneemänner in Tutus tanzten – woher hatte Idas Familie nur immer dieses Zeug? »Darauf sollten wir anstoßen: aufs weihnachtliche Rausrollen!«

Lachend hoben wir unsere heißen Schokoladen und wiederholten: »Aufs weihnachtliche Rausrollen!«

Unsere Tassen stießen aneinander, genau in der Sekunde, in der sich eine eiskalte Hand in meinen Nacken legte. Mit einem unterdrückten Fluch drehte ich mich um – schaffte es dabei irgendwie, die Schokolade nicht auf meinem dunkelgrünen Tweedkleid zu verschütten – und funkelte Jonah an. Jonah Falk, der in seiner schwarzen Anzughose und dem gleichfarbigen Hemd viel zu gut aussah. Jonah Falk, der ein verdammt großes Herz aus Gold besaß. Und Jonah Falk, der mir sein schiefes Halblächeln schenkte, das meine Knie zuverlässig in Pudding verwandelte.

»Will ich wissen, was es damit auf sich hat?«, raunte er, als er sich zu mir herunterbeugte und mir einen Kuss direkt auf die Lippen gab. Keinen kurzen, flüchtigen, weil das schlichtweg nicht zu ihm passte, sondern einen echten Jonah-Kuss. Hitze rauschte wie eine Welle durch meinen Körper und für einen Moment vergaß ich beinahe, wo wir waren.

»Ich habe schon lange aufgehört, beim Hexenzirkel irgendetwas zu hinterfragen«, erwiderte Rafe, der neben Jonah getreten war, Leni einen Kuss auf die Haare hauchte und sich dann die Hände rieb. »Es ist wirklich verflucht kalt da draußen. Nächstes Mal lasse ich mich nicht von deinem Pa dazu überreden, Holz zu hacken, Kai. Schon gar nicht, wenn er danebensteht und seinen Senf dazugibt.«

»Ich finde, du hast eine gute Figur gemacht.« Kai, der

hinter Rafe erschienen war, fuhr sich grinsend durch die dunklen Haare, ehe er sich neben Lou setzte.

Mit einer Mischung aus Schnauben und Lachen richtete sich Jonah wieder auf und verschränkte locker die Arme vor der Brust. »Die Krönung des Ganzen war eigentlich Noel in seinem Olaf-und-Sven-Weihnachtspulli. Woher hat er dieses schräge Ding überhaupt?«

»Dieses *schräge Ding* habe ich ihm geschenkt. Hast du ein Problem damit, Falk?« Herausfordernd hob Ida eine Braue und funkelte Jonah über den Rand ihrer heißen Schokolade hinweg an. In diesem Augenblick wirkte sie beinahe wirklich wie eine Hexe, die sich schon den passenden Fluch für meinen Freund überlegte.

Jonah zuckte lässig mit der Schulter. »Nicht mehr als sonst.«

»Ookaay.« Leni zog das Wort in die Länge und stellte ihren Becher zur Seite. »Ich weiß, wie gern ihr euch liebevoll in die Wolle bekommt, aber –«

Irritiert runzelte Lou die Stirn. »Wie kann man sich denn liebevoll in die Wolle bekommen?«

»Das ist eine andere Geschichte«, antwortete Leni, ehe sie zurück zu ihrem eigentlichen Punkt fand. »Aber ich fürchte, das muss warten. Wir sollten den Moment, wo wir alle zusammensitzen und die Erwachsenen mit werweißwas in der Küche beschäftigt sind –«

»Also, theoretisch gesehen sind wir auch erwachsen«, gab ich zu bedenken.

»Himmel, ihr macht mich echt fertig.« Leni seufzte schwer und lehnte sich kopfschüttelnd an Rafe, der nun auf einem Sternkissen neben ihr saß. Ich sah das Funkeln in ihren ozeangrauen Augen dennoch. »Was ich ursprünglich hatte anbringen wollen: die Hochzeit.«

Als hätte dieses eine Stichwort eine ganze Flut losgetreten, ging sofort das Gebrabbel los.

»… das Kleid wird der Wahnsinn!«

»… das Catering hat mir die Bestätigung …«

»… und die Blumen …«

Blicke wurden ausgetauscht, alte Diskussionen hochgeholt, von denen man eigentlich gedacht hatte, sie wären längst durch, und wild gestikuliert, während sich pure Aufregung und Vorfreude mit den Klängen von *All I Want For Christmas* in der Luft vermischten.

Lenis Oma Edda und Ole, ein pensionierter Seemann, hatten sich im Sommer nach einer Ewigkeit endlich ihre Gefühle füreinander eingestanden – was ein kleiner Kampf gewesen war – und sich dann verlobt. Tja, und genau da standen wir jetzt: bei der Planung dieser doch relativ spontanen Hochzeit, die an Silvester im Café *Flaschenpost* stattfinden sollte.

In diesem Moment nahm Jonah die Finger zwischen die Lippen und beendete mit einem hohen Pfiff das Durcheinander. Nur Mariah Carey dudelte fröhlich weiter vor sich hin.

»Danke, Jonah.« Leni pustete sich eine lose Strähne aus der Stirn. »Sonst kommen wir ja nie weiter.«

»Auf die Gefahr hin, dass das eine dämliche Frage ist, aber: wobei?« Fragend sah ich meine beste Freundin an und zog die Beine in den Schneidersitz. »Soweit ich das richtig verstanden habe, steht alles. Wir sind perfekt im Zeitplan und haben jedes Detail geplant und vorbereitet. Die Hochzeit von Edda und Ole kann kommen.«

Malia und Ida stimmten mir zu, dann fügte Lou an: »Außerdem ist es bis zum großen Tag noch eine ganze Woche. Falls – und das ist ein wirklich dickes, fettes Falls – etwas schiefgehen sollte, haben wir genügend Zeit, um eine Lösung zu finden. Aber es wird nichts schiefgehen, weil *wir* das Ganze in die Hand genommen haben.«

»Amen«, murmelte Ida an ihrem Becher.

Leni kräuselte die Lippen. »Ich weiß, ich weiß. Es ist nur … es soll eben alles passen. Ich wünsche mir für Oma und Ole eine unvergessliche Feier, den schönsten Tag überhaupt und …«

»Hey«, ich rutschte an die andere Seite von Leni und nahm ihre kühlen Finger in meine freie Hand. »Diese Hochzeit wird unvergesslich und wunderschön und großartig. Alles auf einmal. Du kannst auf uns zählen, Leni. In jeder Hinsicht.«

»Auf jeden Fall«, bekräftigte Malia und kam ebenfalls näher. Langsam, aber sicher wurde es zusammen mit den Jungs echt kuschelig auf der Decke.

»Danke. Ich bin wirklich froh, euch zu haben, und natürlich werden wir das wuppen. Eigentlich sind die Bedenken auch totaler Möwenschiet, denn bloß, weil jetzt alles perfekt im Leuchtturm vorbereitet ist, heißt das im Umkehrschluss nicht, dass noch ein Unglück passieren muss.«

Ich drückte ihre Finger und hob einen Mundwinkel. »Eben.«

»Außerdem«, meinte Kai und legte ein paar Holzscheite nach, »haben wir uns nach diesem turbulenten Jahr auch eine Feier verdient, bei der einfach mal alles nach Plan läuft.«

»Von welchen Turbulenzen sprichst du da genau?«, erkundigte sich Lou mit bühnenreifer Unschuldsmiene und machte etwas Platz, sodass sich Kai wieder neben sie setzen konnte. »War doch ein total ruhiges Jahr auf unserer schönen, beschaulichen Insel.«

Jonah schnaubte, was er mehr schlecht als recht mit einem Hüsteln kaschierte. »Sylt ist per Definition nicht ruhig.«

»Ich fand das Jahr großartig.« Ihr ganz persönliches Leuchten auf den Zügen kuschelte sich Leni mit dem Rücken an Rafe, der seine Arme um sie schloss und den Kopf auf ihren Scheitel legte. Die beiden waren definitiv der ultimative Zuckerschock, da kam selbst Lous Sirup nicht dran. »Wir haben neue Freundschaften geschlossen, uns verliebt, irgendwie unseren Weg gefunden und kleine und große Krisen gemeinsam gemeistert.«

»Nicht zu vergessen: den verlorenen Hotelerben zurückgeholt, den Insel-Bad-Boy gezähmt und den Kopf meines Travelinfluencer-Bruders zurechtgerückt. Nicht schlecht für ein Jahr.« Ida hatte kaum die letzte Silbe über die Lippen gebracht, da flogen auch schon drei Kissen in ihre Richtung.

»Der ganz alltägliche Kindergarten, wie schön«, kommentierte ich schmunzelnd und sprang quietschend auf, als Jonah mir daraufhin in die Seiten pikte. Prompt stieß ich dabei gegen Rafes Cousin Noel, der gerade ins Wohnzimmer kam und mich geistesgegenwärtig davor bewahrte, auf der beleuchteten Miniatur-Winterwunderlandschaft zu landen.

»Wow, kleiner Wirbelwind. Immer mit der Ruhe. Es hat lange genug gedauert, die dreiundfünfzig Lichterketten richtig zu drapieren. Von den knapp dreihundert anderen Dekoartikeln hier drin fange ich gar nicht erst an.«

»Die du selbstverständlich vorher alle katalogisiert hast – inklusive Fotos«, foppte Ida und schob das Kinn ein Stück nach vorne.

»Du bist doch nur neidisch auf meine Strukturierungskünste.«

»Ganz sicher nicht.« Abwehrend hob meine Freundin die Hände und schüttelte den Kopf. »Nicht in einhundert Jahren.«

Belustigt sah ich zwischen den beiden hin und her und bemerkte erst jetzt die steile Falte oberhalb von Noels Nasenwurzel, die vorhin beim Essen noch nicht da gewesen war. Und die sicher nicht von Idas Bemerkungen kam. »Alles okay?«

Noels grüne Augen richteten sich auf mich, während sich die Furche merklich vertiefte. »Eigentlich wollte ich noch bis nach den Plätzchen warten, aber dir kann man ohnehin nichts vormachen mit deinem Spinnensinn.«

»Raus damit, Noel«, hakte Raffael nach. »Ich kenne diesen Ausdruck – was ist los?«

»Leute, ihr macht mich echt nervös.« Lenis Worte waren nicht mehr als ein Murmeln, das vibrierend in der Luft hing. Zwischen dem Knistern des Kamins und dem Duft von heißer Schokolade. Zwischen angespannten Blicken und Michael Bublé, der sich gerade die Seele aus dem Leib sang.

»Also«, setzte Noel an und fuhr sich mit Sieben-Tage-Regenwetter-Gesicht über den Nacken, ehe er die Bombe des Abends platzen ließ:

»Die Hochzeit kann nicht in der *Flaschenpost* stattfinden.«

»Wie bitte?« Leni.

»Fuck.« Jonah.

»Jonah!« Ich.

»Willst du mich verarschen?« Ida.

»Ach du Kacke.« Lou.

»Nicht dein Ernst!« Rafe.

»Scheiße.« Malia.

»Was ist passiert?« Kai.

Und das alles gleichzeitig.

Was für eine Bescherung.

Von Schnee und anderen Katastrophen

Lou

26. Dezember

»Okay, halten wir noch mal fest: Edda und Ole haben keinen blassen Schimmer, dass die *Flaschenpost* als Location wortwörtlich ins Wasser gefallen ist.« Ich tippte mit dem langen Lineal auf den entsprechenden Punkt, den Ida zuvor in ihrer schönsten Krakelschrift auf das Flipchart gemalt hatte. Nach der Hiobsbotschaft gestern auf der Familienfeier hatten wir uns direkt für eine Krisensitzung am nächsten Tag in Elisas Wohnung im Hotel *Meeresrauschen* entschieden. Das Flipchart dabei war Noels Idee gewesen, der uns das Ding kurzerhand aus einem der Konferenzräume besorgt hatte, bevor er mit den Jungs zum Leuchtturm gefahren war.

Leni verzog gequält das Gesicht. »Ich finde es immer noch schrecklich, dass wir sie darüber im Unklaren lassen. Schließlich ist das ihre Hochzeit und die beiden hatten sich unglaublich drauf gefreut, im Festsaal des Leuchtturms zu feiern. Fühlt sich so an, als würden wir sie belügen.«

Mitfühlend legte Elisa ihr einen Arm um die Schultern und rutschte näher an sie heran. »Wir ersparen Ole und Edda so nur unnötigen Stress und lassen ihnen die Vorfreude. Und nur weil die *Flaschenpost* vom Tisch ist, heißt das nicht, dass wir nicht noch etwas viel Besseres auf die Beine stellen können.«

»Das ist der Spirit, den ich sehen will!« Malia reckte beide Daumen in die Höhe und richtete sich im Sitzsack ein wenig auf – so gut das eben auf dem monströsen lila Teil möglich war. »Außerdem ist unser neuer Plan schon jetzt ein wahres Prachtstück.«

Geschlossen sahen Leni, Ida, Elisa und ich zu Malia, die daraufhin nur mit den Schultern zuckte und nach der Dose mit den übrig gebliebenen Plätzchen von Weihnachten griff. Einige Stunden saßen wir nun schon hier und hatten zwar ein paar Alternativen zusammengebracht, aber diese ein *Prachtstück* zu nennen, so weit würde ich nicht gehen. Ganz zu schweigen davon, dass wir unter Zeitdruck standen. Und noch immer unserer alten Location nachhingen, die nun unter Wasser beziehungsweise Schneematsch stand. Das alte Dach der *Flaschenposthalle* – dem großen Gebäude, das sich direkt an den Leuchtturm anschloss und bereits für die Hochzeit vorbereitet gewesen war – hatte unter den unerwarteten Schneemassen nachgegeben, die Sylt in ein weißes Winterwunderland verwandelt hatten. An sich war kein großer Schaden entstanden und die Reparaturen würden schon in Kürze beginnen, trotzdem war eine Hochzeitsfeier unter diesen Bedingungen dort undenkbar.

Und das brachte uns direkt zu unserem Masterplan aka Prachtstück, den wir gerade perfektionierten. Theoretisch gesehen.

»Die Feier müssen wir zwar ins *Meeresrauschen* verlegen, aber die Trauung kann noch immer in kleinster Runde oben auf der *Flaschenpost* abgehalten werden. So wie Edda und Ole sich das gewünscht haben – das ist ihnen doch am wichtigsten, richtig?«, brachte ich uns zurück zum eigentlichen Thema. Und dem Flipchart.

Nachdenklich fuhr sich Leni über das Gesicht und legte die Arme um eines ihrer angezogenen Knie. »Schon, aber was ist mit der ganzen neuen Dekoration? Wie und vor allem wo sollen wir die in so kurzer Zeit auftreiben? Die Sachen aus der Festhalle sind nämlich hin.«

Ich legte das Lineal zur Seite und fasste meine roten Locken zu einem unordentlichen Knoten zusammen. »Kai und ich müssen morgen ohnehin noch aufs Festland, weil er den Tag drauf früh in Hamburg ein Interview für einen Radiosender hat. Da können wir gleich einen Großeinkauf machen.«

»Kai wird dir den Hals umdrehen, wenn du ihn noch mal in dieses Party-Geschäft schleppst.« Idas Lippen verzogen sich zu diesem ganz speziellen süffisanten Grinsen, das nur echte Geschwisterhassliebe hervorlocken konnte.

»*Kai* muss davon jetzt ja noch nichts wissen«, entgegnete ich und griff nach dem Marker. »Wir besorgen also die Deko. Ansonsten steht übermorgen wie geplant die finale Kleidanprobe an. Leni, Elisa, Mathilda und Jonahs Schwester holen Edda dafür vormittags bei Ole unten in Rantum ab, um mit ihr nach Westerland zum Brautausstatter zu fahren. Die Jungs – außer Kai - machen dasselbe mit Ole. Ida und Malia, ihr besorgt mit Noel die ersten Pflanzen und richtet den Saal hier im Hotel grob her. Habe ich irgendetwas vergessen?« Aufmerksam schaute ich meine Freundinnen der Reihe nach an und biss mir dabei auf die Unterlippe, um ein schiefes Lächeln zurückzuhalten. Vor zwei Monaten hatte ich noch unglücklich in Konstanz gesessen und mir den Kopf über mein Ingenieursstudium zerbrochen und jetzt war ich hier. Auf

Sylt als Vollzeit-Travelbloggerin, mit dem charmantesten Travelinfluencer an meiner Seite, und rettete innerhalb von sieben Tagen eine Hochzeit … Total verrückt. Auf die gute Art.

Lenis Hand schoss verzögert in die Höhe.

»Äh, ja?« Ein wenig irritiert über die Geste nickte ich ihr zu und erinnerte mich wieder an Elisas Worte darüber, dass Leni eine absolute Musterschülerin war. Schon immer.

»Wie halten wir die schlechten Neuigkeiten von Edda fern? Auf der Insel bleibt nichts lange geheim, und wenn Mathilda davon Wind bekommt …« Mathilda war nicht nur die Großmutter von Ida und Kai, sondern auch Eddas beste Freundin und stand ihr in Sachen Tratsch in nichts nach.

Mit einem zustimmenden Murmeln furchte Ida die Stirn und drehte sich einmal auf dem Schreibtischstuhl. »Es wird schwierig, aber nicht unmöglich. Edda darf ja ohnehin nicht in die *Flaschenpost*, weil das eine Überraschung werden soll, und meine Grams bekommen wir schon irgendwie überzeugt, nichts zu verraten. Sie möchte ja auch nur einen wundervollen Tag für Edda, da wird sie zu einer kleinen Notlüge bestimmt bereit sein.«

»Alles klar. Dann bleiben wir bei dem Plan, richtig?« Noch einmal gab ich den anderen die Chance, Einwände zu bringen, ehe ich das nächste Blatt des Flipcharts aufschlug. »Sobald wir die Deko haben, kümmern wir uns gemeinsam um den Aufbau im *Meeresrauschen*. Parallel sorgen Kai und ich für die Crazy-Cake-Hochzeitstorte.« Neben dem Travelblogging war das Backen ziemlich abgefahrener Kuchen meine zweite große Leidenschaft. Nun einen für Eddas Hochzeit kreieren zu dürfen, war eine große Ehre.

Malia reichte die Plätzchendose an Elisa weiter und meinte dann: »Wir dürfen nicht vergessen, den Gästen den geänderten

Standort mitzuteilen. Und der Caterer muss auch informiert werden.«

Guter Punkt. Ich notierte beides unter der Rubrik *Sehr wichtig* und setzte gleich drei Ausrufezeichen dahinter. Sicher war sicher. »Kannst du das übernehmen, Malia?«

»Mach ich. So gut wie erledigt. Und ich werde gleich dazu eine Geheimhaltungsklausel überbringen, damit sich nicht doch noch jemand gegenüber dem Brautpaar verquatscht.«

Zweifelnd sah Leni sie an. »Und was willst du ihnen androhen?«

»*E.M.I.L.*^{2}*s* gnadenlose und niemals endende Rache.«

Nun konnte ich mein Lachen nicht länger zurückhalten und verschluckte mich dabei prompt an meiner eigenen Spucke. »Dieser Hexenzirkel ist so was von schräg, ganz ehrlich.«

Lenis Zähne blitzten auf, als sie vielsagend mit den Brauen wackelte. »Wie gut, dass du jetzt ein Teil davon bist, Lou.«

Da hast du recht.

28. Dezember

Es war schweinekalt geworden und der Himmel über Hamburg hatte die Farbe eines apokalyptischen Endzeitfilms angenommen. Das waren die ersten beiden Dinge, die mir auffielen, als Kai und ich zwei Tage drauf aus dem Radiosender traten. Dicht gefolgt von dem heftigen Wind, der mir eine Wolke Schnee ins Gesicht pustete und mich beinahe von den Füßen gerissen hätte.

»Schön hiergeblieben«, meinte Kai mit seiner Samtstimme und zog mich vorsichthalber enger an seine Brust.

»Ich hatte nicht vor davonzufliegen.«

»Da wäre ich mir bei dir nicht so sicher.«

Eine weitere Schneeböe schoss uns entgegen und nun blickte auch Kai stirnrunzelnd in den Himmel. »Wir sollten zusehen, dass wir zurück auf die Insel kommen.«

Ich griff nach seiner behandschuhten Hand und kuschelte mich tiefer in meine überdimensionale Teddyfleecejacke. »Ganz deiner Meinung.«

Bibbernd wateten wir durch die Schneemassen, die die Hamburger Innenstadt wie eine Landschaft aus Puderzucker wirken ließen, und ich verfluchte mich ein kleines bisschen dafür, nicht an meine Kamera gedacht zu haben. Die Speicherstadt im Schneemantel mit meinem neuen Teleobjektiv festzuhalten, hätte definitiv zu einem Lieblingsshot werden können.

Dann musst du den Moment wohl in Gedanken abspeichern. Nur für dich. Für euch.

Das ließ mich lächeln. Aus einem Impuls heraus hielt ich Kai mitten auf dem verschneiten Wandrahmsteg an, schlang die Arme um seinen Hals und küsste ihn. Für einen Augenblick schien der eisige Wind zu verstummen, der Schnee alle Geräusche bis auf unseren viel zu schnellen Herzschlag zu schlucken und die Welt einfach so anzuhalten. Und obwohl ich Kai schon unzählige Male geküsst hatte, war ich immer noch überwältigt davon, wie mühelos er und ich – dieses *Wir* – alles auf Pause schalteten. Überwältigt und unbeschreiblich glücklich.

»Wofür war der denn?«, raunte Kai an meinen Lippen und umfasste sanft meine Wange. »Nicht dass du einen Grund benötigst. Du kannst mich so oft überfallen, wie du möchtest, und ich werde immer sofort alles stehen und liegen lassen, lovely Lou.«

»Einfach nur so.« Die Schmetterlinge in meiner Brust drehten ein kleines bisschen durch. »Und ich werde dich definitiv an deine Worte erinnern.«

Seine braunen Augen wurden zu flüssiger Schokolade. »Das brauchst du nicht.«

Wir lösten uns wieder voneinander und erreichten wenig später das Parkhaus. Die Fahrt bis zum Autozugterminal in Niebüll dauerte jedoch deutlich länger als erwartet und ich war einmal mehr froh, dass wir den Deko-Einkauf bereits gestern bei unserer Ankunft in Hamburg erledigt hatten. Die Straßen waren ein einziges Chaos, mehr als Schneckentempo war nicht drin und immer wieder mussten wir anhalten, weil die Sicht so schlecht war.

»Ich mache drei Kreuze, wenn wir in unserer Wohnung sind«, murmelte ich und hielt die Hände an die warme Lüftung unseres Bullis, als wir uns endlich dem Terminal näherten. Es war noch immer unwirklich, das auszusprechen. *Unsere Wohnung.* Genauso unwirklich wie der VW-Bus, den wir vor knapp zwei Wochen gekauft hatten, um ihn für unseren Roadtrip nächstes Jahr auszubauen.

»Also keine zweite Deko-Schlacht mehr? Dabei hatte ich mich so drauf gefreut.«

»Haha.« Ich verpasste Kai einen kleinen Knuff in die Seite und zog im nächsten Moment die Brauen zusammen, als ich den Mitarbeiter des Autozugs in seiner leuchtenden Warnweste entdeckte. »Was macht der denn da?«

Kai stellte das ohnehin leise Radio ganz ab und warf mir einen ratlosen Blick zu, ehe wir gemeinsam verfolgten, wie der Mann von Wagen zu Wagen wanderte. Vor uns standen etwa fünf andere Fahrzeuge, die darauf warteten, auf den Autozug nach Westerland fahren zu dürfen, hinter uns weitere Pkws, die sich irgendwo in den Schneewirbeln verloren.

»Ich weiß, du hast es nicht so mit Omen, aber ich habe ein echt mieses Gefühl im Magen.«

Noch bevor mir Kai hätte antworten können, trat der Bahnmitarbeiter auch schon an unseren Bulli. Sofort ließ Kai das Fenster runter und damit die eiskalte Winterluft ins kuschelige Innere. Ich erschauderte.

»Tut mir leid, aber es wird keine Überfahrt geben.«

»Bitte was?«, kam es mir eine Oktave zu hoch über die Lippen.

Resigniert und ein wenig genervt deutete er nach vorne zu den Gleisen. »Der Schnee hat den Bahnverkehr lahmgelegt. Nicht nur hier bei uns. In ganz Deutschland.«

Ich öffnete und schloss den Mund ein paarmal, dann beugte ich mich weiter in Richtung Kai und offenem Fenster. »Das Wetter ist doch schon seit Tagen so! Und gestern ist der Zug noch gefahren.«

»Gestern hatten wir aber auch noch keinen technischen Zwischenfall, der den Bahnverkehr zwischen Sylt und dem Festland unmöglich macht«, entgegnete der Mann, und auch wenn er mir leidtat, weil er diese Hiobsbotschaft überbringen musste, obwohl er nichts dafür konnte, hätte ich ihm am liebsten den Hals umgedreht.

»*Unmöglich?* Was soll das denn heißen?«

»Lou …«, setzte Kai beruhigend an, doch ich bekam es kaum mit.

»Wir müssen auf die Insel! Meine Quasi-Großmutter

heiratet und wir haben die Deko und … wann geht der nächste Zug?«

Der Kerl hatte die Nerven, mit den Schultern zu zucken. Mit. Den. Schultern. Zu. Zucken. »Offiziell gibt es keine Angabe, aber ehrlich gesagt, würde ich nicht mehr dieses Jahr damit rechnen. Zu viel Schnee. Auf dem Wasser haben sie auch alles gestoppt, is'n ordentliches Sturmchaos da draußen. Einen schönen Tag noch.« Ohne ein weiteres Wort drehte er sich um und lief zum nächsten Wagen.

Vor uns wendeten bereits die ersten Autos und Kai ließ das Fenster wieder hoch. Alles war in Bewegung, nur ich fühlte mich wie erstarrt.

»Das ist eine Katastrophe. Das ist …«, flüsterte ich tonlos und schaute zu Kai, der die Zähne aufeinanderbiss und meinen Blick schweigend erwiderte. »Ohne Verbindung nach Sylt werden wir es nicht zur Hochzeit schaffen.«

(Schnee-)Berge versetzen

Leni

28. Dezember – Vier Stunden zuvor

Rafe strich quälend langsam über meinen nackten Bauch und hauchte mir einen Kuss auf die Schläfe. Seufzend schmiegte ich mich näher an ihn und schloss die Augen. Ich liebte diese Morgen, wenn wir gemeinsam aufwachten, in einem Bett, ganz in unserer kleinen Leni-und-Rafe-Welt. Aus Erfahrung wusste ich, dass das leider viel zu selten vorkam. Mit Rafes Verantwortung und Stellung als Hotelleiter im *Meeresrauschen* – einem echten 24/7-Job – und meiner Ausbildung zur Schiffsbauerin, die mit großen Schritten auf die Abschlussprüfung zulief, blieb uns kaum Zeit zu zweit. Dazu kam all der Wirbel um meine Freundinnen, die Insel und was sonst immer so anstand.

Ganz zu schweigen von der Hochzeit meiner Großmutter, die wir gerade zu retten versuchten.

Der Gedanke wirkte wie ein Kübel Eiswasser und innerhalb eines Sekundenbruchteils war ich hellwach. »Wie spät ist es?« Mit weit aufgerissenen Augen schaute ich zu Rafe, der mich seitlich liegend, den Kopf in die Hand gestützt, beruhigend anlächelte.

»Du hast noch genügend Zeit, Leni. Die Mädels kommen erst in einer halben Stunde.«

»In einer halben Stunde?!« Nun war ich endgültig wach. »Das ist nicht genügend Zeit. Nicht mal annähernd. Ich war bis eben quasi noch in der Tiefschlafphase!«

Um Rafes Lippen zuckte es verdächtig. »Das klang aber gerade ganz anders.«

Meine Wangen standen in Flammen. »Raffael Nielsen …«

Natürlich gab er mir erst gar nicht die Chance, den Satz zu beenden, sondern packte mich stattdessen und hüllte mich noch einmal in einen Kokon aus Rafe und weichen Decken und … *uns*. Lachend vergrub ich das Gesicht an seiner warmen Haut, sog seinen Geruch ein. Seine Nähe. Himmel, dieser Mann brachte mich noch um den Verstand.

Irgendwie schaffte ich es dann doch aus dem Bett und von dort ins Bad, allerdings nicht ohne ein paar weitere Küsse, die wir uns gegenseitig stahlen. Man musste es mir hoch anrechnen, wie ich fand, dass ich es ein paar Minuten später tatsächlich pünktlich – und halbwegs anständig angezogen – in die Lobby schaffte, wo Elisa, Jonahs kleine Schwester Hannah und Mathilda schon auf mich warteten.

»Will ich wissen, woher das Glühen auf deinen Wangen kommt?«, flüsterte Elisa, als wir nach draußen in den kalten Dezember traten und Rafes Porsche SUV ansteuerten, den ich mir in letzter Zeit immer mal wieder borgte.

Wenn überhaupt möglich, wurde mein Gesicht noch heißer, trotzdem erwiderte ich in demselben vielsagenden Tonfall: »Vermutlich hat es denselben Ursprung wie der Knutschfleck an deinem Hals.«

Elisa fasste sich ertappt an besagte Stelle. »Sieht man den sehr?«

»Nicht so doll wie Jonahs Gegenstück dazu«, gab Hannah an meiner Stelle zurück, die bis jetzt neben Mathilda gelaufen war und sich nun zu uns umdrehte. Ganz offensichtlich hatte sie jedes einzelne Wort mitbekommen.

Dieses Mädchen. Obwohl Hannah mit ihren vierzehn Jahren deutlich jünger war als wir, gehörte sie mittlerweile fest zu uns – und spielte mit ihrer Schlagfertigkeit problemlos in Idas Liga.

Elisa und ich tauschten einen raschen Blick, dann streckten wir Hannah unisono die Zunge raus. Schön, dass sich manche Dinge nie änderten – und unsere Freundschaft, mit all ihren Facetten, gehörte dazu.

»Ich finde es toll, dass ihr die Rettungsaktion in die Hände genommen habt«, ließ uns Mathilda wissen, als wir im Auto saßen und sie auf dem Beifahrersitz Platz genommen hatte. »Eddi wird sich mächtig freuen.«

»Das muss aber unter uns bleiben«, erinnerte ich Idas Großmutter an unsere Abmachung und lenkte den Porsche vom Hotelparkplatz. »Kein Wort über unsere Überraschungsänderung zu meiner Oma.«

Mathildas Augen begannen zu funkeln, dann überkreuzte sie beide Zeige- und Mittelfinger. Ida hatte anscheinend ganze Arbeit geleistet. »Großes Inselehrenwort.«

Auf den Straßen Sylts war nun, da die Weihnachtsfeiertage vorbei waren, wieder deutlich mehr los, wobei das Schneechaos zusätzlich alles verlangsamte. Ich konnte mich nur an einige wenige Jahre erinnern, in denen wir überhaupt einen weißen Winter auf der Insel gehabt hatten. Aber diese Massen an Schnee … Ein außergewöhnlicher Abschluss für ein außergewöhnliches Jahr.

Die Fahrt runter nach Rantum verlief glücklicherweise ohne größere Komplikationen, sodass wir Edda ein paar Minuten später bereits aufgegabelt hatten und wieder auf dem Weg nach Westerland waren. Besser gesagt in den Brautmodenladen, der ein wenig außerhalb des Zentrums lag.

»Das ist vielleicht ein Wetter«, meinte Edda, die auf der Rückbank zwischen Elisa und Hannah saß und dort mehr als zufrieden schien. »Tilda, kannst du dich daran erinnern, hier jemals einen solchen Schneewahnsinn erlebt zu haben?«

»Väterchen Frost hat es dieses Mal gut mit uns gemeint, was?« Mathilda lachte leise und schüttelte dann ungläubig den Kopf. »Aber passen tut es ja, wenn ich da an Ole denke.«

»Oh, warum? Gibt es da eine Geschichte?« Neugierig beugte sich Hannah näher zu den beiden älteren Damen.

»Die gibt es allerdings, *Litj-en.*« Schmunzelnd tätschelte meine Großmutter Hannahs Knie und wechselte dann einen dieser gedankenvollen Blicke mit ihrer besten Freundin. Einen der Sorte, hinter dem sich eine ganze Welt verbarg.

Und der selbst die sonst so geduldige Elisa aus ihrer Reserve lockte. »Jetzt macht es nicht so spannend, ihr beiden.«

»Nun«, setzte Mathilda an und spitzte die roséfarbenen Lippen, »Ole war nicht immer ein Seebär, nicht wahr, Eddi?«

Ich schaute im Rückspiegel nach meiner Oma, um ihre Miene lesen zu können. Doch bis auf ein undurchsichtiges Lächeln, das der Mona Lisa Konkurrenz hätte machen können, war da nichts. An meiner Großmutter war eine knallharte Pokerspielerin verloren gegangen, keine Frage.

Schmunzelnd setzte ich den Blinker, als Edda hörbar einatmete und endlich mit ihrer geheimnisvollen Aura brach. »Ich meine, schon mal erzählt zu haben, dass Ole und ich uns vor langer, langer Zeit an einem Silvesterabend kennengelernt haben.«

»Und was für ein legendärer Abend das war!«, warf Mathilda mit einem leisen Lachen ein.

Elisa nickte mit nachdenklich gerunzelter Stirn. »Deswegen auch die Trauung am 31.?«

»Genau. Aber ich habe nie verraten, *wo* wir uns das erste Mal begegnet sind. Das war nämlich nicht auf Sylt, sondern in den Bergen. Besser gesagt auf einer Skihütte.«

Überrascht sah ich kurz zu Elisa und Hannah, als wir an einer roten Ampel zum Stehen kamen. »Berge? Du und Ole?«

Oma Edda nickte langsam. »Ich hatte meinen Mann, deinen Großvater, Leni, damals vor knapp zwei Jahren verloren und brauchte eine kleine Auszeit. Und meine beste Freundin Mathilda hat in dieser Zeit ihre Weiterbildung zur Konditorin in einem sehr noblen Hotel namens *Mont Lacroix* in den Alpen gemacht. Also habe ich sie besucht und bin durch einen glücklichen Umstand nach einem Tag auf der Piste in ebenjener Hütte gelandet, in der ein seinerzeit sehr gefragter junger Skifahrer seinen Sieg feierte.«

»Das … Ole war Skifahrer? *Holy Crap!*« Wie immer, wenn irgendetwas Elisa aufwühlte, kam ihr Aussie-Slang ans Tageslicht. »Unser Seebär Ole in den Bergen auf Ski?«

»Mhm … Sein Vater war aus Österreich und hat sich auf Sylt verliebt. Doch die Beziehung hielt nicht und Ole ist mit ihm nach Österreich, wo er seine Jugend in den Bergen verbracht hat. Und mit dem Skifahren. Ihm stand eine große Karriere bevor, zumindest munkelte man das im Süden«, nickte Oma Edda. »Aber dann ist es im Leben doch ganz anders gekommen.«

»Weil er dir begegnet ist?« Hannah gab ein lang gezogenes *Awww* von sich. »Das ist unfassbar romantisch!«

Mathilda und Edda kicherten wie Schulmädchen und

erinnerten mich dabei sehr an meine Mädels und mich. Nicht zum ersten Mal wünschte ich mir, dass wir in ihrem Alter genauso sein würden. Bis oben voller Geheimnisse, Erlebnisse und Erinnerungen, die wir miteinander teilten.

»Wir stellten bei einer heißen Schokolade mit Schuss fest, dass wir beide von der Nordsee kommen, Ole von Amrum, ich von Sylt, und sprachen die ganze Nacht. Er forderte mich mehrmals zum Tanz auf und … dann haben wir die ganze Nacht geredet. Am Ende waren wir beide ganz heiser von all den Gedanken, die wir ausgetauscht haben.« Ein schwärmerisches Leuchten flog über die Züge meiner Großmutter und brach ihre rau-liebevolle Schale für den Moment auf. »Unsere Leidenschaft für die See, die salzige Luft, hat uns auf Anhieb verbunden und ein paar Monate später ist er ans Meer zurückgekehrt. Nach Sylt. Die Sehnsucht nach der See war stärker als seine Liebe zum Schnee.«

Ich stellte den Wagen vor dem Brautmodengeschäft ab und wandte mich schließlich zu meiner Oma um. »Vielleicht war es auch die Sehnsucht nach einer sehr hübschen Sylterin, die ihm den Kopf verdreht hat.«

Ihre Mundwinkel wanderten wie von selbst nach oben. »Oder ein bisschen von beidem.«

28. Dezember

Ich fühlte mich wie in einer dieser Hochzeitssendungen, in denen das Brautgefolge – in diesem Fall Mathilda, Elisa, Hannah und ich – in Reih und Glied auf plüschigen Sesseln saß, um die Braut – Oma Edda – auf einem Miniaturlaufsteg begutachten zu können. Jede von uns hatte ein Sektglas in der Hand, wobei Hannah und ich beim Orangensaft geblieben waren, und wir warteten sehnsüchtig darauf, dass sich uns meine Großmutter präsentierte. Bisher war jedoch nur gedämpftes Gemurmel durch den schweren rosafarbenen Samtvorhang zu hören, hinter dem sie vor ein paar Minuten mit der Mitarbeiterin verschwunden war.

»Hast du schon was von Lou und Kai gehört?«, flüsterte Elisa und beugte sich so weit zu mir, dass mich ihre hellblonden Wellen kitzelten.

Ich zuckte mit den Schultern. »Lou meinte, sie hätten alles bekommen und würden es nach der Ankunft in Westerland direkt ins *Meeresrauschen* fahren.«

Nun rückte auch Hannah näher. »Das ist alles so, so aufregend! Ich kann Silvester kaum erwarten.«

»Same«, stimmte ihr Elisa zu und zupfte ihren hellgelben Wollpullover zurecht. »Die Vorfreude überwiegt gewaltig. Wobei ein winzig kleiner Teil von mir einfach nur froh ist, wenn wir alles glatt über die Bühne gebracht haben.«

Belustigt stupste ich sie in die Seite. »Wo ist denn dein Optimismus geblieben?«

»Oh, es geht los!«, rief Mathilda in diesem Moment aufgeregt und zog umständlich ihr Handy hervor, um in die Kamera zu wechseln. Kai hatte ihr zu Weihnachten ein Smartphone besorgt, damit sie immer *up to date* über ihre Enkelkinder blieb und Kais und Lous Reisen verfolgen konnte. Jetzt allerdings richtete sie das Telefon auf ihre beste Freundin, die gerade durch den Vorhang trat …

… und uns alle umhaute.

Meine Großmutter war die schönste Frau der Welt. In ihrem crèmefarbenen Boho-Kleid aus Spitze, über dem sie ein passendes Jäckchen aus gleichfarbigem Kunstfell trug. Mit den hellen Seidenschuhen, dem filigranen Kranz aus getrocknetem Schleierkraut und Tränen in den Augen. Es dauerte keinen Herzschlag lang, da spürte ich dieselben Tränen auch in mir hochsteigen. Weil sie eben meine Großmutter war und ich sie liebte. Weil sie dies alles und so viel mehr verdient hatte. Weil ich so unbeschreiblich froh darüber war, dass sie sich endlich das Glück mit Ole zugestand, nachdem sie es sich nach Opas Tod so lange verboten hatte.

»Du siehst …«, setzte Mathilda an und schüttelte dann den Kopf, während sie sich die Wangen abtupfte. »Ach, Eddi, du hübsches, hübsches Mädchen.«

Meine Großmutter lachte erstickt, ehe sie sich einmal für uns drehte. »Kann ich so gehen?«

»Und ob du das kannst. Du bist wunderschön«, erwiderte Elisa ergriffen und nahm dankbar eines der Stofftaschentücher, die Mathilda gerade vorsorglich an uns verteilte. »Oh Mann, jetzt möchte ich auch.«

Hannahs Augen wurden, wenn überhaupt möglich, noch größer. »Du und mein Bruder …?«

»Nein, nein. Quatsch. Also, jetzt noch nicht, aber keine Ahnung … okay, ich höre auf.«

Lachend drückte ich Elisas Finger und stand dann auf, um meine Großmutter vorsichtig in die Arme zu schließen. »Ich habe dich sehr, sehr lieb, Oma«, wisperte ich an ihrem Ohr. »Ole wird der glücklichste Mensch der Welt sein.«

»Nicht halb so glücklich wie i–«

»Shit!« Elisas scharfer Fluch ließ Oma Edda verstummen und uns beide zu meiner Freundin blicken, die ihr Handy in den Händen hielt und wirkte, als hätte sie einen Geist gesehen. Einen der ganz üblen Sorte.

»Was ist?« Noch immer meine Arme um Oma gelegt, machte ich einen Schritt in ihre Richtung.

»Es tut mir leid, aber … Kriegsrat. Jetzt sofort«, meinte Elisa abgehackt und hob bedeutungsvoll die Brauen.

»Mädchenklo«, schlug Hannah im selben Augenblick vor, in dem meine Großmutter meinte: »Was heckt ihr schon wieder aus?«

»Nur das Beste.« Ich gab ihr einen beruhigenden Kuss auf die Wange – eine Ruhe, die ich gerade nicht wirklich verspürte – und folgte Hannah und Elisa auf die Toilette. Dort zeigte mir Elisa den *E.M.I.L.*^{2}-Chat, woraufhin ich mich direkt ihrem Fluch anschloss.

Lou
Schlechte Neuigkeiten: Kai und ich werden es nicht vor Neujahr auf die Insel schaffen. Der Zug- und Fährverkehr ist dank der Witterung komplett lahmgelegt. So eine verfluchte 💩
(Wieso ist dieser Haufen so glücklich???)

Ida hatte bereits drauf geantwortet:

Ida
Das darf doch nicht wahr sein!!!

Elisa, Hannah und ich sahen uns ratlos an, dann ließ Erstere mutlos das Handy sinken. »Was sollen wir denn jetzt machen? Wir sind am Arsch. Es sei denn, jemand hat einen Helikopter, um die beiden – samt Dekomaterial, wohlgemerkt – einzufliegen.«

»Falls der bei dem Wetter überhaupt fliegen könnte«, gab

Hannah zu bedenken und blickte von ihrem eigenen Handy auf, auf dem das aktuelle Wetter im Norden Deutschlands angezeigt wurde. Schneechaos, Sturmböen, frostige Temperaturen. Eiszeit.

Mein Herz krampfte sich zusammen und wieder stiegen Tränen in mir auf. Dieses Mal hatten sie jedoch einen sehr bitteren Beigeschmack. »Wir sind geliefert. Die … So kann die Hochzeit nicht stattfinden. Ich meine ohne Dekorationen und ohne Lou, die diese geniale Torte machen wollte …«

Elisa legte einen Arm um meine Schultern. »Uns fällt noch etwas ein. Das tut es immer. Wir haben schon ganz andere Berge versetzt. Jetzt sind sie nur eben aus Schnee.«

Neben uns zog Hannah die Augenbrauen zusammen und murmelte an ihr Handy gewandt: »Nicht jetzt, Jonah. Ich kann deinen Anruf gerade nicht annehmen.«

Die letzte Silbe hatte kaum Hannahs Lippen verlassen, da ging auch schon ein plötzlicher Ruck durch Elisa hindurch, der selbst mich zusammenzucken ließ.

»Was?«

»Natürlich!«, erwiderte Elisa, als wäre mit diesem einen Wort glasklar, was hier gerade vor sich ging – was es nicht war. Zumindest nicht für Hannah und mich. »Jonah.«

»Was hat Nona mit dieser beschissenen Situation zu tun?«

»Hannah!«, rügte Elisa sie an Jonahs Stelle und meinte dann mit funkelnden Augen: »Ob ihr es glaubt oder nicht, ich habe eine verflucht gute Idee!«

Helden und Challenges

Elisa

28. Dezember

»Hey!«, rief ich außer Atem ein paar Stunden später, während ich in das Lister Fährterminal stürmte.

»Hey.« Jonah holte seine Hände aus den Hosentaschen und kam mit langen Schritten auf mich zu, als ich mich auch schon an seine Brust warf und er lachend die Arme um mich schlang. »Es ist doch nur etwa fünf Stunden her, seit wir uns zuletzt gesehen haben.«

»Fünf Stunden zu lang. Außerdem bist du unser Mann der Stunde. Es war wirklich schwer, Leni davon abzuhalten, dir eine Dankesrede auf der Hochzeit zu widmen.«

Die Farbe auf Jonahs Wangen strafte sein scheinbar unbeteiligtes Schulterzucken Lügen. »Das war doch keine große Sache.«

»Und genau weil du das sagst, bist du unser Held, Jonah Falk.« Ich gab ihm erst einen Kuss auf die Nase und dann einen deutlich längeren und deutlich weniger jugendfreien auf die Lippen. Mitten in der noch immer weihnachtlich geschmückten Ankunftshalle, die in das goldene Licht unzähliger Lichterketten getaucht war.

Bis auf eine Frau mit großem Rucksack war das Terminal verlassen – von dem ein wenig cringen Plastik-Santa, der im

Takt zu *Jingle Bells* eine Weihnachtsglocke schwang, einmal abgesehen – und obwohl es hier drinnen deutlich wärmer war als draußen, tanzte unser Atem als kleine weiße Wölkchen um uns herum.

»Es hat wirklich alles geklappt, oder?«, fragte ich und blickte zu der großen Tafel, die anders als sonst keine Abfahrten oder ankommenden Fähren verkündete.

»Ja, das sollte es.«

Ich biss mir von innen auf die Wangen und verschränkte meine Finger mit seinen. Auch wenn Jonah es selbst nicht sehen wollte, das hier war eine große Geste – und ein weiterer Beweis dafür, dass sein Herz nicht nur aus Gold war, sondern mindestens genauso viel Wärme in sich trug wie Lenis. Jonah hatte seinen ehemaligen Chef aus der Fischhalle, dessen Bruder als Fährmann zwischen Sylt und der dänischen Insel Rømø arbeitete, angerufen und wie durch ein kleines After-Christmas-Wunder eine Überfahrt für Lou und Kai organisiert. Zwar fielen sämtliche normale Fahrten heute aufgrund der Witterung aus, Waren mussten trotzdem von unserer Nachbarinsel nach Sylt. Und dank Jonahs Beziehungen hatten auch Lou, Kai und ihr Bulli an Bord gehen können, nachdem sie auf die dänische Insel gefahren waren, die im Gegensatz zu Sylt eine Straßenverbindung zum Festland besaß. Jetzt würden sie jeden Moment im Hafen eintreffen.

»Hast du schon Pläne für den weiteren Tag?«, murmelte Jonah an meiner Schläfe, sodass sein Atem über die empfindliche Stelle dort glitt und mich auf angenehme Art und Weise erschaudern ließ.

Ich lächelte und blickte zu ihm auf. »Du meinst, einmal abgesehen vom Deko-Wahnsinn? Wenn Kai und Lou mit dem ganzen Zeug da sind, geht es erst so richtig los.« Sein halb unterdrückter Fluch ließ mich nur noch mehr grinsen. »Wieso? Schwebt dir was Bestimmtes vor, Falk?«

»Ich habe da durchaus etwas im Sinn«, gab er in seinem typischen Tonfall – eine Mischung aus Selbstgefälligkeit, Sarkasmus und Belustigung – zurück und zog mich noch enger an seine Seite.

»Was du mir jetzt natürlich noch nicht verraten wirst.«

»Natürlich nicht.«

28. Dezember

Eine knappe Stunde später lenkte Jonah seinen BMW auf den Parkplatz des *Meeresrauschens*, gefolgt von Kai und Lou in ihrem VW-Bus. Wir hatten kaum den Motor abgestellt, da kamen uns die anderen schon entgegen, alle in Arbeitsmontur gekleidet, woran Noel vermutlich nicht ganz unschuldig war.

»Gott, ich bin so, so froh, dass alles geklappt hat!«, stieß Leni hervor und schlang die Arme um Lou, ehe sie sich auf Jonah stürzte. Wortwörtlich. Leni mochte zierlich und gerade mal knapp eins siebzig sein, aber sie hatte mehr Wumms als ein Orkan auf See, wenn sie wollte. »Ich weiß nicht, wie ich das jemals wiedergutmachen soll, Jonah. Ganz ehrlich, du hast die Hochzeit gerettet.«

Ich konnte mir ein leises Lachen nicht verkneifen, als Jonah ein wenig unbeholfen Lenis Umarmung erwiderte und verlegen ihren Rücken tätschelte. »Wirklich kein Ding, Leni. Hans ist die Route sowieso gefahren und …«

Leni schob ihn bestimmt von sich, um ihn ins Auge zu fassen. »Du musst das jetzt gar nicht kleinreden, okay?«

»Meine Rede«, pflichtete ich ihr bei und deutete dann auf den Bulli. »Sollen wir die Sachen reinbringen? Ich verliere nämlich langsam das Gefühl in den Zehen bei dieser Kälte.«

»Du sprichst mir aus der Seele.« Lou rieb ihre Hände und führte uns mit Kai zum Bus, aus dem wir nacheinander sämtliche Kisten luden und ins Hotel trugen. Beim Anblick der unzähligen Kartons und Tüten fragte ich mich unwillkürlich, ob nach Lous und Kais Einkauf überhaupt noch etwas im Dekorationsgeschäft zurückgeblieben war.

Im Hotel navigierte uns Rafe in einen der größeren Räume, der sich mit einer gewaltigen Fensterfront zum Meer hin öffnete. Eine gewölbte Decke verlieh dem Saal eine beinahe endlos scheinende Höhe und funkelnde Lüster tauchten ihn in ein warmes Licht. Schon jetzt befanden sich einige Tische und Stühle im Raum sowie ein kleines Podium, auf dem im wahrsten Sinne des Wortes die Musik spielen würde. Hier und da standen bereits die Pflanzen, die Malia, Ida und Noel besorgt hatten, und auch die entsprechende Technik wartete nur darauf, installiert zu werden.

»Das ist die perfekte Wahl gewesen, Rafe«, meinte Malia, als wir den letzten Karton in den Saal gebracht hatten, und fuhr sich über die Stirn. »Ich sehe das Winter-Hochzeitswunder quasi direkt vor mir.«

»Eigentlich war das Noels Idee, er hat da eher den Riecher für.«

»Ganz richtig.« Vielsagend zupfte Noel an seiner tulpenroten Fliege, die er furchtlos zu dem Engelbert-Strauss-Outfit kombiniert hatte. »Seit Herbst bin ich sogar offiziell der Hochzeitsplaner im *Meeresrauschen* – der beste, den ihr kriegen könnt, aber das nur am Rande.«

Prustend stieß Ida ihn an. »Wie bescheiden du doch bist.«

»Ich sehe keinen Grund, mit meinem Gespür für Ästhetik hinter dem Berg zu halten.«

»Okay, Time-out.« Lou trat zwischen die beiden und machte eine entsprechende Geste. »Warum verschieben wir eure Podiumsdiskussion nicht auf nachher und besprechen erst einmal, was heute noch ansteht?«

Nickend trat Leni neben sie. »Ganz deiner Meinung. Wobei ich sagen muss, dass jetzt alles später geworden ist als gedacht.«

Synchron glitten unsere Blicke nach draußen, wo der verschneite Nachmittag längst in den Abend übergegangen war. Ich hatte über der ganzen Aufregung mit der Kleidanprobe und dem Fähr-Fiasko gar nicht bemerkt, wie schnell die Zeit vergangen war. Als hätte jemand auf *Vorspulen* gedrückt.

»Was haltet ihr davon, wenn wir zumindest noch die Deko sortieren, alles für morgen vorbereiten und dann Schluss machen? Es ist ja immer noch genügend Zeit«, schlug ich also vor und unterdrückte ein Gähnen, das mir am Gaumen kitzelte.

»Zu mehr bin ich heute ohnehin nicht mehr imstande.« Noch immer eine Kiste mit kleinen filigranen Windlichtern aus Milchglas in den Händen lehnte sich Hannah gegen einen der Tische. »Hochzeitsvorbereitungen sind echt krass anstrengend.«

»Dann warte mal die Hochzeit ab«, neckte Jonah seine jüngere Schwester und fuhr ihr durch die hellen Haare, woraufhin Hannah ihm bloß die Zunge rausstreckte.

Abwehrend hob Leni die Hände. »Eins nach dem anderen. Wer kümmert sich morgen um die letzten Handgriffe im Trauungsraum oben in der *Flaschenpost*? Hatten wir das schon festgelegt?«

»Das können Jonah, Hannah und ich übernehmen, wenn sich niemand meldet«, antwortete ich und verschränkte locker die Arme vor der Brust. »Das meiste sollte ja bereits drüben aufgebaut sein, richtig?«

Till, der sich bis eben mit einem Mitarbeiter des Hotels unterhalten hatte, trat zu uns. »Richtig. Ich kann euch beim Rest unterstützen, falls ihr möchtet. Und die Gestaltung des Raums noch mal mit meiner Skizze abgleichen.«

»Warum nur wundert mich dein Angebot nicht, Brüderchen?«

»Was Leni eigentlich meint: danke, Till.« Ich lehnte mich an Jonah und blickte einmal in die Runde. »Sollen wir noch gemeinsam etwas essen gehen? Ich denke, das haben wir uns nach dem Stress heute verdient. Und ich könnte wirklich etwas richtig Fettiges mit viel zu viel Ketchup vertragen.«

Malia seufzte, als würde ein tonnenschweres Gewicht von ihren Schultern fallen, und klatschte in die Hände. »Ja, ich will.«

29. Dezember

Der Winter war absolut nicht meine Jahreszeit. Frieren war nicht mein Ding und Schnee irgendwie auch nicht. Aber hier auf Sylt hatte ich den Winter zu schätzen gelernt, weil er bedeutete, dass Jonah nicht schon um sechs Uhr morgens zur Kiteschule aufbrechen musste, wo er seit dem Kitesurf Worldcup arbeitete, sondern wir den Morgen gemeinsam starten konnten. Mit einem ausgiebigen Waffel-Frühstück – wer hätte gedacht, dass Jonah so gute Waffeln backen konnte? – und Zeit zu zweit oder zu dritt mit Hannah, bevor Jonah und ich den Tag angingen. Er jetzt im Winter mit Trainer-Lehrgängen, die er für die nächste Saison absolvierte, und ich in der Tierklinik-Tierheim-Fusion, bis mein Psychologiestudium zum Sommersemester in Hamburg beginnen würde.

»Gestern sind wir gar nicht mehr zu deinen ominösen und groß angekündigten Plänen für den Tag gekommen«, meinte ich und griff nach dem Puderzucker, wobei mein Blick – wieder einmal – an Jonahs nacktem Oberkörper hängen blieb. Keine Ahnung, warum er bloß in Sweatpants und barfuß Waffeln buk, aber ich war die Letzte, die etwas dagegen einwenden würde.

Mit einem leisen Lachen fuhr er sich durch die Haare. »Das lässt dich nicht los, hm?«

»Ich höre eben zu. Verrätst du mir nun, was deine Idee gewesen wäre?«

Jonah schüttelte lächelnd den Kopf. »Falsche Zeitform. Die Idee ist immer noch aktuell, Prinzessin. Ich hatte da an sofort gedacht.«

»Jetzt gleich? Was ist mit dem Aufbau im Leuchtturm?«

»Wilke kommt schon damit klar, wenn wir ein paar Minuten zu spät sind. Außerdem bleibt uns noch etwas mehr als eine Stunde. Das reicht voll und ganz für die paar Sachen.«

Ich stellte den Zucker ab und musterte ihn eindringlich. »Langsam machst du mich nervös, Jonah.«

Ohne Vorwarnung beugte er sich über den Tisch, umfasste sanft mein Gesicht und zog mich zu sich, sodass sich unsere Nasenspitzen berührten und ich das helle Leuchten in seinen eisblauen Augen sehen konnte. »Und ich werde jede einzelne Sekunde davon voll und ganz auskosten.«

29. Dezember

»Der Strand?« Irritiert ließ ich den Blick über die menschenleere Küste schweifen und hob eine Hand gegen die Dezembersonne. Schnee lag auf dem hellen Sand, das eisüberzogene Dünengras wiegte sich sanft im Wind und das Nordseerauschen hüllte alles in seinen einzigartigen Klang.

»Der Strand«, bestätigte Jonah und zog mich weiter in Richtung Wasserkante. »Oder besser gesagt: das Meer.«

»Das Meer?« Langsam kam ich mir wie eine kaputte Schallplatte vor, die nicht mehr konnte, als einzelne Worte mit ihrem Artikel von sich zu geben. Zumindest passten die zusammen.

Jonah lächelte sein schiefes Halblächeln, ließ mich los und reichte mir dann seinen Rucksack. »Lust auf eine Challenge?«

In meiner Brust begann es zu prickeln. Irgendetwas zwischen dunkler Vorahnung, Vorfreude und Neugierde. »Was hast du vor, Jonah Falk?« Noch einen Augenblick länger sah ich ihn an, ehe ich in den Rucksack schaute – und noch im selben Moment einen Fluch ausstieß. Handtücher. Dicke, flauschige Handtücher. »Du nimmst mich auf den Arm.«

»Aber nein, das ist auf Sylt eine echte Tradition, habe ich mir sagen lassen. Neujahrsschwimmen.«

»Ja, aber … doch nicht an … nicht heute«, brachte ich wenig eloquent hervor und blinzelte.

»Mittlerweile solltest du verstanden haben, dass ich mich nicht an Regeln halte. Oder an ein Datum, das irgendwer vorgegeben hat.« Seine Zähne blitzten auf, dann begann er auch schon sich aus seiner gefütterten Cordjacke zu schälen und warf sie einfach in den Schnee-Sand. Sein Pulli und das schwarze Shirt folgten, sodass er nur einen Herzschlag später mit nacktem Oberkörper und Gänsehaut vor mir stand. Und mir das Atmen ein kleines bisschen schwerer machte.

»Scheiße, ist das kalt.«

»Du hast einen echten Knall, Jonah, weißt du das eigentlich?«

»Hab schon Schlimmeres gehört. Also, bist du dabei? Oder hast du Angst vor ein bisschen Wasser, Prinzessin?« Eine seiner Brauen wanderte herausfordernd nach oben, als er seine Hose öffnete und sich gleichzeitig die Boots von den Füßen streifte.

Dieser Mann. Dieser verfluchte Mann, der viel zu gut aussah und den ich zufälligerweise verdammt doll liebte.

»Pfff. Für diesen Spruch sollte ich dich kopfüber ins Eiswasser tauchen.«

»Versuch es doch.«

Ich funkelte ihn an, dann griff ich entschlossen nach dem Reißverschluss meines Mantels und riss ihn in einem Ruck herunter. *»Challenge accepted, Stormseeker.«*

Kaum dass unsere Sachen um uns herum verstreut lagen und wir bibbernd einzig in Unterwäsche dastanden, nahmen wir uns an den Händen und liefen los. Mit einem irren Lachen, ein bisschen verrückt, aber genau dort, wo wir sein wollten.

Mitten in unserem (Schnee-)Sturm.

Zwischen Tüll und Teig

Lou

30. Dezember

Leni
Ich weiß, ich werde diese Frage vermutlich gleich bereuen, aber: Warum hat mir mein Bruder gestern Abend ein Foto gezeigt, auf dem du und Jonah mit klitschnassen Haaren den Trauungsraum dekoriert habt, @Elisa? 🤪

Ida
War wohl schweißtreibende Arbeit.

Malia
Findet ihr es nicht auch seltsam, dass sich Elisa so still verhält?

Leni
😬

Lou
😳

Elisa
Kein Grund, herumzuspekulieren. Da könnte ich ja genauso viel in Lenis verstrubbelte Haare am Morgen der Kleidanprobe hineininterpretieren oder in Lous rote Wangen, als sie und Kai zufälligerweise gleichzeitig aus der Pommesbude verschwunden sind 😏

Malia
Die Hochzeit ist schlimmer als jede Welle von Frühlingsgefühlen. @Ida, ich fühle mich vernachlässigt.

Ida
Dito, Schwester, dito 😭

Elisa
Wartet mal das neue Jahr ab, @Ida, @Malia, und bis dahin habt ihr uns ♡

Elisa
Und fürs Protokoll: Jonah und ich waren neujahrsschwimmen.

Leni
Du weißt aber schon, dass noch kein Neujahr ist.

Elisa
Nach Jonah-Rechnung schon.

Mir kam ein leises Lachen über die Lippen. Die Nachrichten meiner Freundinnen waren besser als jede Soap und manchmal konnte ich immer noch nicht glauben, dass ich wirklich ein Teil davon war. Von *E.M.I.L.²*, von meinem neuen Leben hier auf Sylt und von meinem Job, bei dem ich machen konnte, was ich liebte. Und mit der Person, die ich liebte.

Unwillkürlich schaute ich von dem Handy auf zu Kai, nur um festzustellen, dass er mich aufmerksam aus seinen braunen Augen betrachtete, ein leises Schmunzeln auf den Zügen.

»Zu gern wüsste ich jetzt, was gerade in deinem Kopf vor sich geht, lovely Lou. Oder was genau du da gelesen hast. Einen Penny für deine Gedanken.«

Ohne wegzuschauen, steckte ich mein Handy in die Tasche meines dunkelroten Cordrocks und trat näher zu Kai, der auf einer der Arbeitsflächen in Mathildas Backstube saß, bis ich zwischen seinen Beinen stand. »Das bleibt mein wohlgehütetes Geheimnis.«

Kai hob eine Hand und strich mir ein paar lose Strähnen zurück, die meinem hohen Dutt entkommen waren. »Das habe ich mir schon fast gedacht.«

Schmunzelnd legte ich den Kopf in den Nacken und stellte mich auf die Zehenspitzen, bis sich unsere Lippen beinahe berührten. »Ich liebe das«, wisperte ich und legte die Hände flach auf seine feste Brust. Sein Herz geriet kurz ins Stolpern, nur um dann ein wenig schneller zu schlagen. Noch etwas, das ich mochte.

»Was meinst du?« Seine Stimme war wie samtige dunkle Schokolade, die mich mühelos einhüllte. Kein Wunder, dass er mit seiner Art quasi die gesamte Welt um den Finger wickelte.

»Dich und mich. Momente wie diese, in denen wir stillstehen.«

In einer winzigen Berührung strich sein Mund über meinen, stahl einen ersten kleinen Kuss. »Und ich liebe *dich*, Lou. Dich und das alles.«

Dieses Mal war ich es, die sich vorwagte, die sein Gesicht umfasste und ihn küsste. Mit der Zunge über seine Unterlippe fuhr, leise seinen Namen seufzte und dabei die Welt für den Kai-und-Lou-Moment ausknipste. Einen Moment, in dem wir alles andere einfach sein ließen und nur wir waren – etwas, das selten genug vorkam, immerhin teilten Kai und ich einen Großteil unseres Lebens mit Millionen von Menschen. Und dann hatte mein Freund auch noch die Angewohnheit, gedanklich ständig irgendwo anders zu sein. Bei neuen Reisen, Projekten, unserem Travelinfluencer-Leben. Nicht dass ich mich beschweren würde, ich lebte schließlich dafür, trotzdem würden deshalb Augenblicke wie dieser immer etwas ganz Besonderes bleiben – und irgendwie machte sie das bloß noch wertvoller.

»Wenn wir noch länger prokrastinieren, stehen Edda und Ole am Ende ohne Torte da«, murmelte ich an seinen Lippen, während mein ganzer Körper kribbelte und sich seltsam schwerelos anfühlte.

»Ich würde das nicht unbedingt prokrastinieren nennen, eher –«

»So, hier ist die Lebensmittelfarbe und –«, platzte meine Schwester Charlie in die Backstube und verstummte abrupt, als sie Kai und mich erblickte. »Sorry, ich wollte nicht …«

»Schon gut, Charlie«, beeilte ich mich mit glühenden Wangen zu sagen. »Wir wollten ohnehin gerade mit dem Crazy Cake beginnen.«

»Ach, wollten wir das?«, meinte Kai gerade so laut, dass es Charlie definitiv noch hören konnte. Ihre Miene sprach Bände und mein Gesicht würde sich wohl jede Sekunde in Lava verwandeln – oder was war das Folgestadium glühender Wangen?

Ich stupste Kai in die Seite und lief dann zu meiner Schwester. »Hast du alles bekommen?«

»Du meinst all die merkwürdigen Dinge, die du mir aufgetragen hast? Ja, inklusive eines sehr schrägen Blicks der Verkäuferin.« Kopfschüttelnd knetete Charlie ihre Hände, sobald alle Kartons auf der Theke standen. »Leider kann ich nicht bleiben, sondern muss direkt wieder weiter. Jule hat sich immer noch nicht für ein Kleid entschieden und schiebt langsam, aber sicher Panik.«

»Dann solltest du deine Freundin mal lieber beruhigen. Kleiderkrisen sind ernst zu nehmende Krisen«, erwiderte ich und drückte sie kurz an mich. »Danke für die Sachen.«

»Und ihr kommt sicher klar?« Ihre zweifelnde Miene glitt ein paarmal zwischen Kai und mir hin und her. »Eine Hochzeitstorte ist keine Kleinigkeit.«

Als wäre ich wieder fünf, überkreuzte ich beide Zeige- und Mittelfinger direkt vor ihrer Nase. »Großes Ehrenwort, wir werden uns nicht mehr ablenken lassen und die beste Crazy-Hochzeitstorte der Welt zaubern.«

»Du und Kai?«

»Kai und ich. Seit Mathildas Geburtstagsfeier ist er ein wahrer Profi in Sachen Backen.«

Besagter Profi schnaubte bloß, was die Furchen auf Charlies Stirn weiter vertiefte. Beherzt griff ich nach ihren Schultern und navigierte sie in Richtung Ausgang. »Mach dir um uns mal keine Gedanken, Charlie.«

»Zu spät«, meinte sie noch, doch dann ließ sie uns mit einem letzten vielsagenden Blick zwischen den ganzen Zutaten allein.

Kai atmete hörbar aus und sprang von der Arbeitsplatte. »Na, dann wollen wir mal unseren großen Worten große Taten folgen lassen. Du bist der Boss – was soll ich tun?«

Lachend warf ich ihm eine von Mathildas Schürzen zu und öffnete mein iPad, auf dem sich mein Plan für die Torte befand: ein Crazy Cake in Form eines dreidimensionalen Leuchtturms. Knapp ein Meter Höhe aus Teig, Fondant, Zuckerguss, Lebensmittelfarbe und Perlen. Inklusive einer kleinen LED-Lampe als Leuchtfeuer und winzigen Bäumen aus Esspapier. Ein Monsterprojekt der Art, die mich in einen wahren Backrausch katapultierte.

Kai trat hinter mich und legte locker die Arme um meine Mitte, während er über meine Schulter hinweg auf das Rezept starrte. »Du hast mir verschwiegen, dass wir hier von einer Zubereitungszeit von über dreizehn Stunden sprechen.«

»Überfordert ein kleiner Kuchen etwa den *großen* @chasingkaihansen?«

Statt einer Antwort knabberte Kai an meinem Ohr, was einen angenehmen Schauer über meinen Rücken schickte, ehe er leise erwiderte: »Der Ausdruck *überfordert* existiert gar nicht in meinem Wortschatz, erinnerst du dich?«

Augenverdrehend wandte ich mich zu ihm um, im selben Moment, in dem er nach dem Mehl greifen wollte … und ihm die Tüte bei unserem kleinen Zusammenstoß einriss. Genau zwischen uns und genau so, dass feines Mehl nicht nur in der Luft zwischen uns aufstieg, sondern auch ihn und mich von oben bis unten in eine weiße Panade tauchte.

Mit einem Husten, das eher nach einem Prusten klang, wischte ich mir übers Gesicht. »Ein kleiner Kuchen nicht, aber eine simple Tüte Mehl kann durchaus überfordern, hm?«

Ein paar Sekunden lang sahen wir uns einfach nur an, dann brachen wir gleichzeitig in Gelächter aus. Laut und ungezügelt als zwei Mehlversionen unserer selbst.

»Hör niemals damit auf, lovely Lou«, flüsterte er, als wir uns wieder beruhigt hatten und uns mitten im Mehlchaos direkt in die Augen sahen.

»Womit?«

»Mich zu überraschen. Zu lachen. Du zu sein.« Er machte nach jedem kleinen Satz eine bedeutungsvolle Pause. In meiner Brust breitete sich ein warmes Gefühl aus. Locker schlang ich die Arme um seinen Hals und suchte seinen Blick. »Niemals.«

»Niemals«, wiederholte er und überwand die noch verbliebene Distanz zwischen uns.

Und als Kai mich dieses Mal küsste, war es anders. Tiefer und bedeutungsvoller. Größer. Wie eine warme, sanfte Welle unseres eigenen Ozeans.

31. Dezember

Der einunddreißigste Dezember. Der letzte Tag im Jahr und Eddas und Oles Hochzeit. Ich konnte immer noch nicht glauben, dass es heute schon so weit war, dass wir irgendwie alles geschafft hatten und nun zu fünft im großen Bad der Pension meiner Schwester saßen, um uns fertig zu machen.

Weil dort gleich drei Spiegel zur Verfügung standen, unsere Jungs das Hotel in Beschlag genommen hatten und Ida auf die glorreiche Idee gekommen war, uns ebenfalls erst zu präsentieren, wenn sich die Braut zeigte.

Der Einfall passte wie die Faust aufs Auge zu uns, passte zu diesem ganzen wilden Jahr, also hatten wir zugestimmt. Und nun saßen Elisa, Malia, Ida, Leni und ich gemeinsam auf Hockern zwischen unseren Kleidern und Schminkzeug und bereiteten uns auf den letzten Knall für diese Saison vor. Inklusive passender Musik im Hintergrund und einer Runde Aperol Spritz – zur Feier des Tages.

»Ich finde, wir haben das gut hinbekommen«, meinte Leni in das geschäftige Summen von Glätteisen, dem Rascheln von Stoff und gemurmelten Worten hinein. »Trotz Komplikationen von wetterkatastrophalen Ausmaßen.«

Elisa, die gerade dabei war, Lenis lange hellbraune Haare in sanfte Wellen zu legen, schüttelte schmunzelnd den Kopf. »Da muss schon etwas Größeres kommen als ein bisschen Schneechaos.«

»Und das von einem Mädchen aus *Down Under.*« Stirnrunzelnd legte ich meinen Eyeliner zur Seite und tauschte einen Blick mit Malia, die gerade mit einer Wimpernzange hantierte und dabei regelmäßig fluchte. Diese Dinger mussten in der Hölle geschmiedet worden sein, da waren wir einer Meinung. »Wisst ihr, was?«, fragte ich dann, woraufhin sich alle Köpfe in meine Richtung wandten. »Ich finde, wir sollten im neuen Jahr alle zusammen wegfahren. Das haben wir uns nach diesem chaotischen Jahr verdient.«

»Und du meinst, das nächste wird weniger chaotisch? Wenn wir uns gemeinsam in ein Abenteuer fernab von Sylt stürzen?« Kapitulierend legte Malia die Zange zur Seite.

Elisa lachte ihr helles Glockenlachen. »Also, eigentlich klingt das doch nicht schlecht, oder? Wir könnten zur Not Noel fürs Planen anheuern, er ist beinahe unheimlich gut darin.«

»Aber er kommt dann nicht mit, oder? Jungs-freie Zone?«, erkundigte sich Ida und zupfte ein paar ihrer dunklen langen Strähnen aus dem Knoten mitten auf ihrem Scheitel.

»Sosehr ich Rafe auch liebe, ich bin da ganz bei dir. Nur wir fünf Mädels und eine Auszeit ganz für uns. Um zu feiern, was wir alle erreicht haben. Dass wir unsere Träume verfolgen, uns nicht unterkriegen lassen und … auf Kurs sind. Jede Einzelne von uns.« Ein leiser Schimmer trat in Lenis ozeangraue Augen, ehe sie mit den Händen zu wedeln begann, um die Tränen zurückzuhalten. Es war mir schon immer ein Rätsel gewesen, warum man das instinktiv tat. Mit den Händen fuchteln, obwohl man längst gegen die Emotionen verloren hatte.

Ich rückte mit meinem Hocker näher an Leni heran und stupste sie leicht mit der Schulter an. »Spricht da wieder die Segel-Weisheit aus dir?«

»Vielleicht.« Mit einem dankbaren Nicken nahm sie das Kosmetiktuch entgegen, das Ida ihr reichte. »Vielleicht ist das auch einfach dem Moment hier gerade geschuldet.«

»Moment?« Ich wölbte eine Braue und auch Elisa, Ida und Malia hielten in ihren Bewegungen inne, um zu Leni zu schauen, die uns nun der Reihe nach mit leuchtenden Augen ansah.

»Wir sind alle hier«, sagte sie schließlich mit ruhiger Stimme, als würden diese vier Worte als Erklärung genügen. Alles ausdrücken. Und vielleicht taten sie das auch.

Wir sind alle hier.

Das hellste Leuchten

Leni

31. Dezember

Wir hatten es geschafft. Wir hatten es wirklich wahrhaftig trotz Schneechaos und eingebrochenem Dach geschafft. Und als wir den obersten Raum in der *Flaschenpost* betraten, wo die Trauung im engsten Kreis stattfinden würde, hätte ich am liebsten geweint. Schon wieder. Keine Ahnung, warum ich so unfassbar emotional war, aber es hatte seine Berechtigung. Augenblicke, die dieses besondere Kribbeln in sich trugen, um zu Honigglaserinnerungen zu werden, waren eben emotional und in den vergangenen Tagen hatten sich jene Augenblicke quasi direkt aneinandergereiht. Mit meinen liebsten Menschen um mich herum, an dem schönsten Ort der Welt.

»Ich sterbe gleich vor Aufregung«, wisperte Malia neben mir und drückte meine Hand. »Mir hat niemand gesagt, dass Hochzeiten so spannend sind.«

Elisa beugte sich ein Stück vor. »Das hier ist ja auch keine normale Hochzeit.«

Nein, sie war der funkelnde Abschluss des Jahres, der am hellsten leuchtete.

Draußen, außerhalb der *Flaschenpost*, hatte leichter Schneefall eingesetzt. Hier drinnen war dagegen alles in den warmen

Schein von beigen Kerzen und Lichterketten gehüllt und der frische Geruch der roséfarbenen Duftschneebälle lag in der Luft. Neben meinen Mädels und mir waren natürlich auch die Jungs, unsere Familien und Mathilda im Raum. Und auch Oles Tochter Sophie, die extra aus Zürich angereist war, und die Standesbeamtin, die die Trauung vollziehen würde, waren selbstverständlich anwesend.

Ich sah zu Rafe, der neben dem kleinen Tisch mit den Unterlagen für die Hochzeit stand. In seinen Händen hielt er seine fast schwarze Geige und in dem nachtblauen Dreiteiler sah er verboten gut aus. Meine Wangen wurden unwillkürlich wärmer, als sich unsere Blicke verhakten und mein Herz diese verrückten Rafe-Dinge tat. Ich war für vieles, das dieses Jahr geschehen war, unglaublich dankbar, aber dass Raffael Nielsen wieder bei mir war …

»Es geht los«, wisperte Lou aufgeregt. Vermutlich fehlte nicht mehr viel und sie wäre einfach auf und ab gesprungen. Eben ein echter Wirbelwind und, ob nun beabsichtigt oder nicht, sie hatte *E.M.I.L.²* vollständig gemacht. Noch so etwas, wofür ich dankbar war.

Das Holz der Treppe knarzte, kündigte die Ehrengäste an, dann setzte Rafes leise Geige ein. Es brauchte nur ein paar Noten und ich hatte das Stück erkannt. *Stand by Me* von Ben E. King als zarte Akustikversion – eines der Lieder, die in der Silvesternacht gelaufen waren, als sich Edda und Ole kennengelernt hatten. Zwei weitere Noten und mir kamen wieder die Tränen.

In dem Moment, in dem Ole den obersten runden Raum betrat und sich zu dem kleinen Tisch stellte. Die Hände nervös knetend, den grauschwarzen Bart ordentlich gestutzt, in makelloser Hose und Seemannshemd.

In dem Moment, in dem Oma Edda am Arm von Paps die letzte Stufe überwand und alle für sich einnahm. Das Zimmer, die Anwesenden, Ole. Innerhalb eines Herzschlags. In ihrem wunderschönen Boho-Kleid, dem Blumenkranz und einem Strahlen, das den ganzen Raum heller scheinen ließ.

In dem Moment, in dem sich meine Großmutter und Ole vor der Standesbeamtin anschauten und jede kleine Geste, jede winzige Regung nur eines ausdrückte: Liebe. Die echte, tiefgehende Liebe zweier Menschen, die sich schon eine kleine Ewigkeit kannten.

Ich fuhr mir vorsichtig über die Augen und schaute wieder zu Rafe, der konzentriert die Lider gesenkt hielt und mit dieser zarten Melodie jeden Winkel des Leuchtturms füllte.

Jeden Winkel in mir.

Als hätte er meine Gedanken gehört, öffnete er die Augen – grün und blau und alles dazwischen – und lächelte. Vielleicht, weil er dasselbe gedacht hatte.

Hinterher konnte ich nicht mehr genau sagen, welche Worte gefallen waren, was die Standesbeamtin über Liebe und Vertrauen erzählt hatte, aber an eins konnte ich mich genau erinnern: den Moment, in dem Ole mit rauer, ergriffener Stimme »Ja, ich will« geflüstert und Oma zittrig diese bedeutungsschweren Worte wiederholt hatte. Als sie sich geküsst hatten, als Mann und Frau, als Menschen, die schon so vieles geteilt hatten und nun noch ein bisschen mehr.

Das Fest im *Meeresrauschen* stellte mühelos jedes Event, das dieses Hotel bisher gesehen hatte, in den Schatten. Es kam mir so vor, als wäre die gesamte Insel gekommen, um Oma

Edda und Ole zu feiern. Mit ihnen diesen besonderen Tag zu erleben. Und ich genoss jede einzelne Sekunde davon. Jedes einzelne Lächeln meiner Oma, jeden einzelnen Tanz, den die beiden gekonnt aufs Parkett legten, jedes Lachen, jede Träne, alles.

Die Dekoration des gewaltigen Saals war atemberaubend schön geworden, in Weiß und hellem Grün und Beige. Überall leuchteten kleine Lichter und Laternen und die funkelnden Lüster verliehen dem Bild einen goldenen Schein, während sich draußen hinter den großen Glasfronten die See ausbreitete. Meine Großmutter hatte uns immer wieder dafür gedankt, dass wir diese Feier auf die Beine gestellt und dabei ihre Träume übertroffen hatten. Wobei Oma kein Wort darüber verloren hatte, dass wir plötzlich doch im Hotel und nicht, wie zuerst geplant, in der *Flaschenpost* feierten. Insgeheim vermutete ich, dass sie ohnehin längst davon gewusst hatte. Nichts blieb lange vor Edda Wilke auf *ihrer* Insel geheim. Schon gar nicht, wenn es um ihren geliebten Leuchtturm ging.

Rafe und ich tanzten unzählige Songs hindurch, drehten uns mit den anderen auf dem funkelnden Holzboden zu einer Mischung aus Liebesliedern aus allen Jahrzehnten, und ein bisschen wirkte es so, als wäre der Saal eine eigene kleine Welt. Ein absolutes Highlight bildete definitiv Lous Crazy-Leuchtturm-Cake, der selbst Ole sprachlos machte – und dem alten Seebären fehlten sonst nur selten die Worte.

Es kam mir so vor, als würde die Zeit ihren eigenen Regeln folgen. Sie ließ uns den Raum für diese Feier, für unzählige weitere Honigglasmomente, bis es irgendwann Zeit war aufzubrechen. Nicht nach Hause, sondern nach Süden, wo in Hörnum das einzige Feuerwerk der Insel stattfand.

Und heute ein Stück weit nur für meine Oma und Ole.

Wir hatten Glück und bekamen gute Plätze auf einer kleinen überdachten Tribüne im Hafen. Kai hatte für uns alle Decken dabei und dank Lou gab es Gebäck und Glühwein aus Thermoskannen. Edda und Ole saßen Arm in Arm aneinandergekuschelt hinter uns, genau wie unsere Eltern, während wir etwas weiter unten Stellung bezogen hatten. Näher am Wasser des Hörnumer Hafens. Musik erfüllte die Luft, vermischt mit unzähligen Stimmen und prickelnder Vorfreude. Dieses Kribbeln der letzten Minuten eines ganzen Jahres.

»Ich hätte mir keinen besseren Abschluss für heute vorstellen können. Die beiden sind die reinste Zuckerexplosion«, schwärmte Malia seufzend. »Und als sie die Tanzfläche mit *L-O-V-E* eröffnet haben …«

Elisa nickte und nahm lächelnd einen Becher von Lou entgegen. »Ich bin mir sicher, dass heute kein Auge trocken geblieben ist.«

»Euren Waschbärspuren nach zu urteilen, definitiv nicht«, murmelte Jonah und stieß nur einen Sekundenbruchteil später einen Fluch aus, als Hannah ihm ihren Ellenbogen in die Seite rammte.

»Jonah!«, brachte sie im selben Moment hervor, in dem Noel fragte: »Waschbärspuren?«

»Was? Du hast mir doch beigebracht, dass man das so nennt, wenn diese schwarze Farbe …«

»Nona, nein. Einfach nein.«

Verwirrt sah er zwischen seiner Schwester, Noel und Elisa hin und her, ehe seine Freundin sein Gesicht in die Hände nahm und ihn küsste.

»An einem Tag wie heute sind die vollkommen okay«,

befand Lou schließlich und zog ihr Handy hervor. »Ist es in Ordnung für euch, wenn wir ein Selfie machen?«

Ida rümpfte die Nase. »Mit Waschbärspuren?«

»Siehst du jetzt, was du angerichtet hast, Nona?«, grummelte Hannah, woraufhin Jonah sie nur an sich drückte und ihren Protest in einer Umarmung erstickte.

Schmunzelnd lehnte ich mich an Rafe und nickte. »Klar, wir können gern ein Foto machen. Wir brauchen ohnehin mal ein neues Profilbild.«

»Für euren Hexenzirkel?«, feixte Kai und schlug mit meinem Bruder Till ein, was uns alle die Augen verdrehen ließ.

Malia überkreuzte demonstrativ die Beine und hob ihren Becher. »Wenn das so weitergeht, müssen wir unsere Gruppe umbenennen und Umhänge für unsere Treffen besorgen.«

Lous karamellfarbene Augen weiteten sich merklich. »Das meinst du jetzt aber nicht ernst, oder?« Perplex sah sie zu mir. »Meint sie das ernst? Ich finde das bei Malia immer echt schwer zu sagen.«

»Pokerface eben.«

»Warum lassen wir das nicht einfach im neuen Jahr auf uns zukommen?« Ein schiefes Grinsen auf den Lippen tätschelte Elisa Lous Hände.

»Warum beruhigt mich das jetzt so gar nicht?«

»Leute, die Bürgermeisterin ist gerade ans Mikro getreten, ich glaube, es geht los«, platzte Noel in unsere Hexen-Diskussion und deutete mit dem Zeigefinger auf das Podium. »Wehe, es gibt keinen Countdown.«

»Es gibt einen Countdown«, meinte Rafe mit einem schiefen Blick auf seinen Cousin. »Hat es früher auch gegeben.«

»Jetzt hast du mich gespoilert, danke, Rafe.«

»Immer wieder gern.«

Ida schnaubte und starrte Noel mit ihrem ganz persönlichen Ida-Funkeln in Grund und Boden. »Das ist ja nicht zum Aushalten mit dir.«

»Dabei habe ich noch nicht mal richtig angefangen«, gab dieser achselzuckend zurück und warf ihr eine Kusshand zu. Irgendwann würden sich die beiden noch gegenseitig zerfleischen, keine Frage.

Oder doch etwas ganz anderes. Schwer zu sagen.

Um uns herum wurde es wie auf Knopfdruck stiller, als die Bürgermeisterin mit ihrer Rede begann und ein paar Highlights des Jahres aufzählte, unter denen sich auch die Eröffnung des *Meeresrauschens* und der Kitesurf Cup befanden.

»Ich denke, dass sie heute mit ihrer Böller-Show alles Bisherige übertreffen werden«, murmelte Till hinter mir.

Ich wandte mich kurz zu meinem Bruder um. »Warum?«

»Ist einfach so ein Gefühl nach allem, was war. Das wird das letzte große Ding dieses Jahr.«

Meine Lippen teilten sich zu einem Lächeln. *Dieses Gefühl habe ich auch.*

» … in diesem Sinne wünsche ich uns allen und unserer wunderschönen Insel einen guten Rutsch!« Die Bürgermeisterin gab ein Zeichen, woraufhin Applaus aufwallte, der nahtlos in den bereits gespoilerten Countdown überging.

»Okay, Zeit für Wünsche und Taten und das letzte Foto in diesem Jahr«, verkündete Lou strahlend und schlang die Arme um Kai, ehe sie im Selfie-Modus unzählige Male auf den Auslöser drückte. Mir ein Rätsel, wie sie uns da alle raufbekommen wollte, aber schließlich zählte der Moment.

»Zehn«, riefen die unzähligen Menschen um uns herum wie aus einem Mund. Mein Herz begann zu rasen.

»Neun.«

Aufgeregt schmiegte ich mich enger an Rafe.

»Acht.«

Hinter mir hörte ich, wie Till und Idas Bruder Mik ihre Becher aneinanderstießen.

»Sieben.«

Lou rutschte auf Kais Schoß und nahm eine Story mit einem wilden Filter auf, der beide unbeschwert lachen ließ.

»Sechs.«

Lächelnd verschränkte Elisa eine Hand mit Jonahs, die andere mit Hannahs und flüsterte ihrem Freund etwas ins Ohr.

»Fünf.«

Ich wandte mich kurz um und sah zu meiner Oma, die Ole liebevoll anlächelte.

»Vier.«

Malia legte Ida einen Arm um die Schultern und drückte ihr einen Kuss auf die Wange.

»Drei.«

Ein ganzes Lichtermeer aus unzähligen Handytaschenlampen breitete sich über die Tribüne hinweg aus.

»Zwei.«

Zärtlich strich mir Rafe durch die Haare, während ich seinen Blick suchte. Mich wie so oft darin verlor.

»Eins.«

Noel beugte sich plötzlich vor, umfasste Idas Gesicht und küsste sie direkt auf die Lippen.

»Frohes neues Jahr.«

Und die Welt explodierte in einem einzigen Moment aus Farben und Licht und weißem Konfetti.

Als Funkeln.

Als Strahlen.

Als das hellste Leuchten der Welt.

CAROLIN WAHL

Vielleicht für immer

Liebe Leser*innen,

wenn ihr *Vielleicht nie* (Band 2 der *Vielleicht*-Trilogie) gelesen habt, wisst ihr, dass Joanas Geschichte Elemente enthält, die triggern oder belastend sein können.

Diese sind:
Tod, Trauer, Trauerbewältigung

Ihr solltet die Geschichte also nur lesen, wenn ihr emotional mit diesen Themen umgehen könnt.

Eure Carolin und das Loewe Intense-Team

Gabriella

Draußen klopfte der Wind ans verschneite Fenster und die ersten zartrosa Schleier kündigten einen neuen Morgen an, als ich mit einem leisen Seufzen die Spülmaschinentür schloss. Zufrieden lehnte ich mich mit meinem Handy in der Hand gegen die Keramikplatte des hübschen, weitläufigen Küchentresens. Ich war noch nicht dazu gekommen, meine Nachrichten zu lesen, weil ich die gesamte Zeit über damit beschäftigt gewesen war, die mitten im Skigebiet liegende Hütte von Antons Familie auf Hochglanz zu polieren. So ordentlich, dass vermutlich sogar Joana damit glücklich gewesen wäre.

In tiefster Dunkelheit waren unsere Familien abgereist und ich dachte seitdem mit vollem Herzen an die schönen Weihnachtsaugenblicke zurück. Trotz ein bisschen Streits um Abläufe, das perfekte Timing des Essens und der typischen Konflikte war das erste gemeinsame Weihnachten total harmonisch verlaufen. Neben Antons Familie war auch mein Vater mit seiner kleinen Familie hier gewesen. Mit seiner Frau und meiner Halbschwester.

Was sich nicht mehr ganz so komisch anhörte wie noch vor einem Jahr, denn im Sommer davor war ich erst in den Flieger von Brasilien nach München gestiegen, um meinen Vater kennenzulernen. Und hatte damit eine Kette ins Rollen gebracht, die sich immer noch etwas surreal anfühlte.

Die Stille in den gemütlichen Räumlichkeiten hallte förmlich in meinen Ohren, als ich lächelnd unseren WG-Gruppenchat öffnete.

Sind unterwegs. Wir freuen uns auf euch!

Karlas Nachricht ließ meine Mundwinkel automatisch nach oben wandern und ich tippte eilig zurück.

Wir uns auch! Silvester kann endlich kommen …

Uh, schon wach? Ich dachte, du wälzt dich noch ein bisschen mit Toni in den Laken, jetzt, wo die ganze Truppe abgefahren ist?

Der ist gerade duschen und ich habe hier noch ein bisschen aufgeräumt. Und ich dachte, du fährst?

Sag einem Rennfahrer mal, dass er nicht hinterm Steuer sitzen darf während der Winterpause 😵 Joana macht hinten noch ein bisschen ihren Schönheitsschlaf und kuschelt mit meinem Bruder, deswegen reden wir gerade nicht. Mir ist langweilig. Unterhalte mich.

Du wirst ja wohl ein paar Stunden ohne Bespaßung aushalten?

Jaaa, du hast ja recht. Freue mich, dich bald zu sehen! Vielleicht schneller, als du denkst, haha

Ich antwortete noch kurz und wechselte dann den Chat. Meine Finger flogen über die Bildschirmtastatur meines Handys, damit *vovó* endlich ihre wohlverdiente Antwort erhielt, als im selben Augenblick in der oberen Leiste eine Nachricht meiner besten Freundin Olivia aufploppte.

Feliz natal. Sinto a tua falta.

Frohe Weihnachten, ich vermisse dich. Schwermut erfüllte mein Herz so unvermittelt, dass mir ein kleines Stöhnen entwich. Das zweite Weihnachten ohne sie war seltsam, vor allem, wenn man vierzehn Jahre in Folge gemeinsam gefeiert und sich heimlich Zettelchen im Gottesdienst zugeschoben hatte. Es gab Dinge, an die ich mich vermutlich niemals gewöhnen würde, sosehr ich es auch liebte, in Deutschland, bei Anton und meiner neu gewonnenen Familie zu sein. Bei *mamãe*, Olivia und meiner Großmutter war es besonders schlimm.

Dasselbe wünsche ich dir, wenn auch ein bisschen verspätet. Hier ist schon der 26.! Ich nehme an, mein Geschenk ist noch nicht eingetroffen? Dabei habe ich es extra schon Anfang Oktober losgeschickt!

Wahrscheinlich hättest du es im Juni losschicken müssen, dann kommt es vielleicht zu meinem Geburtstag im März an 😀

Die Worte meiner besten Freundin zauberten mir ein ehrliches Lächeln auf die Lippen.

»Olivia, Karla oder Joana?«, erklang ein tiefes Timbre dicht neben meinem Ohr, woraufhin ich prompt eine Gänsehaut bekam. Selbst nach knapp zwei Jahren hatte Anton noch diese Wirkung auf mich. Seine Nähe war wie ein Vulkanausbruch meiner Gefühle, ein wahrer Bekämpfer meiner Impulskontrolle. Denn jetzt wollte ich ihn unbedingt berühren. Alles in mir drängte mich förmlich zu ihm.

»Woher weißt du das?«, fragte ich zurück und schob das Handy in die Gesäßtasche meiner hüftgeschnittenen, khakifarbenen Fallschirmhose, über deren Bund mein enges Tanktop endete.

»Weil es nicht viele Menschen gibt, bei denen du dieses Lächeln auspackst?«, flüsterte Anton jetzt, schlang ganz selbstverständlich einen langen Arm um meine Taille und löste so ein wohliges Bauchkribbeln in mir aus. Wie ein Schwarm Schmetterlinge, die alle gleichzeitig mit den Flügeln schlugen.

Eine Gänsehaut überzog meine Arme, sobald ich realisierte, dass sein Unterarm noch nicht ganz trocken war.

Ich spürte seine Stärke, seine Größe. Und die Tatsache, dass er nicht viel zu tragen schien. »Außerdem sehe ich dieses Lächeln so gerne. Und werde fast ein bisschen eifersüchtig, wenn du es jemand anderem zeigst. Totaler Schwachsinn, aber ich kann nichts dagegen tun …«

Deus, ich liebte es, wenn er diese archaischen und absolut überzogenen Besitzansprüche stellte, ohne mir meinen Freiraum zu nehmen.

Erwartungsvoll wandte ich mich um. Mir stockte der Atem.

Anton stand tatsächlich nur mit einem locker um die

Hüften gewickelten Handtuch hinter mir, ein freches Grinsen auf seinen vollen Lippen. Sein drahtiger, langer Oberkörper beugte sich zu mir, ganz vertraut, und ich sah das herausfordernde Funkeln in seinen ozeanblauen Augen.

»Karla hat schon gefragt, ob wir uns in den Laken wälzen, jetzt, wo wir sturmfreie Bude haben, bis sie eintreffen …«

»Mir gefällt die Richtung, in die Karla denkt.«

»So?« Wieso klang ich plötzlich außer Puste?

»Mhmm«, erwiderte Anton, lehnte sich näher zu mir und stahl mir einen Kuss von den Lippen. Er schmeckte nach Zahnpasta und roch herrlich nach Sandelholz und Zitrone. Einzelne Wassertropfen landeten auf meiner Schulter, weil Antons Haar an einigen Stellen noch nass war.

»Aber…«, flüsterte er an meinem Mund. »Ich habe da ganz eigene Vorstellungen.«

Der zweideutige Tonfall löste ein heftiges Ziehen in meinem Unterleib aus, bevor mir unsäglich heiß wurde. »Ja? Was denn?«, fragte ich unschuldig und blickte mit kokettem Augenaufschlag zu ihm auf, während ich gleichzeitig meine Fingerkuppen über den Handtuchknoten wandern ließ. »Vielleicht decken sich unsere Vorstellungen ja …« Ich strich über die deutliche Wölbung, die meinen Mund trocken werden ließ. »Falls nicht …« Hoch. »Wäre das …« Runter. »Jammerschade.« Und wieder hoch.

Schließlich verharrte ich an Ort und Stelle. Zwei, drei schwerelose Sekunden lang hielten wir beide den Atem an, meine Sinne fokussierten sich auf diesen Moment, bis alles in mir vor Vorfreude kribbelte.

»Brie«, knurrte Anton, als ich den Knoten löste und das Tuch lautlos zu Boden glitt. »Fang besser nichts an, was du nicht zu Ende bringen möchtest.«

»Oh, glaub mir, ich bringe immer alles zu Ende«, flötete ich.

In seinen Augen loderte es auf, als ich vielsagend nach unten schaute und mir kühn über die Lippen leckte, sobald ich seine beeindruckende Erektion erblickte.

»Aber zurück zum Thema: Hattest du so etwas im Sinn?«, wollte ich mit einer Stimme wissen, die ich selbst kaum erkannte, und ließ mich ohne Ankündigung auf die Knie sinken. Ich sah das heftige Heben und Senken seines mächtigen Brustkorbs, wie sich sein Blick verschleierte, und liebte alles daran. So, so sehr.

»Vielleicht … so etwas in der Art«, erwiderte er kratzig und schloss mit einem Stöhnen die Augen, als ich mich lächelnd nach vorn beugte.

Anton

»Überraschung!«, tönte es in diesem Augenblick vom Flur. Ich stieß einen grollenden Laut aus, während all die Hitze wie aus einem geplatztem Ballon aus meinem Körper wich. Leider schrumpelte auch sonst alles wie ein zerplatzter Ballon zusammen, denn ich stand nicht auf ungebetene Zuschauer. Schon gar nicht, wenn sie die besten Freundinnen meiner Freundin waren. Und ihre Partner.

Ach fuck.

»Was? Sie sind schon da?!«, piepste Brie einige Oktaven zu hoch und stieß einen Schwall Flüche hinterher, die mit »verdammter Weihnachtsmann« endeten. Eine Angewohnheit, die sie auch nach zwei Jahren nicht abgelegt hatte und die mich immer an unsere erste Begegnung erinnern würde. Gleichzeitig breitete sich eine verlegene Röte auf ihren Wangen aus, nachdem sie hastig auf die Beine gekommen war und ich mir das Handtuch vom Boden wieder um die Hüften gewickelt hatte.

Am liebsten hätte ich vor Frustration gebrüllt. Mein Kopf fühlte sich an wie ein sprudelnder Kochtopf und jeder Zentimeter meines Körpers so, als hätte man mich in einen viel zu engen Raum gesperrt.

»Deswegen solltest du bald aus der WG ausziehen. Es ist wie zu Hause«, murmelte ich und Brie schoss mir einen pfeilartigen Blick zu, in dem ein ganzer Essay zu liegen schien. Ich konnte sehen, wie es hinter ihrer hübschen Stirn heftig arbeitete, doch sie seufzte bloß leise und ließ mich – wie so oft bei diesem Thema – vom Haken.

»Nicht jetzt. Nicht hier. Das bringe ich nicht übers Herz.«

»Aber irgendwann sollten wir darüber reden«, wandte ich leise ein, hörte, wie im Flur Schuhe ausgezogen und Koffer über den Boden geschleift wurden.

»Vielleicht irgendwann, aber nicht in diesem Urlaub.« Schwermut stand in ihren freundlichen Augen, in die ich mich – auch wenn ich es vermutlich niemals zugeben würde – schon im ersten Moment verliebt hatte. Bries warmes Wesen hatte mich wie eine verdammte Motte angezogen. Sie hatte Licht und Freude in mein Leben gebracht und all die grauen München-Wolken verscheucht. Einfach durch ihre Art. Sie an meiner Seite zu wissen, war wie Urlaub an der Sonne.

Ich nickte, als Zeichen dafür, dass ich sie verstanden hatte und ihren Wunsch respektierte.

In diesem Augenblick trat eine freudestrahlende Karla um die Ecke. Das dunkelbraune Haar steckte immer noch unter einer Bommelmütze und in ihren grünen Augen blitzte so etwas wie Reue auf, sobald sie uns entdeckte. Am Küchentresen. Brie, die so aussah, als würde sie am liebsten im Erdboden versinken und erst am Zuckerhut wieder auftauchen. Ich, nur mit einem Handtuch um die Hüften.

Das Grinsen erstarb auf Karlas Lippen und sie blieb abrupt stehen. Wohlgemerkt mit ein wenig Sicherheitsabstand. Außerhalb meiner Reichweite.

Kluges Mädchen.

Meinem Gesichtsausdruck musste man meine Mordabsichten offenbar deutlich ablesen können, denn Karla schluckte hörbar in das unangenehme Schweigen hinein und riss die Hände in die Luft. »Oh nein, sorry! Toni sieht aus, als würde er mir den Hals umdrehen wollen, also erübrigt sich die Frage, ob ihr wenigstens euren Spaß hattet … Argh!« Sie wandte sich an Gabriella, die verlegen von einem Bein auf das andere tänzelte. »Ich dachte, du verstehst meinen Wink mit dem Zaunpfahl …«

»Wink mit dem Zaunpfahl?« Verwirrung spiegelte sich auf Bries Miene, wahrscheinlich weil sie die Redewendung nicht kannte.

Karla fuchtelte weiter mit den Händen herum. »Den Hinweis, dass wir schneller da sind, als du denkst? Oh Mann.« Sie schlug sich gegen die Stirn. »Nächstes Mal schreibe ich das deutlicher.«

»Nächstes Mal schreibst du einfach: *Hey, Planänderung: Wir sind schon heute Nacht losgefahren und kommen in fünf Minuten an?*«, schlug ich vor. Mein Tonfall ließ keinen Zweifel daran, wie ernst es mir war.

Karla rollte bloß mit den Augen. »Gott, du bist ein Brummbär, wenn du mies gelaunt bist.«

»Ich bin nicht mies gelaunt, ich hätte einfach gerne nach fünf Tagen Baby-Bespaßung und harmonischer Familienzeit zu neunt eine Vorwarnung gehabt, dass ihr sechs Stunden früher ankommt als besprochen«, widersprach ich mit leiser Stimme.

»Karla«, erklang die Stimme von Kiefer – Karlas Freund und inzwischen Formel-1-Reserve-Driver – aus dem Off. Keine Sekunde später tauchte er in einem abgrundtief hässlichen roten Pullover mit Rentieroptik hinter seiner Freundin auf und schlang einen Arm um ihre Schultern, ehe er mir einen fragenden Blick zuwarf. »Was zum Teufel hast du Meyer angetan, dass er mehr redet als das ganze letzte Jahr zusammengenommen?«

»Eventuell hatte ich nicht klar genug kommuniziert, dass wir … die Nacht durchgefahren sind und jetzt schon hier aufkreuzen?«, gab Karla kleinlaut und mit zerknirschter Miene zu, was meine Laune nur bedingt hob.

»Ich glaube, Meyer ist viel eher stinkig, weil du die beiden in ihrer Küchenromantik gestört hast.«

Ich brummte einen undefinierbaren Kommentar und spürte, wie Brie näher an mich heranrückte und mir beruhigend über den Arm strich. Vielleicht war an Karlas Brummbär-Vergleich doch mehr dran, als ich mir insgeheim eingestehen wollte.

»Guten Morgen«, begrüßte uns Kilian, der nun ebenfalls mit seinem Koffer um die Ecke kam. Als er unsere ernsten Mienen erblickte, zog er verwundert die schwarzen Brauen zusammen und runzelte die Stirn. »Ist etwas passiert?« Er sah von einem zum anderen.

»Passiert?«, fragte Joana, die direkt hinter ihm folgte. Leichte Verunsicherung huschte über ihr Gesicht. Nervös zupfte sie an der Haut um ihren manikürten Daumennagel, woraufhin Kilian direkt zu ihr trat und ich spürte, wie Brie sich neben mir anspannte. Ich kannte Joanas Vorgeschichte mit ihrer Schwester nur aus Erzählungen, da sie immer noch ungern darüber sprach. Aber wir alle hatten an meinem Geburtstag vor zwei Jahren gesehen, wie sie auf Kilians Unfall reagiert hatte, und das war nichts, was ich auf die leichte Schulter nahm.

»Wir haben Brie und Toni in ihrer Zweisamkeit gestört, weil ich vergessen hatte, ihnen zu sagen, dass wir schon nachts losgefahren sind«, erklärte Karla noch einmal und deutete auf uns. »Sie haben nicht mit uns gerechnet und wollten gerade den Küchentresen entweihen, als wir hereingeplatzt sind. Entweihung hat nicht stattgefunden.« Sie zeigte auf mein Handtuch. »Aber wäre fast passiert. Was lernen wir daraus? Ich muss an meiner Kommunikation arbeiten. Ihr müsst euch ein Zimmer suchen, weil jederzeit ungebetene Gäste auftauchen könnten. Exhibit A.« Nun richtete sie den Zeigefinger auf sich selbst.

»Zimmer suchen«, grummelte ich und zog die Stirn kraus, als mir ein Gedanke kam. »Wie seid ihr eigentlich reingekommen?«

»Die Tür war nicht richtig zu.«

»Natürlich war sie das nicht …« Was vermutlich an der Kinderschar und dem erhöhten Stressfaktor meiner Familie lag.

Kiefer grinste. »Scheiße, du bist wirklich angepisst, Meyer.«

Ich warf ihm einen genervten Blick zu. »Ich möchte dich mal fünf Tage mit deiner kompletten Familie erleben, deine beiden Schwestern und ihre Partner in den Zimmern nebenan und dein Vater auf dem Flur gegenüber.«

Karla hob die Hand. »Ich will ja nichts sagen, aber im Grunde genommen erlebe ich das jeden Tag.« Vielsagend schaute sie ihren Bruder an.

Kilian verzog das Gesicht. »Erinnere mich bitte nicht daran, sonst bereue ich es noch, dem ganzen Silvestertrip zugestimmt zu haben.«

»Wir freuen uns jedenfalls sehr, dass es geklappt hat. Irgendwie sehen wir uns in letzter Zeit so selten und schon gar nicht gemeinsam«, warf Brie mit leuchtenden Augen und ihrer typischen euphorischen Begeisterung ein, um die seltsame Stimmung zu kitten. Ich hauchte Brie einen Kuss auf den Scheitel.

Augenblicklich entspannte sie sich in meinen Armen, wurde weich und anschmiegsam und ich genoss das Gefühl. Von Brie an meiner Seite.

Dann wandte ich mich an die anderen. »Schön, dass ihr da seid. Jetzt kommt erst einmal an, dann können wir ja in Ruhe die nächsten Tage planen.«

Joana

»Joana«, flüsterte Kilian mit seiner beruhigenden sonoren Stimme und beugte sich zu mir, sodass mich sein angenehmer maskuliner Geruch einlullte. »Alles okay?«

Sofort löste ich den Blick von den unzähligen Schneeflocken, die vor dem Zimmerfenster tanzten, das wir für die nächste Woche bezogen hatten. Die Zillertaler Alpen ragten wie mächtige Bergriesen in den morgendlichen Himmel. Wahrscheinlich würde ich in ihrer Gegenwart immer dieses gewisse Unbehagen verspüren. Das leichte Herzrasen. Den Druck auf meinem Brustkorb, weil es mich daran erinnerte, wen ich an sie verloren hatte.

»Es ist nur …«, begann ich und betrachtete Kilians ernstes Gesicht. Man konnte ihm die Besorgnis von der Nasenspitze ablesen. Augenblicklich legte sich der aufbrausende Sturm in meinem Innern. »Das letzte Mal, als wir hier waren, ist so viel passiert. Und ich habe eine so dämliche Entscheidung getroffen. Außerdem … außerdem wühlt es einfach so viel auf.«

»Du bist hergekommen.«

»Aber«, setzte ich an.

»Kein *aber*, du bist hergekommen«, unterbrach er mich sanft und rieb mir mit dem Daumen über die Wange. Die Berührung drang bis zu meiner heilenden Seele. »Du stellst dich deinen Ängsten und das ist so viel wert.«

»Wieso sagst du immer so weise Sachen?«, brummelte ich.

Prompt lächelte er. Sein Kilian-Lächeln, bei dem sich mein Herz anfühlte, als würde es vor Glück platzen. Stolz erfüllte mich. Darauf, dass ich am Ende für uns gekämpft hatte und wir uns beide für diese Beziehung entschieden hatten. Fast ein Jahr war das inzwischen her und die letzten Monate waren wie im Flug vergangen.

Meine Ausbildung zur Maskenbildnerin machte mir unheimlich viel Spaß und ich liebte die kurzen Gelegenheiten, bei denen ich hinter den Kulissen ein bisschen Theaterluft schnuppern durfte.

»Ich habe meine lichten Momente …«, antwortete er mit einem frechen Zwinkern. »Jetzt machen wir uns ein paar schöne Tage und überschreiben all die negativen Erinnerungen mit positiven. Okay?«

Ich lächelte zaghaft zurück, stellte mich auf die Zehenspitzen und drückte ihm einen Kuss auf den Mund, wobei mich die vielen Bartstoppeln kitzelten. »Okay«, erwiderte ich. »Ich hoffe, du kommst im Urlaub voll auf deine Kosten.«

Als ich Kilians wölfischen Ausdruck bemerkte, rollte ich mit den Augen. »Doch nicht so. Oder doch. Auch so. Nur eben nicht so, dass es die anderen groß mitbekommen. Eigentlich wollte ich aufs Skifahren hinaus und nicht, dass du die Abfahrt in mein Höschen nimmst.«

Kilian brach in schallendes Gelächter aus und das Geräusch fühlte sich wie ein warmer Sommerregen auf meiner Haut an. »Das muss ich mir merken. Und ich kann durchaus mit beidem leben. Aber ja, wir wollten heute schon auf die Piste.« Schlagartig wurde seine Miene nachdenklich und genau das liebte ich an ihm. Seine unfassbare Einfühlsamkeit. »Es sei denn …?«

Ein winziger kurzer Stich. Die Erinnerung an meine

Schwester, die nach einem Skiunfall gestorben war, war für einen Moment wie ein Pfeil in die Brust. Doch dann ging es. Als hätte ich den Sack mit Steinen über meiner Schulter ein wenig geleert, als wäre nur noch die Hälfte an Gewicht darin. Es würde vermutlich noch eine Weile dauern, bis der Ballast völlig erträglich war, selbst mithilfe der Therapie, die ich begonnen hatte. Irgendwann jedoch – davon war ich felsenfest überzeugt – würde es sich nicht mehr wie ein Sack Steine, sondern wie Federn anfühlen. Sodass ich ihr Gewicht zwar spüren, allerdings nicht mehr davon beeinträchtigt werden würde. Also schüttelte ich den Kopf.

»Ach was«, winkte ich ab. »Das Wetter soll später so gut werden. Echtes Kaiserwetter. Ich helfe Brie bei den Vorbereitungen fürs Abendessen. Nutzt doch aus, dass wir so früh angekommen sind.«

»Vor allem, weil Henning durchgefahren und so fest am Fahrersitz geklebt hat, dass ich vorhin dachte, wir müssten ihn nach den neun Stunden Fahrt rausschneiden. Der Arme hat seine Abfahrt mehr als verdient.« Kilian grinste. »Oh Mann, der Typ braucht dringend wieder viel zu viel PS unter seinem Arsch, sonst benimmt er sich wie ein eingesperrter Tiger.«

Ich kicherte. »Absolut.« Dann bemerkte ich den verträumten Ausdruck auf Kilians Gesicht, sah, wie er mich fasziniert anstarrte.

»Was ist?«, fragte ich verlegen.

»Habe ich dir schon gesagt, dass ich es liebe, wenn du lachst?«

Mein Herz schmolz. »Ungefähr jedes Mal, wenn ich es tue?«, erwiderte ich und ließ mich von ihm in eine feste Umarmung ziehen, schmiegte mich an seine definierte

Brust, denn obwohl er das Base-Jumping mir zuliebe vorerst auf Eis gelegt hatte, war das Parkour-Training über den Sommer und Herbst nicht ausgeblieben. Ich genoss das Gefühl seiner Nähe. Immer noch. Jedes Mal. Es war ein bisschen wie fliegen und fallen zugleich, ein Schwebezustand, an den ich mich vermutlich niemals gewöhnen würde.

»Pass auf dich auf, ja?«, bat ich jetzt leise.

»Immer, Prinzessin«, antwortete er dicht an meinem Ohr und mein ganzer Oberkörper vibrierte unter dem Klang seiner Stimme.

»Ich mag den Spitznamen, seit du das *Eis* gestrichen hast«, murmelte ich und ertappte mich dabei, wie ich zufrieden schnurrte, als mir Kilian über den Rücken strich.

»Inzwischen sollte ich wohl eher Feuerprinzessin sagen, so oft, wie du mir Feuer unterm Hintern machst.«

Ich konnte nicht verhindern, dass mir ein kleines Seufzen entwich. Mit zwei Fingern hob Kilian mein Kinn an und brachte mich so dazu, ihm in die sturmgrauen Augen zu schauen.

»Nur bei diesem einen Thema bräuchte ich ein … bisschen mehr Einsatz von dir. Wir müssen es ihnen sagen«, beschwor er eindringlich, doch ich schüttelte vehement den Kopf.

Mein Herz sank bei dem Gedanken und ich spürte, wie mich eine gewisse Unruhe erfasste. Als ob ich eine halbe Ewigkeit nicht mehr laufen gewesen war, um die Gedanken in meinem Kopf zu sortieren.

»Ja, müssen wir. Aber nicht im Urlaub.«

»Gerade im Urlaub wäre es die beste Gelegenheit«, antwortete Kilian. »Alle zusammen. Nicht verstreut. Nicht im Stress. Wir könnten es beim Raclette ansprechen.«

»Klopf, klopf«, erklang es just in diesem Moment hinter

uns. Beinahe ertappt zuckte ich zusammen. Im selben Augenblick ließ meine beste Freundin Karla ihren Worten Taten folgen und klopfte mit den Knöcheln gegen den Rahmen, um keine Sekunde später durch die geöffnete Tür einzutreten. Sie grinste Kilian spitzbübisch an. »Na, Bruderherz, bereit für die Piste?«

»Immer doch.«

»Sei froh, dass Henning die Nacht durchgefahren ist, sonst hätte er uns vermutlich schon vor einer Stunde auf den Berg geschleppt und wäre erst mit der letzten Kontroll-Pistenraupe wieder runtergebrettert«, meinte Karla und sah dann zufrieden zwischen uns hin und her. »So schön, dass wir endlich wieder zusammen sind. Gefühlt hängt jeder seinem eigenen Leben nach.«

»Sprach sie und war seit Wochen nicht in der WG gesichtet worden«, kommentierte ich trocken.

Auf der Stelle huschte so etwas wie ein schlechtes Gewissen über ihre Züge. »Ich weiß«, seufzte sie. »Aber das ist keine Absicht. Ich verbarrikadiere mich in der Bib und muss mich langsam um ein passendes Repetitorium kümmern, sonst sehe ich für mein Staatsexamen schwarz …«, begann sie und die Wörter stürzten wie von einem Wasserfall herunter. »Außerdem sind bei uns in der WG keine Hunde erlaubt und Ari muss ja morgens direkt raus … Und Henning darf nach dem Urlaub für die Vorbereitungen nach England fliegen, bevor das Pre-Season Testing losgeht«, ratterte Karla herunter, nicht ohne einen gewissen Stolz in der Stimme.

»Jetzt musst du nur noch die magischen drei Worte sagen und alles ist gut«, entgegnete ich und sah, wie meine beste Freundin voller Entsetzen erstarrte. Ich sah die Panik in ihrem Blick. Erst da wurde mir bewusst, dass wir nicht in unserer München-WG-Konstellation im Raum standen, sondern dass es Kilian war, der alles mitanhörte. Reue stieg in mir auf und ich hätte mir am liebsten auf die Zunge gebissen.

Mir wurde unsäglich heiß. Dachte sie jetzt, dass ich mit Kilian darüber geredet hatte? Dabei würde ich ihr Vertrauen niemals auf diese Weise missbrauchen …

Niemand wusste, dass Karla *Ich liebe dich* noch nicht über die Lippen gebracht hatte. Vermutlich aus Angst, dass es ihrer Beziehung mit Henning eine neue Ebene verlieh. Sie war da vorsichtig, obwohl wirklich alle ihr die Gefühle deutlich ansehen konnten. Man brauchte nur zwei Minuten in ihrer Gegenwart zu verbringen und schon wusste man, dass die beiden perfekt zusammenpassten. Auf ihre ganz eigene Art.

S-O-R-R-Y, signalisierte ich tonlos in der Hoffnung, nicht bereits ein Gefühlschaos verursacht zu haben, doch Karla reagierte nicht darauf.

»Wir treffen uns gleich draußen, ja?«, fragte sie rhetorisch, lächelte gezwungen und stürmte hinaus, ehe ich die Gelegenheit hatte, sie über alles aufzuklären.

Kilian

»Letzte Abfahrt?«, fragte ich und schnallte den Fuß ein, ehe ich mich aufrichtete. Henning schob sich die Skibrille zurück über die Augen, sodass er mit dem Helm und dem komplett schwarzen Skioutfit wie ein Spitzensportler auf Weltmeisterschaftskurs aussah, dann nickte er. Alles an ihm wirkte wie immer so, als wolle er einen Wettkampf daraus machen. Aber genau das mochte ich an ihm. Er schreckte vor nichts zurück. Und war damit exakt das, was meine Schwester brauchte, auch wenn sie es vermutlich niemals zugeben würde. Karla brauchte jemanden, der selbst vor ihren Mauern nicht haltmachte und dennoch ihre Grenzen respektierte.

»Klar«, fügte er jetzt völlig unbekümmert hinzu. »Obwohl wir von mir aus noch einmal mehr fahren könnten.«

»Ja, nur will ich Joana und Brie nicht noch länger warten lassen …«

Henning zuckte mit den Schultern. »Passt.«

Ich drehte mich zu Toni und Karla um, die gerade mit den nächsten Schleppern angekommen waren und nun auf uns zufuhren. »Letzte Abfahrt?«, rief ich ihnen zu. Die beiden hoben gleichzeitig die Daumen.

Tatsächlich hatte Joana mit ihrer Einschätzung recht behalten, der Himmel war aufgeklart und die Sonne knallte vom Himmel. Ich genoss den Fahrtwind, das Geräusch, das der

Schnee machte, wenn ich darüberglitt. Henning fuhr zügig, raste jedoch nicht. Anders, als ich gedacht hatte. Vermutlich gab es irgendwelche vertraglichen Regeln, denn er wirkte ein bisschen wie ein Husky, der zwar vor einen Schlitten gespannt war, allerdings kein Gas geben durfte.

Sobald ich das erste Drittel der Abfahrt geschafft hatte, auf dem ich immer wieder angehalten hatte, um die anderen im Auge zu behalten, schoss Karla an mir vorbei. Zum vierten Mal an diesem Tag. Die ersten beiden Male hatte ich es als Zufall abgetan. Jetzt rumorte es in meinem Bauch. Ein Zeichen dafür, dass meine Schwester mir absichtlich aus dem Weg ging.

Joanas Nebensatz kam mir in den Sinn. *Die magischen drei Worte.* War es das, was sie wurmte? Schnitt sie mich, weil ich das gehört hatte?

Im letzten Moment registrierte ich eine Bewegung aus dem Augenwinkel und bremste scharf ab, ehe ich einen Auslaufbogen fuhr. Ein comichaftes *Wuusch*-Geräusch, dann nur noch dröhnende Stille in meinen Ohren.

»Passen Sie doch auf!«, schimpfte die Dame, als ich mich noch einmal umdrehte und entschuldigend die Hand hob. Mein Herz klopfte ziemlich heftig in meiner Brust. Beim Fahren nicht konzentriert zu sein, konnte ein übles Nachspiel haben. Einen Unfall konnte und wollte ich Joana nicht antun. Nicht nach letztem Jahr. Keine Tiefschneeabenteuer fernab der gekennzeichneten Pisten für mich. Zumindest nicht heute.

»Das hätte ins Auge gehen können«, kommentierte Toni trocken, sobald wir unten angekommen waren. Die Hütte oder besser gesagt das eindrucksvolle Generationenhaus seiner Familie lag bereits in Sichtweite, aufgrund des Straßenverkehrs und des nicht präparierten Wegs mussten wir allerdings abschnallen und den letzten Rest zu Fuß laufen.

»Ehrlich gesagt bin ich wirklich brav gefahren, ich wollte dieses Mal nämlich heil unten ankommen und ohne dass ihr mir einen Besuch im Krankenhaus abstatten müsst.«

»Spätestens im Krankenhaus hätte dir Jojo vermutlich den Hals umgedreht«, murmelte Karla. Mit den giftgrünen Skiern über der Schulter und der hochgeschobenen Skibrille marschierte sie an mir vorbei, das Kinn störrisch nach oben gereckt.

»Habt ihr euch gestritten?«, raunte mir Henning zu, der sich meinem Tempo angepasst hatte. »Sag's mir besser gleich, dann weiß ich, dass ich besondere Samthandschuhe auspacken muss.«

»Du meinst eher Handschuhe mit besonders langen Stacheln, oder?«

Henning lachte. »Die gibt es. Aber zu anderen Anlässen.«

Unfreiwillig verzog ich das Gesicht zu einer Grimasse. »So gern ich dich hab, bitte pflanz mir nicht solche Bilder in den Kopf. Und nein, wir haben uns nicht gestritten«, kam ich auf seine ursprüngliche Frage zurück. »Ich glaube, sie ist sauer auf Joana.«

»Warum das?«

Shit. Was antwortete ich am besten darauf? *Meine Freundin hat aus Versehen herausposaunt, dass meine Schwester dir noch nicht gesagt hat, dass sie dich liebt?*

Einerseits liebte ich Trubel, sonst hätte ich mich niemals für eine WG mit fünf Parteien entschieden, andererseits war Chaos damit vorprogrammiert. Besonders in Urlauben, wenn mehr als zwei Personen gleichzeitig zusammenkamen. Und selbst das konnte schon kompliziert werden.

»Ist eine Sache unter ihnen«, wich ich Henning aus, der verständnisvoll nickte und einen nachdenklichen Blick in Richtung meiner Schwester warf, die inzwischen schon den halben Berg hochmarschiert war.

»Muss eine *größere Sache* sein, sonst zieht sie sich selten so zurück«, murmelte er und rieb sich über das stoppelige Kinn. »Trotzdem danke.«

Ich konnte nur hoffen, dass diese größere Sache nicht den ganzen Urlaub überschatten würde.

Karla

Hennings Finger streiften meinen Nacken, wanderten tiefer und blieben auf meiner unteren Wirbelsäule liegen, wo sie Löcher durch den Stoff meiner schwarzen Bluse brannten.

Ein bisschen verfluchte ich ihn dafür, wie gut er mich kannte. Wie er meine nonverbalen Signale direkt richtig deutete und mich mit einer simplen Berührung wieder einfing. Immer, wenn ich mich zurückzog, holte er mich zu sich, indem er mir zeigte, dass er da war. Mehr nicht. Seine bloße Anwesenheit reichte aus.

Über den Tisch hinweg traf mein Blick auf Jojos und ich zuckte innerlich zusammen, weil ich die Fragen darin las. Eigentlich rannte ich nicht vor meiner besten Freundin weg, sondern vor der Wahrheit in meinem Herzen, die manchmal so laut schrie, dass es schmerzte.

Alles in mir war brüchig. Wie viel zu dünnes Eis.

Ich versuchte, mich auf die köstlichen *Pão de quejio* auf meinem viel zu leeren Teller zu konzentrieren, während Brie gerade mit Kilian und Anton über die Vorzüge von gutem Essen in Kombination mit Wein diskutierte.

»Also, Karla, ich bin enttäuscht«, sagte Brie jetzt mit einem Augenzwinkern in meine Richtung. Wahrscheinlich könnte sie nicht einmal von etwas enttäuscht sein, wenn man sie mit vorgehaltener Waffe dazu zwingen würde. »Wo bleibt dein *Oh-mein-Gott-für-die-Käsebällchen-würde-ich-sterben?*«

»Oh mein Gott, für die Käsebällchen würde ich sterben«, antwortete ich, aber nicht halb so überzeugend, wie ich es gern gewollt hätte. Verdammt.

»Ich glaube, ich hab dich verdorben. Zu viele Käsebällchen. Du bist satt.« Kopfschüttelnd schenkte Brie den anderen Wasser nach.

Der Tisch war mit den unterschiedlichsten Leckereien gedeckt. Verschiedene Wurstsorten aus der Region, ein kleines Käsefondue-Töpfchen, unter dem eine Flamme schwelte und einen herrlich-würzigen Duft verströmte, unterschiedliche Brotsorten und Gemüsesticks in allen Variationen. Die absolute Krönung – und ich war immer noch ziemlich stolz darauf – waren die beiden *Brie*- und *Anton*-Schilder der dazugehörigen Käsesorten, die ich an der Käsetheke geschnorrt hatte.

»Ich könnte die Dinger niemals satthaben«, erwiderte ich schnell, weil ich Hennings, Kilians und Joanas Blicke wie kleine Laserpointer auf mir spürte.

»Also, morgen steht unser Krimidinner an«, warf nun mein Bruder ein und ich verspürte so etwas wie Dankbarkeit für diesen unschuldigen Rettungsanker. »Und heute Abend könnten wir noch eine Runde Mario Kart fahren? Ich habe alles von zu Hause mitgenommen.«

Brie klatschte begeistert in die Hände. »HAST DU NICHT?«, schrie sie mir dabei fast ins Ohr. »ICH LIEBE MARIO KART!« Sie wandte sich an Joana und mich. »Warum haben wir uns das nicht längst für die WG besorgt?«

Ich hob die Schultern. »Weil wir vermutlich nichts anderes tun würden, als zu zocken?«

»Nicht jeder besitzt so wenig Selbstkontrolle wie du«, meinte Kilian trocken in meine Richtung und ich zeigte ihm den Mittelfinger, erleichtert über so viel Normalität und den von mir weggerückten Fokus.

Als ich kurze Zeit später in der Küche stand und die Spülmaschine einräumte, während die anderen gerade die Konsole anschlossen, spürte ich Hennings unverwechselbare Präsenz genau hinter mir. Vermutlich hätte ich ihn sogar mit verbundenen Augen erkannt. Sofort.

»Wann kommt Sander mit seiner Freundin noch mal?«, fragte ich, als ich die bleierne Frage, die zwischen uns im Raum stand, nicht mehr aushielt.

»Sander und Norah kommen nach Silvester, das weißt du aber ziemlich genau. So löchrig ist dein Gedächtnis nicht. Nicht, nachdem du mich vor einer halben Stunde erst gefragt hast.« *Mist.*

Ich tat so, als wüsste ich nicht, worauf er hinauswollte – nämlich darauf, dass ich zweifelsohne panisch nach einer Ausflucht suchte –, und zwängte die Messer mit der scharfen Seite nach unten in die Vorrichtung. »Du hättest mir ruhig sagen können, dass er nicht zu dem Skogen-Modeunternehmen gehört, sondern eigentlich der Erbe dieser sündigen KOSGEN-Kekse ist.«

Auch ohne mich umzudrehen, hörte ich das Schmunzeln in Hennings Stimme. »Du hättest bei deinen Google-Recherchen auch einfach checken können, welcher Jahrgang dein gefundener Aleksander Skogen ist. Spätestens bei der Zahl 1964 hättest du stutzig werden müssen.«

»Warum heißen auch zwei sehr wohlhabende Skogen-Männer ausgerechnet Aleksander mit Vornamen«, beschwerte ich mich und blickte gehetzt auf den kleiner werdenden Berg an schmutzigem Geschirr. Also nahm ich etwas an Tempo raus, während sich Henning mit vor der Brust gekreuzten Armen in mein Sichtfeld schob. Ernste Miene, die dunklen Augen nachdenklich auf mein Gesicht gerichtet. Ich konnte ihn gar nicht richtig ansehen, so sehr sehnte ich mich danach, mich einfach in seine Umarmung zu werfen und ihn zu spüren.

Mit meinen irrationalen Ängsten war ich wirklich ein Fall für sich. Und definitiv viel zu kompliziert. Keine Ahnung, was Henning an mir fand.

»Du gehst einem Konflikt aus dem Weg.«

Mein Herz wummerte plötzlich sehr laut und sehr dröhnend. »Nicht wirklich.«

»Hast du dich mit Joana gestritten?«, fragte Henning und betrachtete mich so liebevoll, dass sich unwillkürlich ein Kloß in meinem Hals bildete.

Vehement schüttelte ich den Kopf. »Nein, ihr ist nur in Gegenwart von Kilian was rausgerutscht, was ich ihr im Vertrauen erzählt hatte.« Am liebsten hätte ich mir auf die Zunge gebissen. *Memo an mich selbst: nicht antworten, bevor du nachgedacht hast.*

»Und was war das?«

Krampfhaft überlegte ich, was schlimmer war: ihm die Wahrheit hier und jetzt zu sagen oder das Ganze noch ein bisschen aufzuschieben. Bis zu einem Moment, in dem ich mir sicher war, die richtigen Worte zu finden und nicht das Gefühl zu haben, an ihnen zu ersticken.

»Wir können starten!«, ertönte Kilians Stimme von der Seite und ich war nie erleichterter über eine Unterbrechung gewesen als in diesem Augenblick.

Henning

Den ganzen Abend über ging mir Karla aus dem Weg. Selbst jetzt, während sie friedlich schlummerte. Obwohl sich ihr Körper im Schlaf an mich schmiegte, als würde sie die Berührung förmlich brauchen, schienen ihre Gedanken und Ängste sie davonzutreiben. Beruhigend strich ich mit der Daumenkuppe über ihren Oberarm, zeichnete unsichtbare Sterne und Herzen darauf, die gleich darauf wieder verblassten, und lauschte ihrem gleichmäßigen Atem.

Die anderen waren ebenfalls längst ins Bett gegangen. Nach gefühlt zwanzig Runden Mario Kart und ein paar Bier hatte sich die Runde aufgelöst. Ich mochte Karlas Freundinnen. Genauso wie Kilian und Toni. Tatsächlich kannte ich Meyer schon seit einigen Jahren, da sein Vater ein berühmter Sternekoch mit eigener Sendung gewesen war und in der Münchner Schickeria ein und aus ging. Jener Schickeria, die für mein Sponsoring ausschlaggebend war.

Das Zimmer duftete nach frischer Bettwäsche, gemischt mit einer holzigen Note. Von draußen drang blasses Mondlicht herein, das nur ab und zu von vorbeiziehenden Wolken überschattet wurde.

Plötzlich stöhnte Karla leise und presste ihren Po an meinen Schritt. Zum Glück trug ich heute Boxershorts, auch wenn die süße Reibung meine Gedanken stumm schaltete.

Ich ächzte leise, weil das Blut in untere Regionen rauschte, während Karla winzige, kreisende Bewegungen vollführte. Ich spürte, wie meine Muskeln sich anspannten und mein Herzschlag sich beschleunigte.

»Meg«, hörte ich mich rau sagen, jenen Spitznamen, der von Anfang an da gewesen war. Meg wie Megara aus Disneys *Hercules*: zynisch, schlagfertig, witzig mit einem Herz aus Gold. Von dem Chaos wollte ich gar nicht erst anfangen. Aber ich liebte Karla, weil sie mich zu Höchstleistungen anspornte, mich immer zum Lächeln brachte und mir das Gefühl gab, großartig zu sein, indem ich einfach ich war. Henning Kiefer. Mehr nicht. Und gleichzeitig war ich doch ihr Wunderknabe.

Das leise Seufzen, das viel zu tief aus ihrer Kehle über ihre Lippen rollte, ließ mich auf der Stelle hart werden. Ich ballte die Hand zu einer Faust.

»Karla«, versuchte ich es nun eindringlicher, als sie nicht reagierte und stattdessen ihre Hüften verführerisch vor- und zurückbewegte. Natürlich trug sie nur diese sexy schwarzen Shorts mit den hübschen Spitzen und das Tanktop, durch dessen Stoff sich ihre harten Brustwarzen abzeichneten. Innerlich verfluchte ich sie dafür.

»Keine Sorge, Wunderknabe, ich bin wach«, murmelte sie, wandte mir den Kopf zu und legte ihre Lippen auf meine. Der Kuss war weich und zärtlich, wurde dann verspielt und neckend. Hitze schoss wie ein Blitz durch mich hindurch. Versengte meine Adern und radierte jeden klaren Gedanken aus.

Meine Finger gingen von ganz allein auf Wanderschaft, während sich Karla zu mir herumdrehte, sodass wir nicht länger in der Löffelchenstellung lagen, sondern uns anblickten. Bei jedem Atemzug streiften ihre Brüste meinen Oberkörper.

»Henning?«

»Mhm?«, machte ich zwischen zwei Küssen.

»Ich will dich.« Drei Wörter, die alles in mir in Brand setzten.

Ich spürte, wie ihr Körper unter meiner Berührung ganz weich wurde. Wie sie ihre Mauern herunterfuhr. Kurz dachte ich an gar nichts außer an diesen Moment. Sie biss mir spielerisch in die Unterlippe, saugte daran und ich packte mit den Händen ihren Po, stöhnte, als sie ihre Beine um meine Hüften schlang und mich endlich richtig küsste. Intensiv und echt. Tiefer, einnehmender. Gleichzeitig registrierte ich das Flattern ihrer Lider und ihren tosenden Herzschlag an meiner nackten Brust.

»Ich will dich spüren«, seufzte sie an meinem Mund. »In mir.«

»Arme hoch«, kommandierte ich, woraufhin ihr ein leises Kichern entschlüpfte. Bereitwillig leistete sie meiner Aufforderung Folge. Ich schob ihr das Tanktop über den Kopf und beugte mich vor, um ihre Brustwarzen in den Mund zu nehmen, weil ich wusste, wie sehr sie darauf stand.

»Warte«, sagte Karla, drückte mich mit der flachen Hand in die Bettlaken und zog mir die Boxershorts über die Hüften. »Heute nicht«, fügte sie hinzu und der Klang ihrer Stimme hätte mich stutzig werden lassen müssen. Es hatte etwas Flehentliches.

Aber das tat es nicht. Dafür war mein Hirn zu vernebelt.

Und dann, als ihre Lippen sich um meinen Schaft schlossen, dachte ich gar nichts mehr, sondern genoss einfach nur das Gefühl. Genoss das Hier und Jetzt. Mit Karla.

Gabriella

»Warum ist jede Essensvorbereitung eigentlich ein Wettkampf?«, fragte ich augenrollend und sah, wie sich Antons schöner Mund zu diesem ganz bestimmten, breiten Lächeln teilte. Ein Lächeln, das nur mir gehörte, weil ich die Einzige war, die es in all seinen Variationen zu Gesicht bekam.

Karla und Kilian diskutierten noch vor Spielbeginn über den Ablauf. Doch selbst das konnte das tiefe Gefühl der Zufriedenheit in mir nicht ins Wanken bringen. Ich liebte es, inmitten meiner WG zu sein. Es war ein bisschen so, als würde ich durch den Dschungel am Fuße des *Morro da Urca* Richtung Zuckerhut wandern und die Vielfalt der Natur bewundern. Sie war meine Familie geworden, fernab der Heimat.

Der gigantische Holztisch war beinahe fertig gedeckt. Verteilt darauf stand das edle Geschirr, das Anton mit der Bitte um Vorsicht freigegeben hatte, inklusive der stilvollen Sektflötengläser, für die bereits der Champagner kalt stand. »Mein Vater wird ihn schon nicht vermissen«, hatte Anton schulterzuckend gemeint, sobald er aus dem Weinkeller wieder aufgetaucht war. So langsam verspürte ich eine kribbelnde Vorfreude auf den Abend.

Keine Ahnung, wann wir das letzte Mal so intensiv Zeit miteinander verbracht hatten. In dieser Konstellation. War es Monaco gewesen? *Deus*, war es wirklich schon ein halbes Jahr her?

»Pass auf, *Chloe Cruz*, meine Kochkünste solltest du heute Abend besser nicht infrage stellen. Meine Zündschnur ist nämlich nicht besonders lang«, erwiderte Anton nun auf meine Frage hin und mir war klar, dass er auf seine Rolle im Krimidinner anspielte. »Ich habe mir lediglich Mühe mit der Vorspeise gegeben.«

»Warum hast eigentlich ausgerechnet du *Gary Thomson*, den cholerischen Sternekoch, gezogen?«, wollte ich von ihm wissen, woraufhin er nur einen vielsagenden Blick in Richtung Karla warf, die gerade dabei war, sich mit ihrem Bruder verbal die Köpfe einzuschlagen. Ich zupfte an Antons schwarzer Kochjacke, die fast schon einer militärischen Uniform glich, was seltsame Dinge mit meinem Unterleib anstellte. Als würde ich ein paar Loopings fliegen.

»Frag dazu doch am besten mal *Emma Rorschach*, unsere resolute Hotelmanagerin, die dieses Charity-Event eingefädelt hat. Ich bin mir sicher, es ist purer Zufall, dass Henning als *Prinz Amir* aufgetaucht ist. Und Kilian *Lucas Bloom* ist, der Mann des Opfers.«

Mir entwich ein Kichern. »Sei froh, dass wir uns nicht für *Bridgerton* entschieden haben. Wobei … dich in einem besonderen Outfit …« Mein Kopfkino sprang an und ich kam nicht umhin, mir vorzustellen, wie Anton seine Kochuniform gegen Regency-Kleidung tauschte. Weil mir plötzlich ganz heiß wurde, schüttelte ich das Bild schnell wieder ab und tippte stattdessen gegen einen seiner schwarzen Knöpfe. »Aber ich will mich nicht über deine Kleidung beklagen, im Gegenteil …«

Antons Brauen schossen in die Höhe. »*Das* wäre die Alternative gewesen? Dann muss ich *Emma Rorschach* alias Karla ja wirklich dankbar sein, dass sie sich für *Das Berghotel* entschieden hat.« Sein Blick wanderte anzüglich langsam an meinem kirschroten Cocktailkleid mit Spaghettiträgern und aufgebauschtem Rock hinab, sodass ich die Hitze nicht nur in den Wangen, sondern vor allem auch in meinem Bauch spürte. »Ich darf mich genauso wenig beklagen, *Miss Cruz*. Ich kann es kaum erwarten, dir dieses Kleid nach meinem cholerischen Tobsuchtsanfall vom Leib zu reißen.« Zur Unterstreichung seiner Worte fuhr Anton mit der Fingerspitze meinen Oberarm hinauf, verharrte an einem der Träger und lächelte mich unter gesenkten Lidern verwegen an. Mir entfuhr ein leises Seufzen.

Joana hatte mir mit der Frisur geholfen – meine Lockenpracht hatte sie auf einer Seite weggesteckt, sodass sie jetzt wie ein Wasserfall über die andere Schulter floss –, genau wie mit meinem aufwendigen Make-up. Schließlich war ich laut Rollenbeschreibung eine Selfmade-Millionärin à la Kylie Jenner. Angeklebte Wimpern, perfekte Foundation, ein schmaler weißer Lidstrich und volle rote Lippen, die einladend schimmerten.

Anton beugte sich zu mir herüber, sodass mich die herbe Note seines Duftes umhüllte, und ich schloss instinktiv die Augen. Sein Atem kitzelte mein Ohr. »Wir müssen das von gestern noch nachholen.«

»Unbedingt«, flüsterte ich atemlos zurück.

»Mhm«, räusperte sich in diesem Augenblick *Emma Rorschach* in Karlas *Leckerste*-Kostüm, dessen Namensschild sie überklebt hatte, und schwenkte das Gastgeberheft, als würde sie Hennings Sieg mit einer Zielflagge abwinken. »Ich störe Sie nur ungern, *Miss Cruz* und …«, sie nickte in meine und anschließend in Antons Richtung. Ihre Miene war dabei so ernst, dass ich am liebsten losgeprustet hätte. *Deus*, ich war wirklich keine gute Schauspielerin. »… *Mister Thomson.* Aber wir würden gerne mit dem Event beginnen.«

Knurrend richtete sich Anton auf und maß meine Freundin und Mitbewohnerin mit kühlem Blick. »Sie haben ein Gespür für Timing, *Mrs Rorschach.*«

»Stets bemüht, *Mister Thomson.* Ich hoffe, Ihr Aufenthalt bei uns ist zu Ihrer vollsten Zufriedenheit«, flötete *Emma Rorschach* unschuldig.

Anton

Belustigt beobachtete ich, wie Brie sich auf ihrem Sitz wand, je nachdem, wo ich meine Hand platzierte. Mal auf ihrem nackten Oberschenkel, weil der Stoff ihres glühend roten Kleides hochgerutscht war. Mal auf dem unteren Teil ihres Rückens, kurz oberhalb ihres Pos. Es gehörte zwar absolut nicht zu meiner Rollenbeschreibung dazu, dafür machte es mir allerdings viel zu sehr Spaß, sie zappeln zu sehen. Allein schon wegen gestern Morgen konnte ich die Finger nicht von ihr lassen. Sie war wunderschön und strahlte wie eine hübsch glänzende Weihnachtskugel, aber es war ihr Innerstes, das den Raum erleuchtete. Wie immer.

Keine Ahnung, womit ich Griesgram diese umwerfende Frau verdient hatte. Sie bereicherte mein Leben auf so vielen Ebenen, dass es mir manchmal wie ein Traum vorkam.

»Mister Thomson«, riss mich Joana alias *Lady Anne Davenport*, die heute unsere Gastgeberin war, aus meinen Gedanken und brachte mich dazu, meine volle Aufmerksamkeit auf sie zu richten. Mit den streng nach hinten gebundenen Haaren, dem etwas biederen Rüschenkleid und dem harten Zug um den Mund wirkte sie wirklich wie die hochnäsige Adlige, die sie verkörpern sollte. Philantropin *Maria Bloom* war vor Beginn des Charity-Events tot aufgefunden worden, sodass wir uns nun im eingeschneiten Schweizer Berghotel mit dem treffenden Namen *Belle Mortelle* gegenseitig des

Mordes beschuldigten. Jeder von uns hätte einen Grund gehabt und wir alle versuchten, ihn zu verschleiern und von uns abzulenken. Nach drei Gläsern Rotwein, dem fantastischen Raclette und den unterhaltsamen Gesprächen brummte mir allerdings der Schädel und ich fand Bries weiche Haut unter meinen Fingerspitzen viel spannender als das Spiel.

»Mister Thomson«, wiederholte Joana und reckte herausfordernd das Kinn, während sie mich aus ihren veilchenblauen Augen provokant musterte. »Ich will ja nichts sagen, aber unter Ihrer in der *Gault et Millau* aufgeführten Käsesuppe hatte ich mir etwas wesentlich Exquisiteres vorgestellt«, säuselte sie und rümpfte die Nase, als hätte sie einen säurehaltigen Gestank eingeatmet. Ich musste ein Schmunzeln unterdrücken, denn die berühmte Käsesuppe meines Vaters hatte tatsächlich in der renommierten Zeitschrift, die regelmäßig Sterneküchen bewertete, Erwähnung gefunden.

Also beugte ich mich über den Tisch, um *Miss Davenport* fest in die Augen zu sehen, und entgegnete ganz in meiner Rolle: »Wollen Sie damit etwa behaupten, meine Suppe hat Ihnen nicht geschmeckt?«

»Ja. Sie war …« Ich konnte sehen, wie Joana mit sich rang, nervös wurde, mit dem Schauspiel kämpfte, und zwinkerte ihr kurz zu. Daraufhin nickte sie erleichtert und straffte die Schultern. »Sie war nicht nur versalzen, sondern äußerst bitter. Viel zu intensiv.«

»Vielleicht können Sie einfach keinen Knoblauch vertragen«, knurrte ich.

»Vielleicht haben Sie sich Ihren Sternetitel auch einfach erkauft. Das hört man ja ständig heutzutage.«

»Wie können Sie es wagen?«, schimpfte ich und stieß mich vom Stuhl hoch. Alle Blicke folgten mir. Theatralisch warf ich meine Serviette auf den Tisch. »Mir zu unterstellen, ich hätte mir meine Sterne nicht mit jahrelanger harter Arbeit erkämpft!«

»Huiuiui«, hörte ich Brie mit einem leisen Kichern flüstern. Dass sie damit aus ihrer Rolle fiel, lag nicht nur daran, dass sie angetrunken war. Neben Henning war sie diejenige, die sich mit dem Rollenspiel schwertat. Was der Tatsache geschuldet war, dass sie alles schrecklich witzig fand.

»Sind Sie immer so … aufbrausend?«, mischte sich nun Kilians Alter Ego *Lucas Bloom* ein, der etwas desinteressiert auf seinem Stuhl lümmelte und sich größte Mühe gab, möglichst unbeteiligt zu wirken.

»Ich sollte wohl besser Sie fragen, weshalb Sie der Tod Ihrer Frau so kaltlässt«, konterte ich mit verschränkten Armen.

In diesem Moment wurde es stockdunkel. Buchstäblich. Selbst von draußen drang kein Fünkchen Licht herein, obwohl es heute tagsüber wieder viel geschneit hatte. Lediglich das Feuer im Kamin, das Henning und ich vor dem Abendessen mit Zeitungspapier und fein säuberlich gestapelten Holzscheiten entfacht hatten, warf noch ein paar letzte Funken. Es knisterte und hustete, als kämpfe es ums Überleben.

»Gehört das zum Spiel?« Ein Hauch Panik schwang in Bries leiser Stimme mit.

»Ich bin nicht sicher«, entgegnete ich ebenso ruhig.

»Stromausfall?«, fragte Karla in ihrer Rolle als *Emma Rorschach* und selbst ihre sonst so bestimmende Art wirkte auf einmal nicht mehr ganz so überzeugend. »Bitte bleiben Sie ganz ruhig.«

»Es gerät schon niemand in Panik«, kam es lapidar vom frischen Witwer. »Aber jetzt mal unter uns: Weiß jemand, was zu tun ist?«

Joana

»Spielpause?«, tönte es von Karla, woraufhin zustimmendes Gemurmel erklang.

Anton verschwand mit einer gebrummten Antwort in Richtung der Sicherungsanlage, während Brie aufsprang und sich mit dem Handylicht einen Weg in die Küche bahnte, um dort nach Kerzen zu suchen. Auch Kilian schaltete das Licht seines Smartphones an, leuchtete damit den gut gedeckten Tisch aus.

Jetzt, so aus dem Spiel geworfen, spürte ich eine gewisse Distanz zwischen Karla und mir und das tat richtig weh. Sie war meine beste Freundin. Das schlechte Gewissen begann, an meinem Bewusstsein zu kratzen wie Tierkrallen an einer geschlossenen Tür.

»Ich … helfe Brie in der Küche«, hörte ich Kilian aus dem Nichts, der mir einen vielsagenden Blick zuwarf und sich erhob. Keine Ahnung, welche telepathischen Kräfte zwischen ihm und Henning herrschten, aber auf einmal war auch Prinz Amir verschwunden – in seinem dreiteiligen Smoking, der den ganzen Abend für schmachtende Blicke von Hotelmanagerin Karla gesorgt hatte. Wobei ich mir sicher war, dass das garantiert nicht zum Krimidinner gehörte.

»Sie haben uns absichtlich allein gelassen, oder?«, fragte diese, ohne mich richtig anzusehen, sobald sich Stille über den dunklen Tisch gesenkt hatte. Weder sie noch ich machte

Anstalten, etwas an dieser Tatsache zu ändern, und aus irgendeinem unerfindlichen Grund wirkte die ungewünschte Unsichtbarkeit wie ein geschützter Raum.

Ich zuckte mit den Schultern. Doch in völliger Dunkelheit war das selbstverständlich sinnfrei, also räusperte ich mich und erwiderte leise: »Sieht ganz danach aus. Hör zu«, ergänzte ich dann. »Es tut mir leid, dass ich vor Kilian so eine wichtige Information herausposaunt habe. Das war wirklich keine Absicht.«

Karla schwieg einige Sekunden lang, die mir wie eine Ewigkeit vorkamen. Mein Herz schlug so schnell, dass ich nach dem Wasserglas tastete, weil es mir wie eine gute Ablenkung vorkam, und einen Schluck trank.

Schließlich meinte sie mit tonloser Stimme: »Sorry, dass ich dir gestern und heute aus dem Weg gegangen bin. Es hat nichts mit dir zu tun, sondern mit meinen eigenen Problemen. Du kennst mich zu gut. Du durchschaust mich und manchmal möchte ich nicht durchschaut werden.«

Das kam mir viel zu bekannt vor. Deswegen hatten Karla und ich über Jahre die stille Vereinbarung getroffen, mich einfach meinen Weg gehen zu lassen – selbst wenn es ein totaler Holzweg gewesen war. Am Anfang hatte meine beste Freundin es noch versucht, gebetsmühlenartig an die alte Joana appelliert, damit ich mich nicht in mein Schneckenhaus zurückzog. Aber es hatte Kilian gebraucht, um das erloschen geglaubte Feuer in mir wieder zu entfachen.

»Mir geht es doch genauso.«

»Ich will mich nicht mit dir streiten, wenn ich das Problem bin.«

»Du bist kein Problem«, hielt ich energisch dagegen, stand auf und umrundete in meinem umständlichen Rüschenkleid den Tisch, wobei die beiden Perlenketten um meinen Hals immer wieder gegeneinanderstießen und ein klingendes Geräusch erzeugten. Blind tastete ich mich an der Kante entlang, in der Hoffnung, kein Geschirr mitzunehmen. Sobald ich Karla erreicht hatte, sah ich, dass sie die Beine unters Kinn gezogen hatte. Wie ein Häufchen Elend saß sie vor mir. Mein Herz zog sich einmal heftig zusammen, ein Gefühl wie zum Schutz, wenn Glasscherben darauf herabregneten.

Ich legte mein Handy auf den Tisch und schaltete das Licht an, damit wir uns ansehen konnten.

»Ich liebe ihn, weißt du?«, hörte ich sie nun leise flüstern. »Ich habe bloß so eine Scheißangst davor, dass ich total doofe Dinge mache und er irgendwann aufwacht und merkt, wie verkorkst ich bin, geht und dass dann alle Gefühle völlig umsonst waren.«

»Weißt du, was hilft?«

»Mhm?«, machte sie und sah mich aus traurigen Augen an. »Mit ihm darüber zu reden. Ich kenne niemanden, der verständnisvoller und einfühlsamer ist als *Prinz Amir.*« Bei dem Rollennamen zuckte es um Karlas Mundwinkel, aber noch hatte ich es nicht ganz geschafft, dieses Lächeln aus ihr herauszukitzeln. »Ihr seid noch nicht so lange zusammen, das braucht auch Zeit. Du musst einfach nach und nach deine Zwiebelschichten abwerfen.«

»Gott, Jojo, woher hast du denn diese Kalendersprüche?«, stöhnte Karla. Dabei erhellte jedoch dieses typische Karla-Grinsen ihre Züge. Dann vergrub sie mit einem lauten Ächzen ihr Gesicht zwischen den Armen.

Behutsam tätschelte ich ihr den Rücken, als Bries Stimme ertönte: »Habt ihr endlich miteinander gesprochen? Das war ja nicht auszuhalten.«

»Du hast es mitbekommen?«, raunte Karla und hob den Kopf.

Brie schwebte trotz ihrer Größe beeindruckend sanft in ihrem umwerfenden roten Cocktailkleid näher, das in dem fahlen Licht wie ein Märchenkleid aussah. In den Händen trug sie eine Streichholzschachtel und mehrere Kerzen, die sie auf dem Tisch verteilte, sobald sie uns erreicht hatte. »Das war nicht zu übersehen. Oder zu über*spüren*. Als hättet ihr die ganze Raumtemperatur um ein paar Grad gesenkt.« Sie lächelte warmherzig. »Es gäbe da eine Sache, die alles wieder auftaut …«

Bei mir fiel sofort der Groschen. Mir wurde ganz warm. »Umarmung?«

»Wann haben wir das das letzte Mal gemacht?«, kam es von Karla.

»Keine Ahnung, wir waren alle so mit unserem Alltag und uns selbst beschäftigt. Aber ich finde, es wird mal wieder Zeit«, erwiderte Brie und streckte die Arme weit aus. Ich stand auf. Im ersten Augenblick war es seltsam. Ein bisschen, als würde man in eine fremde Klasse kommen und sich vorstellen müssen. Doch dann fühlte es sich so an, als würden riesige Gewichte von unseren Schultern gehoben werden. Alles war ein bisschen leichter. Als könnten wir für einen Augenblick, in diesem Moment unter Freundinnen, alle Sorgen fallen lassen und einfach kurz sein. Der perfekte Moment, um ihnen zu sagen, was Kilian und ich planten. Sie würden es bestimmt verstehen. Doch gerade als ich all meinen Mut zusammennahm, ging ohne Vorwarnung das Deckenlicht wieder an.

Kilian

Die Freundinnen in ihrer Umarmung vorzufinden, ließ meine Mundwinkel von ganz allein nach oben springen. Etwas Warmes rollte durch meine Brust. Karla, die so selten ihr Herz wahrhaftig verschenkte, Joana, deren Herz so lange von einer Eisschicht umgeben gewesen war, und Gabriella, die alle mit ihrer Liebe am liebsten überschütten würde. Kurz blieb ich stehen und ließ die Szene auf mich wirken. Diese drei so unterschiedlichen Frauen, alle unverwechselbar und einzigartig auf ihre Weise.

»Wir sind schon verdammte Glückspilze«, dröhnte Tonis tiefe Stimme neben mir, während er mir auf die Schulter klopfte. Mit verschränkten Armen und einem breiten Grinsen trat Henning ebenfalls zu uns und beobachtete die Mädels.

»Du vielleicht, bei Kiefer bin ich mir nicht so sicher«, feixte ich und erntete dafür einen Stoß in die Rippen von meinem Schwager in spe. »Nein, sie sind alle großartig. Aber sie haben ja auch einen guten Fang gemacht.«

»Gabriella vielleicht, aber bei Joana bin ich mir da nicht so sicher«, konterte Henning trocken.

»Jaja, das habe ich verdient.« Lässig schlenderte ich näher an die drei heran, die irgendetwas wisperten und dabei so verschwörerisch wirkten wie ein eingespielter Hexenzirkel.

»Ladies, haben wir nicht einen Mord aufzuklären?«, fragte

ich laut und sah, wie sie sich mit geröteten Wangen voneinander lösten und gleich darauf wieder in ihre Rollen zurückfanden.

Der restliche Abend flog förmlich so dahin. Ich spielte gerne den trauernden Witwer, der durchaus ein plausibles Mordmotiv besaß. Der Wein schmeckte großartig und während die Nacht fortschritt, stieg die Aufregung immer weiter an, je tiefer wir in den Fall abtauchten. Irgendwann glühten unsere Köpfe. Die kleinen Rätsel wurden von Mal zu Mal kniffliger und die Spannung zusehends von unserem gemeinsamen Ehrgeiz beflügelt, den oder die Täterin zu entlarven.

Als wir schließlich fertig gespielt und den Tisch abgeräumt hatten, wirkten alle total zufrieden, jedoch erschlagen. Joana spülte gemeinsam mit Henning die Weingläser und ich lüftete ein letztes Mal das Esszimmer, ehe ich die Kerzen löschte und wir alle den Rückzug in unsere Zimmer antraten. Schon im Flur konnten Toni und Gabriella die Finger nicht voneinander lassen. Den ganzen Abend hatten sie heimlich unter dem Tisch gefummelt. Wie zwei verliebte Teenager. Und irgendwie machte mich das glücklich. Weil sie selbst nach knapp zwei Jahren noch immer diese Leidenschaft füreinander empfanden.

Nur Sekunden später waren die beiden mit einem leisen Lachen in ihrem Zimmer verschwunden und ich starrte verloren in den Flur.

»Was ist los?« Zwei schlanke Arme schlangen sich von hinten um meinen Bauch und ich atmete Joanas Duft ein, genoss das Gefühl ihrer Wange auf meinem Rücken.

»Wann wusstest du, dass du Gefühle für mich entwickelst?«, hörte ich sie fragen, als würde etwas in ihrem Kopf herumspuken.

»Wann wusstest du es?« Mein eigener Herzschlag dröhnte in meinen Ohren. Ich hatte mich bisher nie getraut, ihr diese Frage zu stellen. Aus Angst vor ihrer Antwort. Und weil ich viel zu früh bis über beide Ohren in sie verschossen gewesen war. Eigentlich mein ganzes Leben lang, ohne es mir wirklich eingestanden zu haben.

»Ganz ehrlich? Letztes Jahr an Weihnachten.«

»Als du bei uns im Haus warst?«

Ihre Körperwärme strahlte auf mich ab, durchdrang jeden Winkel und füllte mich von innen heraus. »Ja«, murmelte sie und ich spürte die Vibrationen dieses einen Wortes. »Als ich dieses Foto gesehen habe mit dem kleinen Hinweis von mir an dich. Und als ich gesehen habe, dass du es all die Jahre aufbewahrt hast. Und du?«

Auf einmal hatte ich einen Kloß im Hals. »Ich hab's dir noch nie so deutlich gesagt«, begann ich und drehte mich langsam zu ihr um. Joanas veilchenblaue Augen schauten mir direkt in die Seele. Das hatten sie schon immer getan. Mich immer gesehen. »Aber ich glaube, eigentlich habe ich immer darauf gehofft, dass meine Gefühle nicht einseitig sind.«

Ihre rechte Augenbraue wanderte nach oben. Mit einem Mal sah sie wieder wie *Lady Anne Davenport* aus. »Wie lange?«, nagelte sie mich mit leiser Stimme fest.

»Ganz ehrlich?«, wiederholte ich ihre Worte von eben. Mit einer Hand fuhr ich mir durchs Haar, doch selbst das konnte die aufkeimende Nervosität nicht abtöten. »Wahrscheinlich sogar, seit wir klein waren. So richtig bewusst wurde es mir dann kurz vor Matildas Tod. Oder kurz danach. Keine Ahnung. Eigentlich … eigentlich habe ich immer und so oft an dich gedacht, dass ich mir dafür keine richtige Erklärung geben konnte.«

Kurz verzerrte sich ihre Miene schmerzvoll, dann wurde sie ganz weich. Zärtlich blickte sie mich an, strich mir mit der Hand über die stoppelige Wange, stellte sich auf die Zehenspitzen und hauchte mir einen bittersüßen Kuss auf die Lippen. »Du bist süß, weißt du das?«

»Lass das bloß niemanden hören«, erwiderte ich und genoss das Gefühl von ihrem Mund auf meinem.

»Vielleicht sollten wir den Urlaub doch nutzen, um es ihnen zu sagen«, murmelte Joana.

Zögerlich schüttelte ich den Kopf. »Es ist gerade so schön ...«

Karla

»Happy New Year!«, grölte Kilian und ich sah dabei zu, wie die Wunderkerzen in unseren Händen unzählige Funken sprühten. Zu sechst standen wir auf der weitläufigen Terrasse vor der Hütte, blickten in den nächtlichen Sternenhimmel und froren uns die Ärsche ab. Natürlich trugen wir Mädels alle kurze Kleidchen, hatten uns aufgehübscht für den Jahresbeginn. Im Hintergrund dudelte eine von Kilians Playlists, aber selbst das konnte meine Stimmung nicht trüben. Keine Sekunde lang.

Die letzten vier Tage waren so großartig gewesen, dass sie mir vorkamen wie ein perfekter Fan Edit – inklusive Thirst Traps für unsere Männer. Lächelnd schaute ich zu Henning. Doch dann spürte ich für einen Sekundenbruchteil ein dumpfes Gefühl in meiner Brust. Wie ein Schatten, der mir überallhin folgte. *Mist, verdammter.*

Ich würde mit ihm reden müssen. Ich konnte nicht ewig vor mir selbst davonrennen.

»Happy New Year! Auf ein fucking perfektes neues Jahr voller wunderbarer Abenteuer«, fügte ich hinzu und hob das Glas in meiner linken Hand, um mit den anderen anzustoßen. Die Wunderkerze kämpfte noch ein wenig, bevor sie ausging und ich sie auf dem Hirschgeweihaschenbecher parkte, der einen sehr seltsamen Geschmack von Tonis Großvater verriet.

»Das wird unglaublich«, erklärte Kilian und stieß augenzwinkernd mit mir an.

»Ich möchte mit Anton zusammenziehen«, platzte es in diesem Augenblick aus Brie heraus und wir alle drehten uns in Zeitlupe zu ihr um. Ihr Gesicht war ganz rot und fleckig und sie wirkte sichtlich aufgelöst. »Ich kann das nicht länger mit mir herumtragen. Keine Ahnung, wie Kriminelle das machen, aber eher würde ich meine Seele an den Teufel verkaufen, als euch noch länger nicht zu sagen, was Sache ist«, fuhr sie in einer Geschwindigkeit fort, die mich kurz daran zweifeln ließ, ob sie gerade wirklich deutsch sprach oder ob ich auf einmal fließend Portugiesisch beherrschte.

Mein Herz füllte sich mit Schwermut, doch ehe ich den Mund öffnen und etwas erwidern konnte, kam mir ausnahmsweise Joana zuvor: »Wir auch.«

»Ihr auch?«, wiederholte ich völlig tonlos und schaute zu Kilian, der näher an Jo heranrückte, beschützend einen Arm um ihre Taille schlang und ihr zunickte.

»Wie, *ihr auch*?«, meinte Brie jetzt sichtlich entsetzt und schlug sich die Hand vor den Mund. »Du willst ausziehen, Joana?«

Bevor nun noch jemand etwas sagen konnte, räusperte ich mich und hob die freie Hand. »Also, wenn wir hier schon bei Gruppenbekenntnissen sind: Henning und ich überlegen ebenfalls … zusammenzuziehen.«

»Was?«, keuchte Joana und riss ihre perfekt geschminkten blauen Augen weit auf.

Brie dagegen brach in schallendes Gelächter aus. Ihre Schultern zuckten auf und ab. Erst zwei Sekunden später sah ich, dass sie gleichzeitig zu weinen begonnen hatte. Sofort kribbelte meine Nase, was ich mit einem stümperhaften

Pokerface zu überspielen versuchte. Was vor allem dann schwierig wurde, als sich Henning von links näherte und nach meiner Hand griff. Toni legte einen Arm um Bries Schultern und zog sie behutsam an sich, ehe sie zittrig fragte: »Wir haben uns wahrscheinlich die letzten Wochen alle deswegen verrückt gemacht, oder? *Deus*, ihr werdet mir so fehlen. Ich will nicht ausziehen. Ich will nicht, dass die WG endet und wir nur noch manchmal zusammenkommen. Was ist mit unseren Kochabenden? Filmabenden? Wir-chillen-auf-der-Couch-und-reden-über-alles-und-jeden-bis-die-Sonne-aufgeht-Abenden? Ich werde nie wieder mit Joana die Stufen nach einer Joggingrunde hochkriechen. Oder … oder mich darüber aufregen, dass die Toilette blockiert ist, weil eine von euch da drinnen eine Party feiert. Oder Karla heulend im Wohnzimmer finden, weil das Lieblingspärchen in ihrem aktuellen Buch gerade eine schwere Trennung hinter sich hat …« Schniefend zog Brie die Nase hoch. Alle Blicke wanderten zu mir.

Schnell hob ich die Hände in einer abwehrenden Haltung. »Niemals vorgekommen. Keine Ahnung, was sie da erzählt … Außerdem ist ja noch keiner ausgezogen«, grätschte ich verbal in ihre emotionale, filmreife Rede und merkte dabei, wie fett der Kloß in meinem Hals wirklich war. Nicht mehr viel und sämtliche Dämme würden brechen. »Wir arbeiten ja alle noch bei *Leckerste*. Wenn auch nicht mehr ganz so oft wie im Sommer …«

»Wir haben uns also echt alle dasselbe überlegt …« Ungläubig schüttelte Jo den Kopf. »Deswegen waren wir so … angespannt teilweise. Ich glaube, keine wollte es ansprechen, um die anderen nicht zu verletzten.«

»Ist euch klar, was das heißt?«, fragte ich in die Runde und blickte einen nach dem anderen an. »Wir sollten es heute so richtig krachen lassen und den Abend genießen! Über alles andere können wir ja noch mal reden, wenn wir nüchtern sind. Und am besten nicht verkatert. Ich bin einfach so unfassbar dankbar, euch in meinem Leben zu haben …« *Nicht heulen.* »Euch alle. Die Zeit in der WG war großartig und ich weiß, dass ich nicht die einfachste Mitbewohnerin bin, aber ich …« Mehr ging nicht. Also riss ich die Hand mit dem Sektglas ein weiteres Mal nach oben: »Happy New Year!«

Irgendwie tat es gut, es ausgesprochen zu haben, auch wenn mein Herz ein kleines bisschen dabei weinte. Nein, wem wollte ich eigentlich etwas vormachen? Mein Herz vergoss wahre Bäche, doch tief in meinem Innern wusste ich, dass das nicht das Ende war, sondern sich alles einfach nur verändern würde. Auf eine ganz besondere Art.

Wir hatten die schönste Zeit zusammen gehabt über den Sommer und dieses Jahr. Uns selbst gefunden und uns verliebt. Was wollte ich mehr?

Brie schmiegte sich an Toni, mein Bruder küsste meine beste Freundin und beide Paare wirkten so harmonisch, dass mir damit endgültig das Pipi in die Augen trat.

Mein Blick wanderte zu Henning, der mich liebevoll betrachtete, mit der Hand mein Kinn umschloss und es anhob, um mich küssen zu können. »Hey, Meg. Frohes neues Jahr wünsche ich dir.«

Ich liebe dich. Drei Worte. Ich sprach sie nicht aus. Ich stolperte darüber, verfing mich und flog einmal dick auf die Fresse. Also bog ich gekonnt meine Mundwinkel nach oben zu einem Lächeln. »Frohes neues Jahr, Wunderknabe.«

Henning

»Meg?«, fragte ich zögerlich und zog sie am Handgelenk zu mir, bis unsere Oberkörper aneinanderstießen. Es war der Morgen des zweiten Januars und ich trug diesen schrecklichen Pullover mit Rentier auf der Brust, der allerdings so gemütlich war, dass ich ihn eindeutig zu oft aus dem Schrank zerrte.

»Ja?« Sie wich meinem Blick aus.

»Karla?«

Jetzt hatte ich ihre volle Aufmerksamkeit, auch wenn sie alles daransetzte, möglichst unbeteiligt zu schauen. Geschäftsmäßig. Mich täuschte sie jedoch nicht, hatte sie noch nie.

»Das mit Joana ist geklärt«, begann ich leise, aber beschwörend. »Die Sache mit dem Zusammenziehen habt ihr alle angesprochen. Was beschäftigt dich?«

»Wieso fragst du?«

»Weil ich dich liebe und mir Sorgen mache.«

Karla verzog gequält das Gesicht, als hätte ich ihr verkündet, morgen auf diesen blauen Planeten auszuwandern, auf den sie in einem ihrer Alien-Bücher gestoßen war. Und da fiel bei mir der Groschen. Endlich machte es *Klick*. Ich spürte nichts als Zuneigung in mir aufsteigen für mein törichtes, unsicheres Mädchen, das ich am liebsten vor allem und jedem auf dieser Welt beschützen würde. Auch vor sich selbst.

»Hey«, murmelte ich, umschloss ihr Gesicht mit beiden Händen, spürte, wie sie sich an meiner Brust abstützte, aber ließ sie nicht entkommen. Fing sie ein mit meinem Blick, hielt sie fest. Ohne sie wirklich festzuhalten. Ich sah, wie ihre Pupillen sich weiteten. Ihre Lippen sich öffneten. Spürte das Schlagen ihres Herzens und ich fühlte nichts als Liebe für Karla Kohlhammer, den wörtlichen Wirbelwind in meinem Leben. »Keine Ahnung, welches Kopfkino du dir zusammenbastelst, aber wir kriegen alles hin, ja? Du bist wundervoll, so wie du bist. Ich liebe dich, so wie du bist. Laut und lustig. Ich liebe dein Köpfchen und deine Lebenslust, deinen Enthusiasmus und dein Chaos. Ich liebe dein Chaos, selbst wenn es mich manchmal in den Wahnsinn treibt. Vor allem, sobald ich nach Hause komme und in meiner Wohnung nichts mehr am richtigen Ort steht. Dafür machst du das mit ganz viel Herz wieder wett … Mit deiner Intelligenz, deinem Humor …« Für einen Moment hielt ich inne und las in ihrem Blick das, was ich darin lesen wollte. Karla war, obwohl sie dagegen ankämpfte, ein offenes Buch für mich. Ihre Gefühle für mich waren so deutlich auf ihrer Stirn eingemeißelt, dass sie es nicht einmal aussprechen musste. Auch diese Angst wollte ich ihr nehmen.

»Du brauchst jemanden, der dich versteht und hört, und das tue ich, Karla. Ich sehe dich und ich höre dich und ich weiß, dass du …«

»Ich liebe dich.« Ihre Stimme klang, als würde sie über Schmirgelpapier reiben, in ihren Augen schimmerten Tränen. Und mein Herz platzte. Eine Glückswelle überrollte mich, ließ mich in der Luft schweben. »Ich liebe dich so sehr, Henning Kiefer, und ich hoffe, dass ich es mit meiner Art nicht verkacke und du eines Tages begreifst, was für eine schräge Kuh du an deiner Seite hast.«

»Genau das will ich doch«, erwiderte ich und lehnte mich ihr entgegen, wartete einen Moment und noch einen. Dann spürte ich eine federleichte Berührung an meinen Lippen. Ihren Mund auf meinem.

In diesem Augenblick klingelte es an der Eingangstür.

»Sie sind schon da?«, rief Toni, der mit Brie und den anderen auf dem gigantischen Ecksofa lümmelte und einen *Marvel*-Film schaute.

»Ich mach auf«, entgegnete ich leicht genervt. Mein Freund Sander hätte sich keinen ungünstigeren Zeitpunkt für seine Ankunft aussuchen können. Doch das Gefühl verflog schnell und die Freude, ihn nach einem halben Jahr endlich wiederzusehen, überwog. Er und seine Freundin waren vor zwei Stunden gelandet.

»Gib mir zwei Sekunden«, meinte Karla zu mir und ich nickte ihr zu, drückte ihr einen Kuss auf die Schläfe und ging mit vollem Herzen zum Eingang.

Als ich die Tür öffnete, fand ich mich zum ersten Mal Sanders neuer Freundin gegenüber, Norah Svendsen. Groß, Michelin-Männchen-Style, sodass unter der dicken Wollmütze nur einzelne Strähnen ihres erdbeerblonden Haares hervorlugten. Ihre gletscherblauen Augen weiteten sich vor Überraschung. Schwungvoll drehte sie sich zu Sander um, der inzwischen hinter ihr zum Stehen gekommen war und mit seinen fast zwei Metern einem norwegischen Bergriesen glich. Er sah so zufrieden aus, wie ich ihn noch nie in meinem Leben zu Gesicht bekommen hatte. Sie tauschten zwei schnell hervorgebrachte Sätze auf Norwegisch, bevor sich Norah wieder mir zuwandte.

»Hi, ich bin Norah«, sagte sie auf Englisch und streckte mir die Hand hin.

»Henning«, erwiderte ich und ergriff sie. »Ich habe schon viel von dir gehört.«

»Oh, ehrlich? Und ich weiß, wer du bist«, quietschte sie und ich konnte mir das Schmunzeln nicht verkneifen.

»Anscheinend habe ich das nicht ganz durchdacht«, brummte Sander mit britischem Akzent – mehreren Jahren Studium in Cambridge sei Dank – und warf mir einen nur halb ernsten vernichtenden Blick zu.

»Seid ihr bereit für euren Urlaub?«, ertönte Karlas fröhliche Stimme neben mir und mit einem Mal fühlte ich mich angekommen. Zufrieden. Vollkommen ausgeglichen.

Eine Momentaufnahme, die ich gern für immer festgehalten hätte.

Aber für immer war eine verdammt lange Zeit.

Vielleicht … für immer.